丢在行路上的记忆

王 然 著

重庆出版集团 ● 重庆出版社

图书在版编目（ＣＩＰ）数据

丢在行路上的记忆 / 王然著 . — 重庆：重庆出版社，

2017.11

ISBN 978-7-229-12910-1

Ⅰ.①丢　Ⅱ.①王　Ⅲ.①散文集 – 中国 – 当代

Ⅳ.① I267

中国版本图书馆 CIP 数据核字 (2017) 第 293487 号

丢在行路上的记忆

DIUZAI XINGLUSHANG DE JIYI

王然　著

责任编辑：李云伟　郭玉洁
责任校对：唐联文
封面设计：李　艳

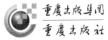
重庆出版集团
重庆出版社　**出版**

重庆市南岸区南滨路 162 号 1 幢　邮政编码：400061　http://www.cqph.com

重庆市国丰印务有限责任公司

重庆出版集团图书发行有限公司发行

E-MAIL:fxchu@cqph.com　邮购电话：023-61520646

开本：160mmX240mm　　1/16　　印张：13.5　　字数：150 千
2017 年 12 月第 1 版

ISBN 978-7-229-12910-1

定价：35.00 元

如有印装质量问题，请向本集团图书发行有限公司调换　　电话：023-61520678

自 序

　　我说，这是一本让人宽心释怀的集子。题材随手拈来，有人有事，有经有历，有见有闻，有喜有忧，有思有想；文章随性写来，有实有虚，有情有意，有拘无束；文字随心道来，有正有谐，有雅有俗，有歌有讥。

　　随心随意的表达是一种幸福。每个人的幸福、幸福着的方式虽然不尽相同，但触点只有一个，或一个嗜好，或一份美丽，或一句赞美，或一种感受，或一次选择，或一缕梦想。幸福是个人的隐私，在你眼中的一种无聊，在别人的眼里或许正是一种珍贵；在你眼中的一种苦难，在别人的心里或许正是一种幸福。这种幸福，无关名誉地位，无关荣华富贵，只是一种心灵感应和默契，像花儿开放一样，悄无声息，却有馨香在彼此心里缠绵，如涟漪在彼此生活中荡漾，幻化为生命中的一种永恒和地久天长。

　　《丢在行路上的记忆》会带给你这些漫无边际的感觉，甚至莫名其妙的共鸣。于是想：世界那么大，真该去看看。仅仅去看，也是生活，只要去看，就是生活。生活是世界，世界有生活，生活的世界很丰富，世界的生活很精彩。

　　此时，我不无忐忑地猜想：你不会像我一样看世界吧？也别像我一样看世界！

　　你用你的感觉去看世界，世界让你很晕；你用你的眼睛去看世界，世界离你很近；你用你的心境去看世界，世界与你很亲。诱惑那么多，谁没动过心？

如果你像我一样遇到了那些人：亲人、熟人、友人、好人，或者高尚人、平凡人、多情人、麻烦人，你会怎么看、怎么办？

如果你像我一样经历了那些事：动心事、惬意事、功德事，或者曾经的事、现在的事、莫名的事，你会怎么想、怎么做？

只需一份勤奋，把不经意的思想，把大千世界的见闻，随时随手记下，或许就是别人眼中的收获，也许就是坚持不懈的财富。财富不是聪明创造的。聪明不尽是智慧，更多的是秉性，因为会忍才是聪，会让才是明。文字的坚守需要忍受世俗的诱惑，思想的成长需要胸怀的阔大。当然，有些财富只与精神有关，或许贵而不富，但与富而不贵相比，心绪会平静许多，心境会开朗许多，心情会阳光许多。

其实，贫富都是风景，有的人虽富却贱，有的人虽贫却贵。人贵在不忘人恩，不念人过；人贱在不知感戴，不知舍弃。

人与人相识、相交、相处，是一种难得的缘分，把缘分中那些相遇、相知、相助的情感串起来，就是记忆。记忆的过滤形成思想，思想赋予了我们生活的向往，这是生发在心底的愿望。心愿与希望的口碑各有千秋，有的叫贪念，有的叫俗念，有的叫夙愿。要没有了心愿，也就没有了动力，没有了激情，也就失去了生活的情趣；要是没有了希望，也就没有了目标，没有了方向，也就失去了生命的意义。

可总有那么一些人，要么生活给人看，要么看别人生活。而有些人却只顾沿着崎岖不平的路往前走，饱含一颗不负他人的良心，在漫漫行程上始终看到一个新的自己。路本无止境。路的尽头，仍然是路，无论险峻与坦途，只要你愿意走，终会展现灿烂阳光。

但是，人的一生尽管会与千千万万的人走在同一条路上，遭遇同一场风雨，经历同一个事件，恰逢同一代变迁，却又并不一定都能留下铭心刻骨的记忆，也不是都能手拉手、肩并肩地去面对现实。如此一来，行路上瞬间萌生的心语，犹如搭建的一座交流沟通的桥梁，也如自己在沉淀中更好地审视自己，他人在冷眼文字中评说是非，相得益彰，各有所获。

生命是一场无法回放的绝版电影，但存于心底的记忆都是可以回放的。能够存于心底的记忆，是心灵的风景；心灵的风景，是热爱的初心；热爱的初心，是信念的源泉；信念的源泉，是生命的血脉。缘于此意，便有了《丢在行路上的记忆》。行走在人生路上的记忆能成为一个符号，也能成为一粒尘埃，可能是一星火花，也可能是一颗水珠。水的意蕴与我们的生活融为一体。"上善若水"；"水能载舟，亦能覆舟"；"君子之交淡如水"；水是先哲们治理国家与教化人民的重要思想。如果人生的思想能溶解为水，哪怕是一粒水分子，也是价值所在。

《丢在行路上的记忆》付梓之际，应景写下这些文字，是为序。

2017 年 6 月 13 日
于北京白广路

目 录

目 录

第一辑
泛 黄 的 笔 记 本

　　笔记本变色了，那些文字没有随着纸质变色，也没有因为墨汁褪色。在岁月的风尘里，不能改变的不仅仅是文字，还有记忆那些文字瞬间的认知与判断。思想的火花总是在时间的淬火中闪光，一本笔记或许就是你成长中灵魂生态的一个窗口，它关不住你想藏匿起来的秘密，也遮挡不住你在一个时段的好奇与无知。我用眼神温暖那泛黄的笔记，用好奇关怀那淡忘的文字，用功利权衡那留存的意义，这是一本注定要随我一起慢慢变老的笔记。

泛黄的笔记本

在办公桌抽屉的角落处，翻出一本早已泛黄的笔记本，取出来打开它的时候，指头上沾满了一层薄薄的尘土，那是岁月的尘埃，也是忘却的记忆。

记不清笔记的内容，尽管封皮上清清楚楚地写着启用的时期。就像自己感觉不到什么时候开始的记忆减退一样，对笔记中的那些曾经吸引过我、打动过我的人和事、物和理、情和景、言和行怎样被遗失却浑然不知。

不知者不为过。翻阅现在或许会读到过去。我的笔记本经历很简单：参加工作后，总怕记忆失聪，误了事情，听信办公室的"老人"言，衣服兜里时常装着一个小记事本，无论什么时候什么地方，只要听到看到什么感兴趣的东西，抑或领导有什么指示要求，地方有什么创新亮点，同事有什么思路计策，自己有什么奇思妙想，此刻有什么激起的思想火花，就掏出记事本来草草记上，以助消化，以备后用。常年如此，形成习惯。

习惯成自然。这样的自然无疑是一种愚笨。我把自己这种愚笨调侃为"先飞"，而这一"飞"就是几十年。几十年间积存下一摞又一摞笔记本，有厚有薄，有大有小，有新有旧，恰似岁月留痕，唯有这本泛黄的笔记，见证一次又一次工作变动，历经一回又一回办公室搬迁，始终跟随着供职的办公桌。

几十年的"先飞"让我领悟到一个道理：凡事没有绝对的一帆风顺，只有持之以恒地坚持，坚持的结果就是成果。"先飞"的成果与先得的感受一样，都有一个追求的向往。无论心记与笔记，有向往就有追求，有追求就有信心，有信心就能坚持。坚持能滴水穿石，如铁杵磨针。小小的笔记本，记下了坚持的收获。闲暇时信手抽出一看，那些东倒西歪的字迹，那些零七碎八的记录，那些早已尘封的往事，在掀开的记忆中历历在目——

某年发现，生活中处处是道，事事是理。不管你的境况和结局如何，都在道理之中。为人，无悔便是道；处事，无过便是功；登高，不是让世界看到你，而是让你要看到世界。很多人、很多时候、很多境况下都不明白，甚或都不知道一些简单不过的道理，总是把事情看得很复杂，把事物看得很奥妙，把事态看得很严重。其实，高深不是睿智，越简洁才越智慧。比如人，看透了，就是个聚和散。生时是聚，死后是散，和时是聚，仇恨是散；再说天，天是人类的秘籍，科学家永远痴迷的课题。你不是科学家，你没有科学家的理想，你就没有必要深陷天的奥妙之中。天无论多大，无论多高，无论多神秘，就是个阴天和晴天，就是个白天和黑夜，就是个风雨雾霾和阳光灿烂。正如小时候暑期写作业，穷尽了九牛二虎之力，辜负了寒暑大好时光，写了一两个月，恭恭敬敬交给老师，老师只写了一个"阅"。

某天小聚，朋友小聚是一种交往。人生不可能没有交往。费了心思的交往，叫周旋；动了心机的交往，叫算计；没有目的的交往，叫来往。无论来还是往，都摆脱不了现实的困惑：外面的世界很精彩，可外面的世界也很惊险；外面的世界充满诱惑，可外面的世界也充满厌恶；外面的世界遍布细菌，避免传染只能提高免疫力。人这一生，有不少自我开怀的事，也有不少自己创造的乐事。胸怀是委屈撑出来的，烦恼是欲望急出来的，痛苦是与人比出来的，心态是经历磨出来的，健康是运动练出来的，快乐是知足养出来的，美德是自律管出来的。与人相处和为贵。如果相吵相骂相怨只一分钟，那一分钟对人的伤害，一百分钟都弥补不回来。争执时先说对不起的人并不是认输也不是原谅，而是比对方更珍惜一份感情，一种缘分。

某时感慨，网络正在蚕食纸媒，电脑加速取代手写，传统习性越来越困惑时代的变化，觉察到时尚的陌生。笔记离生活越来越远，犹如偶然经过北京市南四环路边，看到有个"二手车"交易市场，不论什么车，只要去一倒手，就不再是原本的意义。因此，对"二手"就有了自己没有边界的解读：失而复得的东西，永远是二手货。本子上的手记永远是个人的，传播开去，影响他人，就得"过手"。"过手"未必就是承接，也有可能是创造。所以，"二手"的东西无须褒奖，只要记住：如果心中没有阳光，双眼就只能看到风雨。

冷落在我办公桌里的笔记本素面天颜，没有"谁把你的长发盘起"的幽情，也没有家长里短的八卦，更没有你争我斗的无聊，翻阅它，寻找不到风雨的痕迹，泪雨的心绪。雨是有故事的，泪雨的故事更多情，而我的笔记本里没有故事，只有思想的刹那，灵光的瞬间，聆听的记录，目睹的精彩，它没有雨的想象，下雨的早晨，总会让人想起某个人、某件事、某个时间、某段经历，笔记本老到枯黄了也看不出一丝雨意，没有雨，就缺少了一种美，一种美的感受，美的冲动，但并没有因此停止生命的蠕动，这是物的生命。

这样的物命无疑很幸运。笔记本变色了，那些文字没有随着纸质变色，也没有因为墨汁褪色。在岁月的风尘里，不能改变的不仅仅是文字，还有记忆那些文字瞬间的认知与判断。思想的火花总是在时间的淬火中闪光，一本笔记或许就是你成长中灵魂生态的一个窗口，它关不住你想藏匿起来的秘密，也遮挡不住你在一个时段的好奇与无知。我用眼神温暖那泛黄的笔记，用好奇关怀那淡忘的文字，用功利权衡那留存的意义，这是一本注定要随我一起慢慢变老的笔记。虽然已近老眼昏花，但翻阅时似乎是在给被遗忘、被冷落、被抛弃的日子涂上一抹亮色。很多的东西都会在人生的成长中被遗弃，包括滋润我们成长的智慧，提携我们成才的贵人，助力我们成功的恩德，笔记本没有被遗弃是个意外。或许因为它不疏懒，也不贪婪。

于是，我就想，物运和人命往往有出人意料的巧合，也有不可思议的意外。我和笔记本的知遇也不纯属意外。

（2014 年 4 月 22 日）

4

大岞民兵哨所

刺儿梅笑得光彩灿烂的时候，大岞民兵哨所院子中央的一块礁石不知道有多开心！愉悦的心境滋润着簇拥在它身边的刺儿梅，为哨所平添了意犹难尽的魅力。

这是福建海防前沿一个既普通又特殊的民兵哨所。犹如我国边海防千万个哨所一样，一个哨所就是一道防线。而坐落在福建惠安县崇武镇海边的大岞民兵哨所，不仅是海峡西岸的一双眼睛、一个岗哨，还是一道亮丽的风景：清一色的惠安女民兵。

惠安女本就是崇武半岛养育的一群魅力独特的女子。黄斗笠，花头巾，蓝短衫，黑绸裤，银腰带，交相映衬，展示出汉民族中独树一帜的服饰文化。惠安女风情成为福建十大旅游品牌之一。大岞哨所女民兵武装巡逻在海边的飒爽英姿，尽情演绎着惠安女风情。

外乡人来到这里，大岞哨所是慕名必去的景点。惠安女民兵是挡不住的诱惑，摄影爱好者的镜头从没有冷落过她们。人说"镜头总是跟着美女转"，惠安女民兵对影像镜头早已没有丝毫的新奇，无论哪个瞬间她们展现在镜头面前的都是美！一举一动，一颦一笑，无一不是"既爱红妆又爱武装"的诠释。对于家庭来说，女民兵们该是父母的乖乖女；对于乡情民俗来说，她们又是盛开在大岞哨所的朵朵村花。

如今的大岞哨所已是一座三层小楼。楼前的院落中央，躺着一块黑乎乎的巨石，圆乎溜秋，少说也有三五丈高。那是一块饱经海浪拍打的礁石，顶端一个天然的坑凹，腰间一条自然的断痕，成就了它与生命的延续，与哨所的依存。

五星红旗在这里是宣示大岞哨所神圣职责的标志。旗杆就矗立在礁石顶端的石缝中。礁石因为高举着一面国旗而显现出它的价值，呈现出生的奥妙和美的诗意。旗杆下的礁石缝隙间，簇簇冬青生机勃勃，无时不在昭示生命的顽强向上。断痕间的刺儿梅纵情地舒展开身姿，张扬着恬静生活的娇艳妩媚。

美是人类的共同向往与追求。大岞哨所的主人们，把爱美之心誊写在院落的每一寸土地上，每一面礁石上，每一棵花草上。在院落的礁石周边，她们从海边捡回各式各样的花岗石块，围砌成一块不方不圆不规则的小草坪。那是女民兵姐妹们巡逻、执勤、训练归来时嬉戏玩耍的地方，也是她们顽皮天真本性显露的见证：她们时不时要爬上礁石，眺望大海；时不时要围着礁石，追逐嬉闹；时不时要背靠礁石，咬耳窃语；时不时要以礁石为题，回味岁月的记忆。春夏时节，一场夜雨，哨所的礁石忽然变得有些冥顽的感觉，浑身上下的苔藓在蒙蒙细雨中泛出了淡淡的绿意，享受着雨后的清新与明媚。然而，这还不是礁石的全部画面。当晨光跃出海面的转眼间，礁石和刺儿梅、冬青树在缠绵中又变成了青藤攀缘的一面画壁。

别看大岞哨所只有8名女民兵，却是福建海防前沿的一个瞭望阵地。在改革开放大潮中，她们经受着大千世界各种利益的诱惑和考验。那块其貌不扬的礁石，在长年累月的海风浸染中，在日晒雨淋中，肤色变得越发黝黑粗糙，体态越发刚毅沧桑。但它依然毫无怨意地承载着这个哨所的历史印记，铭记着一代又一代女民兵的成长、使命和苦乐。午后和煦的阳光，犹如哨所民兵们守卫海防的快乐，荡漾在那块矗立的礁石身边，让哨所勃发着英姿，充满了喜悦。哨所因为有了院子中央的礁石而丰富多彩；刺儿梅因为辉映出礁石的奥妙而韵味无穷；礁石因为高举起一面国旗而充满诗意。惠安女民兵因为大岞哨所而幻化为一幅肇自然之性、成造化之功的油画。

哨所总是聆听着大海的歌唱声。在楼间的观察室，宽阔海面上的风云变幻尽收眼底。无论潮起潮落，那栋小楼从没有惊慌过，没有胆怯过，没有诧异过。就像院子中间那块礁石一样沉着面对，淡定从容。在女民兵们的寝室，整洁有序的内务，一种走进军营的独特感受，谁都会对这些惠安女民兵肃然起敬。她们把青春年华的最美时光献给了这个哨所，她们把追梦岁月的最真激情留在了这个哨所。哨所的礁石有她们品性的写照，火辣辣的刺儿梅是她们心境的绽放。

虽然谁也说不清哨所礁石的身世，但不能否认它撑起了大岞哨所的历史与内涵。对于女民兵们来说，哨所的历练与生活、担当与使命、价值与作用，在这里升华为感情、记忆，生命中最激情的青春，人生中最坚定的理想，终究会成为回忆时的一缕温暖和欢欣。当凝视那刚毅而又温和的礁石，品味那热辣而又奔放的刺儿梅，情不由衷地联想到生命的家园。大岞哨所是它们的家园，它们也是大岞哨所的家园。礁石与刺儿梅是自然界赋予大岞哨所的天然生命，不难想象，缺少了自然生命的哨所将会多么枯燥无聊。那礁石托举着一面国旗的骄傲，天天都那样迎风飘展，一年四季都如此夺目鲜艳，就像旗杆下那团枝繁花茂的刺儿梅，春夏秋冬都依旧常开不衰。

它们是大岞哨所生命的一部分，也是大岞哨所风景的一部分。风景的生命蕴含在历史中。大岞民兵哨所只不过几十年的历史，但它所在的惠安县崇武镇，却是个雄姿英发的魅力古镇。有多古？据史料记载，宋初设设巡检察，明洪武二十年（1387）建城置千户所，始称崇武。取崇尚武备之意，为防备海盗倭寇之地。

如果游人突然发问：崇武古迹胜景的灵魂是什么？得到的回答定会是：石头！在崇武，有一座石头砌垒的小城，已经雄踞这里六百多年，如今依旧风华犹然，引发无数思古幽情。那刚毅的花岗石古城墙，镌刻着小城震古烁今的历史功绩。在崇武人看来，"它以英雄的历史屹立在海峡西岸"。而让游人感悟到的是：它用坚贞不屈的精神奠定了崇武人的文化家园。

一座具有六百多年历史的小城，一个只有几十年历史的哨所，它们都在表达着中华民族的文化精神。是文化的延续成就了历史的发展，丰富了精神的家园，推进了社会的进步。今天，我们在大岞哨所不仅依然会感悟到"崇尚武备"的风情，还有"崇尚武备"的文化，尽管这已是一种与时俱进了的"崇尚武备"文化，但大岞哨所的女民兵还在以青春谱写新的篇章。

（2014 年刊《中国双拥》杂志福建增刊）

戈壁人生

　　几次泼泼辣辣的春雨过去，戈壁滩的胡杨、沙丘边的红柳、荒漠间的骆驼草，又从睡梦般的枯死中新生了。它们就是这样，每天都在为一生而抗争。

　　戈壁荒漠的一天就像人生，时时都在创造生命的奇迹，或者张扬生命，或者挣扎生命，或者结束生命。一年四季在这里简化为一天的四时，寒冬如夜，春来如晨，夏至如午，秋去如暮。冬枯、春发、夏长、秋眠。

　　而生命却不能在这样的万千变化中有片刻停息。

　　虽然戈壁总是一副忧郁的神色，荒漠天生一张渴盼的面孔，可人们更愿意心生这样的理解：它们时时都在张望着有人去与它们交流。从冬等到春，从夏等到秋，从万物复苏等到丰收唱晚，尽管戈壁荒漠只添了几分惆怅，几分失望，但却没有对自然有丝毫苛求，也没有对自己有些许埋怨，仍然是那样地矜持忧郁，那样地努力张望。

　　这就是戈壁荒漠的表情。

　　在它们急剧多变的表情后面，是敞亮的胸怀，热情地欢迎着驼队的融入。偶尔几簇绿色昭示着生命的坚强，犹如大漠眼中的一缕希望。人类的所有智慧，就奇迹般地被大自然凝聚在一物一景中，演绎得活灵活现——等待与希望。

　　其实，戈壁荒漠的生命每天都在经历一生的煎熬。它们每天都在煎熬中成长，每天的成长都在为生命注入血液，滋润着生命的苗壮。

　　路过戈壁荒漠时的偶发奇想，把我拽回到人生境遇的诸多思考中。

　　于是，我就想到，原是有自然界的万千气象，才有世界的五彩缤纷，才有生活的千奇百怪，才有人生的丰富绚丽。自然装点着生活的美好，也赋予人生的志趣。现实塑造的生活是：有人生活丰富多彩，有人生活寡味无奈。无论在繁华都市，还是在穷乡僻壤，我们都能遇到那些日常生活就是从家到单位又回家的人。家里住，家里吃，家务事，进出家门；到单位，在单位，从单位回家（山村人把田地当单位），就是他们生活的全部。实际上，他们生活的一天就是一生。

在这个世界上，生活一天就是一生的人不在少数。如此这般，那么，他只要活一天也就体会到了一生的味道。尽管这种阴暗心理很刻毒，很可恶，但并不是难以悟得出、说得出、写得出的道理。

难道不是吗？总有人说是命运亏欠了自己，细细想来，真正亏欠自己的却是心魔。自己看开了，眼前就有一条大道，头顶就是一片蓝天；自己看淡了，胸中就有一座丰碑，心里就是一片花海。谁拥有了一个健康快乐的心境，谁才会感受到命运眷顾的恩惠。环顾身边的种种人情世故，我常常这样想，生活中很可悲的莫过于太热衷于别人，而未曾认真审视过自己。太用心苛刻命运，心就不会静，身就不会清。要不怎么会有心灵、心眼、心机、心事、心病之分？

人生如天平，总是以平衡为支点：一边是付出，一边是得到；一边是耕耘，一边是收获；一边是物质，一边是精神；一边是自己，一边是他人。在甘肃省河西走廊的戈壁深处，建造了一个中国工农红军西路军梨园口战场纪念碑。这块不毛之地上，积存着80年前的一种精神。今天还能够来这里的人们，是凭吊纪念红西路军的最后一次战斗。且不论这次战斗的意义，只一个数字和事实就让人难以释怀：在这块不到两平方公里的戈壁滩上，在红西路军的最后这次战斗中，2000多名红军女官兵为掩护领导机关撤离，与悍匪战至最后一个人，拼尽最后一口气。她们英勇赴死时，绝不会、也绝没有今天这些高深莫测的想象，但她们的忠勇与质朴，她们的信念与慷慨，她们的执着与无畏，她们的胸怀与境界，远不是今人可比的。她们为着今天的生活而不惜生命，我们为着今天的幸福而不惜享受。历史就是这样改变着人生的支点。

虽然过去的已经过去了，但天还是那方天，地还是那块地，戈壁还是那样凄凉，荒漠还是那样空旷，曾经在那里闪耀过的生命，化作灵魂伴随着冬去春来，似乎在告诉南来北往的飞鸟：戈壁的曾经，曾经的戈壁；戈壁的人生，人生的戈壁。尽管那是历史长河中的一天，但这一天却定格了长眠在戈壁滩上的那些红军女官兵的一生。

良知会唤起曾经的记忆。戈壁荒漠的胸怀里蕴藏着千奇百怪的记忆，那是生命的记忆，也是人生历程的记忆，有温暖的，也有冷酷的；有甜美的，也有苦涩的；有浪漫的，也有绝望的；有茂繁的，也有枯萎的……戈壁的人生是一种纪念，人生的戈壁无异于一种灾难。

戈壁可以荒漠，人生不能荒漠。正如戈壁可以没有良知一样，人生却不能缺失良知。有人说，现代社会里，你太有良知，太过理想，太求完美，良知是人生的甘露，是生命的沃土。有了良知，人生才不至于荒漠。

（2012 年 8 月）

雨过无痕

雨紧紧张张下了一夜，丝毫没有疲惫劳累的意思，日出三竿的时候，小五还在为能不能出门迟疑不决。

出门的路就是那些，看你走哪条了，选择是自己的，自己的选择总是在犹豫间左顾右盼。小五开门就是一条横在眼前的小河，思来想去，还是赤脚探路，好在河水不深，探着石头过河。

他心里明镜似的，世上的路没有一条不是自己走出来的。走的人多了，就走出朝天大路千万条，千万条路中，众人不约而同都走的那条，就成了大道。可有人偏要大路不走选小路，小五就是这类人。上了这条路，过不过得去河，还得另说。

过河不走桥，许无桥可走；不坐船，或无船能坐。小五明白，如果过河走桥，遇到独木桥，就要独自过，不走独木桥，就要借船过，一不小心上了贼船，就得跟着贼走，不管怎么说，这也是一条可供选择的路。

走自己的路，让别人说去！别人说的，并不是路，而是你的做派行为。走了自己的路，必然和世俗要分两路，和习俗各走一路，与众人不是一路，你常会被当作另类。

生活的路他走得艰辛，事业的路他走得劳累，人生的路他走得平庸，小五知道：尽管如此，这还是他朝气蓬勃活着的标志。活着，就没有舒服，舒服是留给死人的，是坟墓里的人的专利。走到舒服的那条路上，要穷尽一生的行程。

走到舒服路的行程还需要面对现实的勇气，现实没有虚幻浪漫，但须承认，梦想很美好，但目标很遥远。只有憧憬的才美好，只有遥远的才动人，只要有人保证你能活到那一天，理想是身后的花园，梦想是想象的花园，目标是天堂的花园。无论你活到哪一天，你都有花园，你都在花园中。就像激情之下买了保险，保险保平安。可买了保险过马路，还不无例外地紧盯着红绿灯；上了保险看大夫的，还是一万个不放心；有了保险养老的，还是老没有安全感。

想到这些，小五心里又多了一丝忧虑。幻想到昨晚的夜雨，淅淅沥沥下个不停，雨意迷蒙中，他好像又回到了童年。年少时，一觉醒来发现脚在被子外面，就以为自己又长高了，欠身一看，原来被子盖横了。这不稀奇，人生的路上有意想不到的境遇，演化成不可思议的梦幻：猛抬头看到镶嵌在镜框的结婚证，唉，当下的结婚证，与卫生许可证已经难有区别了，唯一的区别也许就是挂不挂在墙上！因为对感情的坚定，海枯石烂的誓言没有能赛过人民币的。

就在这样的胡思乱想中，小五一头扎进薄情寡义的细雨里。生平第一次发现：眼光有多远，路就有多远，眼界有多宽，路就有多宽。迷误的路，就在一念之间；生死的路，就在呼吸之间；古今的路，就在谈笑之间。世上的路，离自己都不远，人与人也不是阴阳之隔，你我就在善解之间，人神就在觉醒之间。这时，他从心底体会到了尽管两个人很近，但心与心却不一定近，如不相交，就远如天地。

亲近天地的莫过于雨。夜雨声如闺密窃窃私语，这让他难以分清是夜晚的安静还是夜雨的优雅，有雨的夜晚平添了几多思念，母亲的影像跳出脑海，闪现在他眼前。母亲的背已驼了下来，向生活妥协的背影，让他更加心生敬意。没有父亲后，母亲还在坚持不遗余力地劳作，为儿女分忧，与生活同行。

母爱就是这样伟大！像这变幻莫测的雨，挥之不去的是清新、滋润。只是扎根在记忆里的这些东西，我们赋予了它们来去自由的权利，随时随地随便光临。

犹如他与春雨。他们有过一段不明不白的感情，至少小五无数次陪春雨逛过公园，无数次替春雨拎过手包，有过几次深深的拥抱。这场无疾而终的情感，各奔东西的缘由是职位的变动。以致小五升职新的岗位许久，仍能清晰地记起春雨当年晨光般鲜艳的那张脸。

时过境迁中被遗忘的常常说不清道不明。再次见到春雨，在一个论坛的颁奖会上，掌声突然响起来，小五看到春雨面色红润，落落大方地踩着红地毯走向主席台，显然是一个见惯了场面的人。就在那一刻，小五想起了始初获职的春天，春雨披着飘洒的齐肩秀发，像一缕春风一样如期而至地吹到他的面前。春雨从乳色的小坤包取出一个精致的小盒，里面装着一支钢笔，她露出几分羞涩，笑意盈盈地说：我送给你一支笔。

那支笔成了小五一生从业的苦和痛。

与笔打交道的职业注定寂寞，也清贫憋屈。小五在机关文秘的岗位上发愤上进，忍辱负重，一心想着出人头地，不说给春雨长脸，但也别让春雨失望。然而，年复一年，小五含辛茹苦收效甚微，春雨渐渐少有音信。

没想到这个雨夜里，春雨的讯息飘然而至，小五一夜难眠，一个个残存的镜头翻腾在他的脑海，但故事的口味寡淡。

一样的夜，一样的雨，只是那夜的雨绵绵密密，温馨地敲打着宁静，激起情趣的欲望。

那是个容易发生故事的时间，也是个容易发生故事的场景，还有个容易发生故事的对象，千万别发生故事只能是一厢情愿的良好愿望。

愿望成真。本该容易发生的事竟然没能发生。小五与春雨都难以置信。

如果一个人的世界里全都是"不容易"的东西，那他真是悲哀无聊了。活着不容易，学习不容易，工作不容易，爱情不容易，成家立业不容易，养儿育女不容易，家庭和睦不容易，夫唱妇随不容易，什么都"不容易"，会是一个什么样的世界？

一个雨过无痕的笑谈。

今天，雨还没过，小五居然因为夜间收到春雨的一个信息，鬼使神差地要去延续这个笑谈。

沿着一条没有走过的路，小五畅想着：也许，雨过的天，是云开雾散。没云的天蓝得像海，没雾的天净得像玉，这样纯洁无瑕的天气，灵性又灵犀，与春雨的幽会，会这样吗？

（2014年6月）

迟来的纪念

盛夏的阳光，也没能温暖梨园口的戈壁。倒让来梨园口凭吊的人，在炎炎夏日感受到这里的风冷地寒。

这不是梨园口的错，也不能怨天恨时。梨园口的戈壁原本就是那么凄寂，那么苍凉。只是这里的地理给世人留下太过美妙的想象——河西走廊上的丝绸之路，丝绸之路上的河西走廊。

梨园口原本是个大概念。是梨园河北出祁连山经北麓山脚下的梨园堡而得名，一个四面环山的椭圆形河谷小盆地。在那里的乡亲们眼里，梨园河出口后口子才是真正意义上的梨园口。

但这并不影响梨园口承载河西走廊的厚重历史。现今不少人还记忆梨园口，关注梨园口，是因为梨园口有过一场史诗般的战斗。

1937 年 3 月 13 日，天寒地冻的梨园口，空气中弥漫着血雨腥风。红西路军妇女独立团的官兵，在悲天动地的惨烈厮杀中，拼尽了最后一丝力，流尽了最后一滴血，在这块戈壁上留下了她们精神世界中最豪迈、最光荣、最灿烂的时光。史料都说，这里是红西路军的最后一次战斗。

完成这次战斗的，是中国工农红军西路军妇女独立团团长王泉媛、政委吴富莲、参谋长彭玉茹、秘书李开芬和 2000 多名官兵，与敌人的一万多骑兵展开殊死血战。她们那娇小纤弱的身躯，那食不果腹的体能，那衣衫褴褛的形影，在敌人骑兵悍匪面前，个个毫无惧色，人人视死如归，没有了弹药，官兵们用枪托、大刀、匕首、剪刀与敌人肉搏。她们留下的最后英姿是：有的手里抠住敌人的眼睛，有的嘴里含着敌人的耳朵、鼻子，有的拖着敌人坠下山崖同归于尽……

躺在梨园口戈壁70多年后，今天才有了一个她们的象征——中国工农红军西路军梨园口战场纪念碑。

纪念碑矗立在祁连山下空寂荒凉的马场滩。位于梨园口戈壁腹部的马场滩，北高南低，方圆两平方公里有余。就在这里，红西路军妇女独立团1937年3月12日投入战斗。早就绝水断粮的女兵们，没有子弹的枪在手，心中多了一分沉重；裂了刃的刀矛在握，多了一分胆气。一天的血战，她们以青春年华的鲜血书写了战争史上绝无仅有的悲壮——不是她们的英勇拼杀，而是她们的惨烈面对！

渐渐被黑暗吞噬的天色，寒风裹挟着戈壁滩谷的砂石，扑打着瘦骨嶙峋的山涧崖壁，冷酷光寒的星月在呼啸寒风中摇晃着，似乎要坠落下来。在梨园口马场滩的阵地上，经过一天血战的妇女独立团的官兵们，背靠背围坐在一起，抵御着寒冷，伤口的血迹已经凝冻，地上的血斑早已成冰。天上没有飞鸟，地面没有人迹，满目褐色，褐色的石头山、石河滩、石坡地。上古时代天崩地裂、洪水泛滥后的蛮荒戈壁上，一条冰冷的河谷，从百米宽的山口子蜿蜒穿过。

天是褐色的，天上那轮飘若游丝的月牙，还照耀着女兵们革命必胜的信念，温暖着她们视死如归的气概。当几只老鹰清晨从道路隘口的上空飞去，祁连山的风顿时伴随着英雄们怒吼的厮杀声，飘荡在空旷的山谷，从戈壁的河滩传来阵阵回音。在以血肉之躯抵挡了敌人一次又一次凶残的进攻中，她们以中国工农红军的名义，从容接受了新的一天的残酷考验。到13日下午5时，阵地上只剩下几十人了。连长刘国英头扎绷带，举起鬼头刀抢向敌人，与敌人血搏到最后一口气。

残阳落在梨园口的山头沟壑，如流淌在荒漠戈壁的斑斑血迹。河谷乱石滩的风夹裹着沙粒扑打在脸上，冷生生的疼。这里就是红西路军妇女独立团2000多名官兵流尽最后一滴血的战场。

今天，这里还有旧战场的依稀凄惨。光秃秃的山涧，嶙峋的乱石堆积，戈壁上、山坡上，仿佛躺着一片片烈士的身影，时而划过的呼呼风声，犹如凄苦的呻吟。眼前，历经九死一生的二千多名红军女战士，破衣烂衫上凝结着的血污，在寒风怒吼中结成冰块，化作梨园口戈壁的丛丛野草，延续着生命的光辉。就像当年青春年华的她们，明知此时已经走到了生命的尽头，但却没有一丝畏惧，没有一人畏缩，没有一分犹豫，没有些许悔意，凛然面对数倍于她们的强敌悍匪。

在她们长眠的这块土地外面的世界，人们早已过着她们曾经为此奋斗献身的生活。人类历史就是这样，不是重复着前人栽树后人乘凉的故事，就是演绎着前人种下祸根后人承担恶果的悲剧。梨园口的历史让我们在品尝今天幸福生活的甘甜时，心中的苦涩总在提醒我们：珍惜来之不易的日子，珍惜先辈的精神财富。

世道早变了，梨园口的地势、地貌、地名没有变。那里的英烈们，除了梨园口还记得她们的存在，马场滩还有她们洒下的鲜血，没有留下什么个人的资料。但人死了，灵魂还活着；生命没了，精神还在。她们孤寂地躺在荒漠戈壁半个多世纪，灵魂也不是一直安宁的。始初，她们抱憾壮志未酬，在天之灵不会放弃对信仰的祈祷，对还在浴血奋战的战友们的佑护；当她们为之献身的理想实现了，她们金玉般的忠诚、信念、无畏，却又在人世间遭受到质疑的折磨——她们的灵魂在风风雨雨的斗争中忍辱负重。今天，在她们血沃的梨园口戈壁上，矗立起一座高大的石碑，褒扬着她们的精神，她们的信仰！

"没有妇女独立团的浴血壮举，就没有梨园口战场纪念碑。"去过那里凭吊的人，都会这样想：纪念碑俨然似红军战士们的化身，支撑着梨园口的厚重历史。

但那是一个并不容易去的地方，那里一片荒凉，那里远离人烟。一旦去了，心灵的震撼就让人寝食难安：这样一个净化心灵的圣地，为什么我是迟来的纪念？

（2013 年 11 月刊《中国双拥》杂志）

生死一言

　　说来都难以置信，平素想都没有想过的事情，往往还会成为惊人的巧合。我在敦化市参观陈翰章烈士陵园的时间就是这样。

　　8月15日，是日本的投降日。69年后的这天，我到达敦化才上午10点多钟。刚歇下脚，朋友就小心翼翼地询问日程安排，我鬼使神差般地生发了想看看敦化文化的念头。

　　文化的概念比起敦化的地界不知要大到哪里去。让我疏忽的是，忘记了文化这个概念的笼统抽象不是谁都明白的。好在朋友很是智慧，率性按照自己的理解把我带到了抗日将领陈翰章烈士陵园。

　　在日本的投降日参观抗日烈士陵园，真是一个寓意深刻的安排，也是一个十分巧合的偶遇。想我中华民族的抗战历史，抗战英烈的不朽精神，敬仰英雄的伟大情怀，所蕴含的文化足以陶冶情趣引导志向。让我来这里看文化，既是敦化人储存在内心的一种文化自豪，更是当代国人文化自觉的由衷表达。

　　这是一个新建烈士陵园，落成才几个月时间。在此之前，陈翰章烈士的身首分离两地，这次才得以合葬，使英灵得到安息。

　　看看陈翰章的简历，一种强烈的感觉是：陈翰章就是为抗日而生的。他1913年在吉林敦化出生。14岁时以全县最小年龄考取了私塾教员考试的第四名。1927年入敦化敖东中学读书，担任学生自治会负责人。17岁时以全校第一的成绩毕业成为教员。

　　陈翰章用义无反顾的短暂人生印证并且诠释了自己"为抗日而生"的铮铮誓言。

　　1932年，19岁的陈翰章弃笔从戎加入了救国军，开始了与侵略者死战到底的铁血生涯。"九一八事变"后，陈翰章参与组织反日爱国宣传活动。1932 年 8 月陈翰章参加吉林中国国民救国军，任总司令部秘书长，参加攻打宁安县城的战斗。同年冬加入中国共产党。1940 年，时任东北抗日联军第一路军第三方面军总指挥的陈翰章率部与日军作战，由于叛徒告密，陈翰章和战友被敌人包围，最终牺牲，年仅 27 岁。

一个人的价值不在生命的长短。陈翰章生命的历程很短暂，但却活出了人生豪迈。我们无论生在什么环境和时代，要活出人生的精彩，有千百个选择，而千百个条件中只有一个是主宰，那就是在人生的重大选择时，坚定的理想与信念才是真正的追求，才是价值是否永恒的体现。

陈翰章以自己年轻的生命践行了理想与信念。牺牲后敌人残暴地将他的头颅割下，送往当时伪满首都新京（今长春市）邀功请赏。陈翰章的遗体躯干被运回敦化，1940 年 12 月底安葬在他家乡附近的山坡上。1948 年 10 月，长春解放后，党派人找到了陈翰章的遗首，安放在东北烈士纪念馆，1955 年又安葬于哈尔滨烈士陵园。

2013 年 4 月，陈翰章诞辰一百周年，烈士头颅被迎回吉林省敦化故乡，身首合葬于陈翰章烈士陵园。

这个陵园位于翰章乡翰章村西，从 2012 年 8 月开工建设，总投资 500 万元，占地面积 11400 平方米，由碑林广场区、烈士纪念塔、烈士墓区、绿化区组成。据介绍，陈翰章烈士陵园所有建筑都与陈翰章的生命成长、理想追求、奋斗足迹有着骨肉相连的寓意，对今人有着意味无穷的启示。

映入眼帘的"陈翰章烈士陵园"几个大字，由时任吉林省委副书记、省长巴音朝鲁题写的。这个大门建成后高 10.1 米，寓含着新中国成立的日子。

走进陵园，陈翰章烈士雕像和高高的纪念碑首先映入眼帘，这是工程的主体。在陵园广场两侧立有六座题字碑，左右各有三座。第一座是国家领导人对抗日英雄的题词，第二座是敬仰陈翰章将军的老军人题词，第三座是留给瞻仰烈士陵园的后来人的题词。这里的每一个建筑，都在提示我们："记住昨天，珍惜今天，创造明天。"

穿过广场，来到陈翰章雕像前，雕像的下面是一个永久性的花环，在汉白玉的材质上由树枝和树叶的图案组成。2.7米高的雕像和到达雕像的27个台阶，是陈翰章烈士27岁年轻生命的定格。

每个数字彰显着不同的寓意。陈翰章烈士纪念碑高19.13米，墓的直径6.14米，记录着他1913年6月14日出生的日子。

在纪念碑下的陈列馆，四壁都悬挂着与陈翰章烈士相关的照片、文字，分为"少年学子博学多才、探求真理赤心爱国、弃笔从戎抗日救国、转战吉东所向披靡、智勇双全威震敌寇、血染疆场将星陨落、民族英雄荣归故里、高山仰止千秋铭记"八个主题，全面介绍了陈翰章烈士光荣的一生和家乡人民对烈士的纪念活动。馆内除了图片还有展台，用来陈列烈士用过的物品。陈列馆的南侧，情景再现了陈翰章将军当年亲自指挥的牛顶山战役，将士们浴血奋战的英雄气概感天动地。

绕过纪念碑，呈现在眼前的是八面体将军墓，寓意为陈翰章烈士出身于满族。墓穴四壁印画着仙鹤绕顶、长城蜿蜒，一幅烈士驾鹤西去图令人浮想联翩。面对倭寇侵略，在民族生死关头，中华儿女就是这样，地不分南北，人不分老幼，同仇敌忾，视死如归。

"为抗日而生""为抗日而死"，陈翰章烈士的生死一言，如同一座精神丰碑，矗立在白山黑水间，辉映着中华儿女坚贞爱国的荣耀。

（2014年8月）

一纸之交

　　看了题目，恐怕许多人就会觉得倒胃口。没有多少人会苟同这样的交情！一张纸能留住什么情谊？能建立什么样的友谊？然而，我就生活在一张纸的交情中，与只有一纸之交、一面之交的许多官员、老板、专家、学者、百姓成为感情深厚的好朋友、好兄弟、好伙伴。

　　有时候我就想，为什么很多友人相隔数十年还打听到沟通方式，恢复交往？其实也就是一张纸留下的情谊。那种情谊没有铜臭味，没有庸俗气，更多的是一种日久见人心的美好回忆，抑或是难以忘怀的欣赏敬佩情结。

　　与钱权交往相比，一张纸的交情实在是不足挂齿，唯一不同的是，一张纸上表达的是真情真意，一面之交留下的是诚实可信。这样看来，人的交往纯粹些，更能保持友谊的恒久不变。

　　在岁月的流逝中，一纸之交也许会被别人淡忘，但纸上的文字还记得，记在纸上的文字成为历史，历史也就记下你们的交情。无论交往以后的发展轨迹怎样变化，历史都会为你们作证，你们曾经有过的一面之交、或许为患难之交、也许为忘年之交、还可能是生死之交……

　　2015年1月17日是个法定休息日。无意中从网上看到原陕西省委书记白纪年逝世的消息，突然想起采访过他的一段往事，就因为采写过他的这一面之交，顿时回想起多年来一直对他的关注和留意。得知他逝世的消息，感到十分难过。

　　那是1986年的夏天，白纪年书记在宝鸡市调研，我刚进国家部委一家初创的报纸做记者，到陕西省民政系统采访，民政厅领导介绍了许多关于省领导关心重视支持做好民政工作的事情。二十岁出头的我，有一股初生牛犊不怕虎的冲劲，当即提出了采访省委书记的请求。后来听说白纪年书记不在西安，到宝鸡调研去了。我不顾省直部门领导的质疑与为难，执意赶到宝鸡市。打听到白纪年书记住在市委招待所，又直接赶过去联系，没想到的是，白纪年书记欣然同意接受我的采访。

事先没有采访报告，没有采访提纲，这样唐突的采访要求，一个省委书记有一百个婉拒的理由。但他怎么就接受了我这个名不见经传的小记者的采访呢？大家百思不得其解，我当然不会去想那么复杂的问题，只是期盼着听到白纪年书记畅谈陕西重视民政工作的问题。

秘书把我引进招待所一个简朴的会客室，白纪年书记笑盈盈地走到门口迎接我，这让我很受感动，也备感轻松。这是我生来第一次这样近距离地与一位省委书记接触。他的平易近人，他的和蔼亲切，在握手相见的那一刻，瞬间幻化成省委书记的雕像，铭记在我的脑海里。

说起来十分羞愧，在去采访白纪年书记之前，我对他的情况一点也不了解，并且也没有条件做采访功课。那时我所知道的白纪年书记和老百姓们知道的情况差不多，非常清楚他是一个很大的官，对陕西发展走向和百姓生活改善很有话语权。诸如他什么时候当上省委书记的、怎样当上省委书记的、有些什么从政经历等等，都没来得及进行了解。

可采访还要进行。我把自己的无知坦诚地道了出来，没想到白纪年书记听得那样耐心，安慰道：你让我了解了你，我们就没距离了。没有距离就能交心了。

会心的笑意中，白纪年书记说："做记者的真诚好。真诚才可信，可信才可交。"短短几句话，道出了这位省委书记的人格魅力。人世间还有什么能比交心更金贵的！白纪年书记从做人做事谈到为官履职，话题自然贴在了民生发展上。"民政工作是服务百姓生计的工作，民政部门就是为老百姓的生计操心办事的，党和政府对人民群众的关爱和温暖就是通过民政工作来传达的。所以说，关心重视民政工作，是各级党委政府的职责所在，是对老百姓的感情使然。"

这些话今天听来已经比较熟悉，但在 20 世纪 80 年代初期，一省主官在执政中能对人民群众倾注那样的情感，实属难得。特别是对与人民群众生活疾苦密切相关的民政工作那么关注，有那样深刻的认识，更是可贵。白纪年书记从三秦大地百姓的生活改善谈到经济社会发展，从部队官兵在边疆前线流血奉献谈到拥军优抚安置，对民政工作的一些精辟见解至今还令我铭记在心：

谈到民政工作的重要性，他说：乍看，民政工作无大事，但出了问题就不小。比如帮扶贫困户，照料敬老院老人，做好复退军人的优抚安置，解决好拥军优属工作中的新问题，都是些非常具体繁杂的事务性工作，但不尽心、不到位，就会引发社会稳定与社会舆论问题。

谈到军政军民团结，他说：拥军优抚安置工作是一项政治性很强的工作。掀起拥军热潮，加强军地团结，密切军民关系，既维护了社会稳定，又为改革开放提供了保障，既为经济建设增添了活力，又促进了社会和谐。党委政府必须重视把巩固和发展军政军民团结的光荣传统继承好、发扬好。

谈到民政工作的方法，他说：民政工作的重心在基层，重点也在基层，要把关注点转向基层，把着力点放在基层，把老百姓迫切需要解决的问题解决好，把人民群众的切身利益维护好。

谈到党委政府的重视，他说：民政工作事事连着民生，民生连民心。领导干部心中没有人民，执政不为人民，还有什么宗旨可言，还有什么党性可言，还做什么官？执政为民生，权力为民用，是每个党员干部都必须践行的义务。

在近两个小时的采访中，白纪年书记始终没有离开过对三秦大地经济发展的谋划，没有离开过对人民群众生产生活的关心，没有离开过对奋战在边疆前线将士的关心，没有离开过对改革开放大潮中社会稳定的思考。后来，我写了一篇题为《记住最可爱的人和最困难的人》的专访，发在这年8月的《社会保障报》上。在一次全国会上又见到白纪年书记时，他一眼就认出了我，主动过来和我握着手说："你是个诚实的好记者。"

遗憾的是，我竟然不知道该怎样回答白纪年书记的话好，只是傻傻地笑道："谢谢书记。"

这是我们的最后一次见面，也是最后一次交往。但是，也从这个时候开始，我便热切关注起这位省委书记的人生历程来。在收集的资料中，我知道了他出生在陕西绥德，是中国共产党执政以来，"第一个用民主推选办法产生的省委书记"。

那是 1984 年 5 月，中共陕西省委第一书记马文瑞当选为全国政协副主席。那么，由谁来接替主持陕西省委的工作？中共中央决定由陕西省委以民主推选的办法产生省委主要负责人。

这是一次具有划时代意义的民主推选。参加推选的有陕西省、市、县及省级厅局领导和大型企事业单位的领导干部 300 余人。推选不画任何框框，完全由参加的人按自己意愿提名，无记名投票，当场公布每个人的得票多少。经过四轮筛选，白纪年得票 130 多张，一直是最多的一位。

陕西省委将民主推选结果及意见电报中央。中共中央电复陕西省委，不再设第一书记，白纪年任省委书记。

1984 年 11 月，《人民日报》头版报道了陕西民主推选出省委主要负责人的消息，盛赞"陕西省委采取民主推选的办法荐举省委书记，是干部制度改革的一次成功尝试，值得重视和推广"。国内数十家报纸刊物转载，美联社等国外媒体竞相报道。时年 58 岁的白纪年成了中外驰名的新闻人物。

1987 年 8 月，白纪年被免去省委书记职务。次年，他被选为全国政协常委。1993 年 5 月，时任中央政治局常委、书记处书记胡锦涛约他谈话，对白纪年在任陕西省委书记期间的工作给予充分肯定，指出当年对他工作岗位的调整"是特殊历史条件下的产物"。

2015 年 1 月 15 日 13 时 40 分，白纪年在西安逝世，享年 89 岁。他一生的经历都与陕西有关：13 岁投奔延安，16 岁入党，在共青团和中共陕西省委两大组织内，都做到了最大的官——省委书记。

过往的岁月本可轻轻放下。当年身居高位的白纪年同志，对像我这样身份、角色的人，定然不会长时间地记得、记起，但并不意味着我就忘记了他，不会怀念他。

有的人只一面之交却值得终生铭记，有的人天天相见却乐于绝口不提。在我的记者生涯中，接触的高官富贵难计其数，但只有一纸之交的省委书记白纪年，却如同一座丰碑，始终铭记在我心中。

（2015 年 1 月）

毋忘在莒

初见"莒"字，说不定陌生的人会不少。到山东省的日照市，不去看莒，不知道莒，就有些了无趣味了。莒的历史底蕴、文化渊源、景观情趣，会让任何一个人都有意外的收获。

我误打误撞领略到"莒"的意蕴后，留下的记忆远比一堂说教课要深刻得多，受用得多，长见识得多。

在辞书典籍里，"莒"的字义并不复杂，可归纳出这样一些解释：一是古代对"芋"的别称，芋头是一种芋属植物。二是周代诸侯国名。己姓，旧都介根，在今山东省胶州市西南，后迁莒，今山东省莒县，后为楚灭。三是古邑名。一为春秋时齐邑，在莒县；一为春秋时周邑。

单一个"莒"字没有那么大的意义，也没有那么引人注目。提升"莒"的价值还是源自于历史典故"毋忘在莒"。今天已成为成语的"毋忘在莒"，据考证介绍，出处大体有两个：

一是出自《吕氏春秋·直谏》："齐桓公、管仲、鲍叔、宁戚相与饮酒酣，桓公谓鲍叔曰：'何不起为寿？'鲍叔奉杯而进曰：'使公毋忘出奔在于莒也，使管仲毋忘束缚在于鲁也，使宁戚毋忘其饭牛而居于车下。'"这段历史说的是春秋时代，齐襄公昏庸，齐国内乱，公子小白为逃避杀身之祸，于公元前686年夏在鲍叔牙的保护下，逃到莒国的姥姥家避难，第二年，齐襄公去世，小白历经艰险回齐国做了国君，他就是"春秋五霸"的第一霸主齐桓公。这里是鲍叔牙劝诫齐桓公在夺取了政权后，不要忘了以前逃到莒国的流亡生活。意思是不要忘本，要居安思危。

"在莒"的另一出处，据《史记》等史料记载，公元前284年，燕将乐毅率五国联军伐齐，攻占齐国都城临淄等七十余城，唯莒与即墨两城未被攻占，齐湣王出奔莒城，次年被臣下所杀。其子法章在莒被拥立为襄王，率众保莒以拒乐毅；田单坚守即墨，后来燕军被田单的"火牛阵"所破，夺回了七十余城，襄王守莒而最终复国。这里的"毋忘在莒"，就是告诫"不要忘记复国"。

"毋忘在莒"这个成语对大陆人来说比较生僻，但对生活在台湾的人们来说可谓耳熟能详。蒋介石自1949年败退台湾以后，念念不忘光复大陆，在书房悬挂"毋忘在莒"四字时刻警示自己，以"毋忘在莒"为座右铭，以此提醒台湾军民。"毋忘在莒"成为台湾的一个流行口号。

1952年1月，蒋介石到金门岛视察，特意给金门守军题词："毋忘在莒"。当时，中华民国国军驻防金门的司令官胡琏将军对此心领神会。当年就在金门督造了一座"莒光楼"，楼内有"毋忘在莒"匾额和"莒光"二字，大概是"毋忘在莒"与"光复大陆"的缩写吧。"莒光楼"已成为观光景点。

据说，1964年12月2日，蒋介石视察金门时又发起了"毋忘在莒"学习运动。蒋介石的用意非常明确，就是想借用这个历史典故，鼓励台澎金马的"国军"励精图治，卧薪尝胆，向莒人学习，有朝一日"反攻大陆"。

蒋介石亲笔题写的"毋忘在莒"四个大字，被镌刻在金门最高点的太武山的石壁上。还让制发了"毋忘在莒"徽章。不难看出，蒋介石所引用"毋忘在莒"一定是"田单复国"这一历史典故。他是把台湾当作"莒"，效法田单、齐襄王以小莒而成就"复国"之志。台湾的"毋忘在莒"之声直到蒋经国去世后方才消停下来。两蒋时代的台湾歌曲中也贯穿着"毋忘在莒"精神。

今天，站在历史的高度去看蒋介石的"毋忘在莒"，不管是表达他认祖归宗的炎黄同根情，还是寄寓反攻大陆的南柯一梦的呓语，"毋忘在莒"的情结都是值得称道的，数典忘祖历来都被世人所唾弃。同时，也会发现蒋介石终其一生坚持的"一个中国"立场，终其一生念念不忘的"中华民族的大一统"大业！在"一个中国"的理念上，国共两党是认同的，这是不争的事实。"台独"分子发起的看似可笑的"去蒋化"

活动,其目的也就是挖掉蒋介石所坚持"一个中国"的"毋忘在莒"精神。

　　"莒"作为县名,位于山东省东南部,是日照市的一个县。莒县人杰地灵。有海拔200米以上的低山450余座,属泰沂山脉系,大多呈东南西北走向。到莒县不到浮来山景区,就感悟不到莒县的历史文化底蕴。在浮来山景区内的定林寺,是著名的文学理论批评家——《文心雕龙》作者刘勰(约467—539)的故居。寺院正中矗立着"天下银杏第一树",高24.7米,粗15.7米,有近4000年的树龄。另有一株出生在唐代的银杏,距今千岁益壮。两棵小树缠绕脚下,讲解员们把它们好有一比:比为哥儿两个。可游人却说是好比夫妻一对更为贴切。有专家推断,两千年后,这三棵树将长成一棵。由一棵树分长为三棵,再由三棵又长到一起,合久必分,分久必合,这就是自然的神奇。两千年后,如果我们有幸环绕在这棵树下,后人不知道会把树当景看,还是会把树下的人当景观?世道就是这样,我们站在树下看景,我们也成了别人眼中的景。谁是景谁是看景人,都在情景之中。

　　看近景,也看远景;看古迹,也看自然。莒北的五山(又叫五莲山),虽然只有海拔400多米,谈不上奇峰异山。但它不仅是莒县的风景,更是莒县的风水。山不高,但巨石矗立;树不大,但历经沧桑;景不多,但处处精致。我去过那里,那里的人文地理,续写着历史,传承着文化。于是,我总想,到过莒县,认识了"莒",就会自觉坚定一个信念:无论什么时候,都不能忘记历史,不能忘记故土,不能忘记感恩,不能忘记责任。

(2014年10月)

劣政碑断想

　　树碑立传是中华民族的传统文化习俗。上至帝王，下到百姓，都有喜好立碑纪念的情结。弘扬世风，表彰功绩，纪念恩德，传颂楷模，鞭挞丑恶，无论活着还是逝去，无论仁善还是邪恶，只要有立存需要，都习以立碑传世。

　　纵观古今，歌功颂德的碑可谓司空见惯，但惩恶警世的碑就比较少见，特别是留下千古骂名的碑，更是少之又少了，据考，整个中国仅有两块，一块在杭州骂奸臣秦桧，另一块在广西兴安县的灵渠景区，骂的不是秦桧那样的大官，而是当时的县官吕德慎。

　　立在灵渠景区的这块碑，是一块很值得一看的碑，很有必要一说的碑，很发人深思的碑。不仅仅是符合当下时宜，还适合国情社情民情需要。是一块功在当时、利于千秋的警示教育碑！

　　先说这块碑的名字。讲解时称它叫"劣政碑"。其实，这不是碑文的名称，而是民间的习称。这个碑上的碑文，总共就 31 个字，简单明了："浮加赋税，冒功累民，兴安知事吕德慎之纪念碑"。什么时候谁立的？"中华民国五年冬月阖邑公立"。

　　再说碑文的内容，看了可谓清晰明了。寥寥几语，把为什么立碑，为谁立碑，说得一清二楚，朴实地表达了一方老百姓对时任"父母官""劣政"的评判，警示后人做人要堂堂正正，当官要坦坦荡荡。

　　还从时间上看，可说是一块近代碑。公元1912年成立中华民国政府，以此推算，民国五年也就是公元1916年。百年历史的"劣政碑"犹可为鉴，它具有千古流芳的价值意义。

　　更难能可贵的是，这块碑是兴安县老百姓为当时的昏官县令所立的，开创了民间为劣政官员立碑的先河，创造了一种民众监督官员的好办法。

世上不缺意义非凡的碑，也不缺辞章华丽的碑文，缺的是发自百姓内心的褒扬举动，缺的是欣赏百姓评判官员的行为，缺的是宽容百姓监督官员为政的创造。从这个意义上讲，对一个人民政权来说，广西兴安县灵渠的"劣政碑"算得上是无价之宝了。

或许正是因为如此，这块"劣政碑"才在灵渠景区的精华地带占有立身之地。灵渠是我国古代伟大的水利工程杰作，也是世界上最古老的运河之一。开凿于秦代，建成于公元前214年。公元前221年秦始皇统一六国后，即发50万大军征发岭南百越民族，秦军至此"无以转饷"，于是秦始皇令史禄监工"凿渠运粮"，修筑了这条沟通湘江与漓江的运河。它对于维护国家统一，促进岭南地区经济文化的发展意义极大。新中国成立后，灵渠多次修整，可灌田数万亩，现已成为旅游胜地，是兴安最重要的景点。

灵渠是兴安历史的景，"劣政碑"是灵渠现实的景。如今看"劣政碑"，别有一番滋味。想想这样一块百姓大众立的碑，况且还是一块留下千古骂名的碑，历经百年风风雨雨，政权更更迭迭，还能在与四川都江堰、陕西郑国渠并称秦代三大水利工程的灵渠保存完好，天天与游人见面，实在是一件值得赞叹的事。一要赞兴安人民，没有心怀天下的"匹夫"之责，哪有立碑和守护的担当与勇气？二要赞"劣政碑"的管理部门，没有是非曲直的正义感，哪有把世俗视为悖理、权势难以容忍的"骂官碑"保存得如此完好？三要赞后来的当政者容得下这块碑、正视这块碑，更要对那些能够"以碑为鉴"的清廉官点赞。

一个名不见经传的"劣政碑"，让吕德慎这个不顾民生疾苦的昏官遗臭万年。这让我想起一度时期，有些地方争抢历史名人的滑稽事情来。不管是好是坏，只要有些子虚乌有的历史，什么淫棍恶妇，什么汉奸叛徒，什么贪官污吏，什么牛鬼蛇神，在一些地方的官员眼里都成了香饽饽，打着发展旅游事业的幌子，借助发掘历史文化的由头，建庙塑像，立碑纪念。想象一下，不妨容忍民众为那些为官一方祸害一方的官员立碑，给继任的官员以警示，使之有所敬畏。如果允许的话，现在是不是可以在谷俊山的老家给他立个"耻辱碑"？能不能给周永康们立个"腐败碑"，给小官巨贪们立个"贪婪碑"，给"庸官""昏官""懒官"们立个"无为碑"？

"碑"本无好坏之分，既可留名千秋，也可遗臭万年，完全看"碑"上人的造化，看立碑人的评判。据史看来，允许百姓大众自发给官立碑是个好办法。现今，有些官员很不自觉，执政不爱民，掌权不为民，总是把个人名利凌驾于人民之上，把群众的疾苦丢在九霄云外，纳税人的钱养着他们，人民的信任交给他们，他们的心中却没有人民的利益，人民还拿他们无可奈何。随着经济社会的发展进步，如果我们也开明一些，善待一方群众用自己的方法来监督一方的官员，使为官者的德政留在"碑"上，既可以激励任上官员奋发有为，又可以监督在任官员勤政为民，既可以惩戒无为官员祸害民众，又可以警示后任官员要心有戒律。

当然，最好的是官员们能够自觉把"劣政碑"立在自己的心中，常怀敬畏之心。

（2015 年 1 月）

黑白照片

现代化把我们带进了彩色时代。丰富多彩的生活幻化为人们脸上的几分惬意，眉间的一缕春意，嘴角的一丝笑意，蘸着春夏秋冬的浓墨重彩，描绘出绚丽的理想和信仰，灿烂的今天和明天。

这让我们会情不自禁地去回望昨天。昨天就像一幅黑白照片留在记忆的长河，久久不能释怀那些影像的曾经：曾经的岁月，曾经的崇尚，曾经的思绪，曾经的奋斗。

还记得，在一间不大的荣誉室，我们曾经就注视着那些黑白照片，漫无边际地交谈着。窗外有棵挺拔高扬的古槐，粗枝密叶的空隙里，虽然正午的阳光透射过来，但也变得微弱稀疏，如同远古的时光。

话题很自然地延伸到一些淡忘的记忆，一些模糊不清的旧人往事。宽容大度的人看问题，总是从善意出发，着眼于乐观向上。没有多少人没有过的嫉妒心，在胸襟宽怀的人眼里，嫉妒是对另一个人的内心认可。你说，要活出今天的精彩，最为理智的选择，莫过于不能让太多的昨天占据了你今天的时间。今天是创造精彩的时刻。只有把握住今天，运用好今天，才有创造精彩的机会。

今天是个心祭的日子。仰头阅天，俯首读地，三跪敬神，九叩拜祖，侧耳听风，立身沐雨，说不上有幸不幸，赶上这个世道的这趟旅程，撞上了这段命运的游丝余气，就当赏景观色中的一缕雾障，过眼而逝，该去的已随天意，铭刻在脑海的只是曾经的心祭。我有今天的这般开怀心境，今天的这种悠闲自得，虔诚地感恩于"种瓜得瓜、种豆得豆"的善恶报应，还有黑白照片的护佑和激励。

那些黑白照片，那些稚嫩笑脸，想来很远，其实很近，在朦胧中走近，在思念中走远。那时，我们不惜代价拼命地奉献年轻的资本，为号召、为信仰、为理想，挥洒汗水，张扬青春；今天，大事小事好事都会掂量轻重算计成本，为得失、为眼下、为自我，权衡利弊，奢求利益。虽说是一代人有一代人的责任，一代人有一代人的信仰，一代人有一代人的历史使命，一代人有一代人的价值观念，但谋划这个时代的生活，需要黑白照片崇尚的精神，需要稚嫩笑意蕴含的信念。

生活没有如果。有一年，旅途中有了与海邂逅的机会，滨海城市变幻无常的黎明让我心情越加舒朗。日正中天的时候，我去海边商店买嚼味的零食，和店里的老板说了一会儿话。我们总能认识很多人，这就是生活的代价，但你别指望会和他们走近，这就是为什么现代化了大家反倒感觉孤独。当我走出商店，猛然意识到，老板在阳光的阴影中琢磨我，犀利的目光显得细长，如果不是不屑，没准就是嘲笑，他手中甩着一串长长的钥匙链，怪异的站姿会让你疑窦丛生。

进步总比退步好。黑白照片的历史，是留下记忆影像的曾经。我鬼使神差般错过了成为历史的机遇，以至于到现在，我还只是我，我还是自己的祖辈。

他们原是一个激情四射的生命，一位生龙活虎的乡友，现在化作墙上一张张黑白照片。死亡定格了他们人生的精彩，定位了他们人性的伟大，定住了他们成长的年龄，他们永远是那样青春年华，永远是那样朝气蓬勃，永远是那样忠贞可爱。对我们来说，可爱的是他们的担当；对他们来说，可爱的是信仰的承诺。

有时想想黑白照片到彩色时代的生活，就像一个故事中两个不连贯的情节，一篇文章中两个风马牛不相及的故事。无论是故事的情节，还是文章的故事，也许谁也离不开谁，没有情节的故事，没有故事的文章，不会是黑白照片的历史，也不会是彩色时代的现实。彩色时代让人们的生活更加敏感了。你在做好事的时候，不大有人注意，甚或不会有人在意。但你在以为天下人都没有注意的时候做了一些坏事，却事事次次都被人发现了。

每每此时，我就想跪拜在黑白照片前，叩首祷告！尽管并不确切地清楚到底是为了什么，只对这种油然而生的荒唐有种说不出的凄凉。

把黑白照片与贫穷落后连在一起不一定完全是错误，虽然有些异想天开，但那确实是一个时代的印记。

他消失在南方热情的阳光中，留下的照片上只有光亮，没有色彩。"自然才是真"。他常这样和我们说。自然本是缘的根本，但人的智慧幻化了它。糊涂被孔子赋予了中庸的学问，被老子赐名为无为，被庄子授名为逍遥，被墨子取名为非功，被如来教化为忘我。糊涂是一个不明了，世间万事难就难在一个不明了。一事明了容易，事事明了就难；本来明了容易，明了不明就难；知道明了容易，明知糊涂就难。世间的许多时候许多事情，揣着明白装糊涂成就了大智慧。问得清楚、说得明白，却成为无趣、无聊、无知。

难以抵挡生活在南方那片天地的人都能先富的诱惑，虽然他也是当地闻名的大富了，但让山区乡亲们都能过上殷实的生活，才是他不可抑制的向往。那个早晨，他怀揣着没有丝毫杂质的信念，走进了同一片蓝天下一个生机勃发的世界，收获是：任何时候都不要给自己负面的暗示，不要让自己处于负面情绪中。如果你整天苦大仇深、怨天尤人，财神见了都会躲着你走。

都在窥视他带回了什么致富秘籍。他两手空空却信心满满，积极向上的勇气和精神让乡亲们看到了彩色般的希望。他说，蕴含在宇宙的，有探究不尽的秘密：你感觉好，就吸引好的事物；感觉糟，就吸引糟的事物。好的事物接踵而至，山区的这片天地亮堂起来。而他的人生笑貌，却被理想的追求定格在黑白照片上。

因为操劳过度，他猝死在异乡的取经交流活动中——一个名不见经传的村党支部书记，还是那样的年轻！

接他回家。山区乡亲争先恐后要去，这是一份荣耀，长辈们把这份荣耀赋予了我。本来我是要坐飞机去的，天上的轨迹很高，很阔，很直，也很风光。可我还是从地面走了，意外改变了行走的轨迹，地上的轨迹不像天上那样简捷，地上的轨迹变化多端，行走的历程与风险有说不清的不可预知。但地上的行走很真实，很扎实。就像村支书那样。

"幸福"是风靡 2013 的一个热词。电视人举着话筒问"你幸福吗？"问得人心惶惶。是要脸面还是要幸福？权衡利弊，脸面是要天天示人的，幸福只是个说辞。问者明白，说者明白，听者糊涂：舍家离乡出门打工，含辛茹苦挣钱养家，你说幸福吗？一经民间传播，幸福一问就演变为带有几分调侃、几分嘲弄、几分讥讽的揶揄。真实的幸福，不是活成什么人什么形式什么样，而是能够按照自己的意愿去生活，生活得自然惬意。今天的社会，不是需要幸福作为一个询问热词，如果幸福作为一种满足流露，时代才会铭记！与其问你"幸福吗"，不如问"你快乐吗？"

　　村支书那张挂在荣誉室的黑白照片，虽然已经成为历史，但看起来他依然是那么年轻，那么快乐。

（2014 年 4 月）

闲时舒心

闲来心静时，总是琢磨一些经历，一些思考，一些交往，一些记忆，一些省悟。冥冥中像是与一些人相处记忆的对号入座，又像是与一些人交往交流的感悟收获，有时还像是阅读过后难以忘却的品味欣赏。

认字明理就有这样的意思。记得小时候启蒙学习时，对很多字的读音释义总是似是而非。比如"辩""辨"，都是一个拼音读法，但用的时候总是写错字，老师屡屡教诲，就是不长记性，很是不爽。后来闲时拾卷，在《滕文公下》中读到了"夫子好辩"一语，终究搞明白了"辩"是争辩或辩论，言辩能使理明、道清，能提升对是非曲直的辨别能力；又在《中庸》读到"博学之，审问之，慎思之，明辨之，笃行之"，确知"辨"是在知识积累、消化和跃升中理性甄别的功夫，是自身理论素养和敏锐洞察力的体现。类似明了，自觉受益匪浅，开心不已。

舒心是人生大事。大凡心情不爽，往往纠结成病，病生于心，久积成疾，心疾成患。世上难治的莫过于心病。心病医治莫过于心药。对人生而言，防治心病的几味心药是不能不备的：心善，乐善好施；心宽，宽大为怀；心正，正大光明；心安，安常处顺。人生的心药也不是好服的。记得一位师长讲过一句话：得意时淡然，无异于给自己留下一条退路；落魄时泰然，恰如给自己找到一条出路。于是，我就想，把人生的好与不好都视作一种经历。好是精彩，不好是磨砺。平平凡凡做人，认认真真做事，快快乐乐生活，抛弃满身疲惫，让花香衫里，让雨润心里。

自己的愉快开心，是建立在自我心性、心境、心灵上的。总看别人不顺眼，只会让自己心里添堵；总看别人的长处，就会让自己在不断丰富成长中享受到满意与自信。为什么世人推崇难得糊涂？太聪明了让人防备，太傻了让人摆弄。介于聪明与傻之间，才叫智慧。每个人的生活都有苦有累，殊不知生活的苦累，一半是源于为生存而辛劳，一半出于为面子而攀比。生存的艰辛困苦只劳其筋骨，有收获的乐趣慰藉；而虚荣的欲望膨胀却伤及心灵，心累的苦痛却难疗治。所以，大凡生活在别人眼神里的人，定会迷失在自己的心路上；如果现在能把原来看重的东西看得轻了，原本看轻的东西看得重了，就是你舒心的日子到了。凡事不必那么较真，宽容别人是度量，谦卑自我是分量，度量加分量就是质量。由此看来，追问生活的真谛并不那么难以回答，实际就是宽恕与忘记，宽恕那些值得的人，忘记那些不值得的人。那些被社会认同值得的人，一定是践行生活真谛的人。

有精神寄托才有心境愉悦。书是精神丰富的源泉，也是精神的伴侣，修养的导师。对心仪素养与品位的人来说，读书是件快乐的事，虽然到什么年龄读什么书、悟什么理是个人选择，但读与不读的精神境界却天差地别。不惑之年间，我莫名其妙地爱好读些孔孟之道的书，由此想起曾经耳闻的一些是是非非，目睹的一些伦理道德，很是好笑。有一年，人事部门考查干部，听说某文化单位的一个"官迷"，本是街道居委会工厂的料，跃进到了这里，又一心想升迁，为彰显能够团结群众的长处，就大言不惭地说"自己可能是受孔孟思想影响，对人处事总是秉承中庸之道"。事后考查官员调侃说，不知道是不是真的读过孔孟？能不能读懂孔孟？其实，能不能读懂没有什么关系，北京的侃爷们天生这个乐趣，只要能过嘴瘾，只要能彰显自己，只要有忽悠机会，什么大话不能说？天南海北胡侃又有何妨？虚伪、虚荣、虚假，到底是与读书关联不大的。

虽则如此，但闲暇时读书让人开怀却是真的，就是读闲书也添情趣。有段时间，突然掀起一股国学热，在不遗余力地向世界津津乐道时，我发现西方人对国学的许多东西已经熟记于心，国学中的许多文字游戏已经玩于股掌。以古今"绕口令"为例，《论语·为政》中有段话：子曰"……知之为知之，不知为不知，是知也"。孔子把知识分为"知"

与"不知"两大类，关注"知之"；而《庄子·齐物论》记载：啮缺问乎。王倪曰："子知物之所同是乎？"曰："吾恶乎知之？""子知子之所不知邪？"曰："吾恶乎知之！""然则物无知邪？"曰："吾恶乎知之！虽然，尝试言之。庸讵知吾所谓知之非不知邪？庸讵知吾所谓不知之非知邪？……"王倪的口头禅是"那我怎么知道"。王倪说，你怎么知道我说的"知之"就不是"不知"，你怎么知道我说的"不知"就不是"知之"。

无巧不成书。读这些典籍的时候，偶然读到拉姆斯菲尔德出的一本叫《已知和未知》(known and unknown) 的回忆录，其中有段话的大意是：有些事，我们知道我们知道；有些事，我们知道我们不知道；还有些事，我们不知道我们不知道。这让我惊奇不已。我们习惯于古为今用，但拉姆斯菲尔德已经"中为洋用"了，并且"中为西用"到如此炉火纯青的地步，真让人长见识、开眼界！

树是越活越经典，人是越活越心闲。饭后茶余，聊些闲情逸致，既是心境写照，也是嗜好使然，还是省悟留言。记得刘再复先生在一篇散文诗中说：回归童心，是人生最大的凯旋。人到一定时期，能够自觉凯旋，当是大喜。可怎么回归？刘先生的主意是：要努力做一个人，努力从"有知"变成"无知"。即变成一个像婴儿那样不知算计、不知功过、不知输赢、不知得失、不知仇恨、不知报复、不知廉耻、不知生存策略、不知恩恩怨怨的人，也就是回到庄子所说的"不开窍"的"混沌"。这样的舒心与闲适，你要与不要？

（2014 年 12 月）

第二辑
乡 愁 的 味 道

　　所有的爱，都是神圣的，神圣的爱都可以成为心中的敬仰。一山一水，一草一木，它们都是祖先的传承，长眠地下的先人，以及传承创造伟大文明的凡人，都是值得后人缅怀敬仰的。我几十年的工作经历，走南闯北，看名山大川，赏锦绣江河，但总忘不了家乡的那座山、那片地、那座老房子、那些祖坟。踏出国门阅古今文明，叹繁华世界，却总无落脚的感受，每每想念踏进国门的温馨与踏实。我的根生长在国门里，我的祖辈安睡在国土上，那才是我的祖宗我的家。

乡愁的味道

　　从年少时离家的许多年间，也没有感觉过乡愁的困惑。而在夏日的一个风雨交加的傍晚，清溪村一阵紧似一阵的风雨声，蓦然唤起我对故土思念的心绪。当打开窗户的瞬间，风雨裹挟着草木的气息，掠鼻而过，那是六七月夜来阵雨抛洒的树叶味，是还没被暴雨冷却透的夜风捎来的泥土味。我分明感受到夏雨阵风释放的味道，有土壤泛起的芬芳，有草木散发的清香，有雨点播撒的清凉。

　　这就是我的家乡清溪村。

　　清溪村占据了半面山，边界分明：上为山梁，梁上一条随山起伏的小路，是两个县的区划线，也是清溪村地域的上线；山顶的两端，一边是像鱼背一样的山脊，直插山底的河谷；一边是顺梁而下的一条河沟，以脊沟汇集的河谷为界，天工神造般形成了清溪村的自然地界。

　　这是一块无肥沃可谈的土地。站在山顶，山底河谷尽收眼底。虽然山势陡峭，但依然是丘地田垄相连，一块块、一片片、一垄垄、一层层，在庄稼季节，依山开垦的田地条理清晰，层次分明。地里的麦穗，田里的稻谷，坡上的高粱，地角的油菜，庄稼的色彩如同天然壁画，展示出清溪村的田地分布图。稻熟季节、麦收季节，一阵风来，田地迎风摇曳的稻穗，金黄一片，总可看到波起潮涌的情景。这情景是庄稼人美好生活的图景，他们看到的是生活的光泽，感到的是生活的芬芳。山势间那些奇形怪状的田地，仿佛不是生长的庄稼，而是他们的心田。这些心田里生长着他们的期盼，他们的梦想，他们的幸福。

　　生活在清溪村的庄户人家，没有不知根知底的。从旧社会到新社会，从计划经济到市场经济，从革命年代到建设年代，从改革开放到全面小康，什么都在变，唯独没变的是他们的住地、他们的身份、他们的人脉。在 20 世纪末，山里人的住房还都是些土木结构的茅草房，虽然那些已经破旧甚或有的已经四墙透风的老房子，比还活着的房主的年龄还要苍老，但还是能遮挡住外人对床的窥视，遮住男人女人藏匿在寒舍里的尊严、尴尬、卑怯、贫穷和无奈。谁也没办法去责怨那些被穷山的苍茫和田野的荒凉所包围的茅草房。要怨就怨他们生长在那块贫瘠的土地，正如现今富贵人家责怨生不逢地一样，谁叫他们掠夺财富时那样贪婪，为富不惜破坏生存的家园。山区的地再贫瘠，过去都没有闲着的时候，山里人珍爱那些土地，珍爱滋养那片土地的环境，那是他们的衣食父母，祖祖辈辈依靠着它们养活生计。如今虽然已经没有了茅草房，但那块土地的环境却没有一点破坏。茅草房是一个时代的见证，见证了一块土地上一个群体的生活状况，一段历史中一个阶层的生存权益，一个社会里难以言说的茶余奇谈。

现今的城里人不会不羡慕清溪村的居住环境。

一阵清风掠过，拂下一地寡淡的月光，有些清冷，有些寂落。早春的晚风就这样有些差强人意。

到了三月，那是个好时光，懒洋洋的天，轻飘飘的云，金灿灿的油菜花，绿茵茵的嫩麦苗，满眼春色装点着人们心花怒放的青春，几好时光显美着他们春风得意的人生。

秋雨不期而至，几朵雏菊笑盈盈地绽开在溪边的乱石缝里，似乎在表达着对盛夏生机的感念。

茅草房和老宅子不孤寂，天生热闹。房前屋后的树木成林，林中百鸟争鸣，四季不曾间断过；墙脚路边花草争奇，苦麻菜、生地黄、扁竹叶、芨芨草、车前子、蒲公英，如同尘世上一路辗转轮回的魂灵，悄无声息地提供着邻居般的照料和陪伴。

现代化让社会越来越推崇时尚，人类越来越追逐新潮。人类社会时尚与新潮的突出标志是：一代比一代更加会享受，一代比一代更加注重自我享受。清溪村的人没有什么文化，他们只知道把享受建立在对自己家园的珍惜爱护上，即使建设新居选择宅基地时，也是依山顺势而为，从没有哪一家人去劈山伐木，破坏原始生态；占据山路河道，改变本真生活。当城里人把宜居作为现代化奋斗目标追求时，一年四季都是那样山清水秀的清溪村，陷入困惑："天不下雨天不刮风"，怎么大城市就变得不宜居住了呢？

无论岁月多么厚重，财富多么诱惑，环境多么慷慨，欲望多么贪婪，山里的生活过得多么艰辛，外界把他们看得多么轻微，城乡的情谊多么寡淡，清溪村人都不在意，只记得活着不能忘了两个字："感恩"。他们的祖祖辈把这两个字传给了爷爷辈，爷爷辈传给了他们的爸爸辈，这是祖辈们离世时对他们的唯一交代，那种人将逝去时却还放不下的一个牵挂，为他们积攒了一笔现代化生活宝贵的财富。在城里人为宜居环境而忧心忡忡时，他们却在悠闲自得地享受着长寿的快乐。

"有这样福运吉祥的人生，得益于母亲的博爱"。清溪村人始终不敢忘记感恩，始终敬畏赐予他们宜居的山水自然。人说母爱无私。我说母爱无边，博大无边的爱，总是期盼让儿女快快乐乐成长，堂堂正正做人，敞敞亮亮行事，幸幸福福生活。大自然如同母爱一般，你爱它，它就爱你；你珍惜它，它就呵护你。

乡愁何尝不是一种相思。家乡的味道让我思念无穷。生活在京城，游离于职场，耳闻的真实，目睹的现实，经历的事实，常让我省悟惭愧，离开了自然本真，我早已找不到自己。做人，我不会失人格，不会献殷勤；说话，我不会绕弯子，不会逗闷子；办事，我不会拘虚礼，不会看眼色；遇到我情不自主站错队，在人主与真主面前，我又总由衷地站在真主面前——浑然不知权势面前真主万不敌人主；在通道与正道面前，我总习以为常地选择正道——全然不知官场上的正道并不就是通道；在私利与公理面前，我总自以为是地笃信公理——已然不知道权衡某时某环境公私的利弊大小。没有谁不知道"世界上什么人都有"的道理。但知道"坐在那里不显眼、站在那里没影子、跌在那里没动静"的人却不多。只因为这是些不上眼的人，也不值得上眼的人。属于、善于抱"大腿"的，关注的是"大腿"，有没有"大腿"可抱，有没有值得可抱的"大腿"；习于、专于找"靠山"的，眼睛盯在"靠山"上，找到"靠山"，攀上"靠山"。天天受制于这些人文环境，谁还能顾及绿色环境。一想到此，家乡的味道又让我欢喜让我忧。

（2014 年 4 月）

老宅 老树

　　"老"总有让人备受尊崇的道义。我家的老宅子是这样，老宅子前的老树也是这样，就因为宅子、宅子前的树配得上一个"老"字，它们的身价和对它们的尊崇也就水涨船高。

　　我家的老宅子在清溪村。清溪村躺在两匹山的怀抱里，过着随遇而安的日子。映入眼帘的地理、环境、风景、生态、人文，怎么也难与清溪村蕴含的想象相比。儿时，牧童的记忆如同神话般灿烂：漫山遍野的野杏山桃，会在一夜春风中开得汪洋肆意，一觉醒来，看不够的山花烂漫；心旷悦目的一片蓝天，常在毫无征兆中骤然阵雨大作，雨过初霁，品不尽的山间水雾迷蒙。

　　这一切，真实并没有想象浪漫。但时至今天，还铭刻在记忆里的，仍然是清溪村的老宅子和宅子前的那几棵耄耋老树。

　　川北山区的民居老宅，不完全是以建筑物的年岁论尊长，多以宅基地的渊源为依据。因此，老宅院与"古村落"不大搭界。虽然这里的村民住宅也传承着浓郁而真实的生活气息，这里的生灵也过着安然若泰的惬意日子，但宅院到底是土木结构、石基泥墙、木梁土瓦，除了雕梁画栋，真不大容易冠以"古"意。不"古"并不是不老，不是古宅古居，却是名副其实的老宅老院。宅院屋顶上遮风挡雨的瓦片，烧制工艺仍然是汉代的文明传承；自从他们迁居到这个山区，建成的住宅风格，就是这样的自然而然，一代又一代，从没改变过，用村民的话说，他们的住宅是祖辈的原创。清溪村的老房子，会让人感悟到一种文化，什么样的生活习性产生什么样的建筑风格。

　　老宅的院墙外，是块菜地，旧社会是自家的土地，解放后是自留地。

菜地边的坡坎上，有几棵年长的老树，据说比爷爷的爷爷那辈人还年长。老树年事虽高，但精神焕发，生机勃勃。要说长得挺拔俊俏，莫过于那三棵老柏树了，躯干笔直，冠冲云霄，成为这面山上炫耀大户人家的标志。

到了我们这一代懂事的时候，几棵老柏树还青春当年呢。隔上一两年，我们要在大人的支使下，赤着脚丫子，光着双腿，欢欣鼓舞地爬上几十米高的树端，把长势繁茂的树枝砍下一些，一来减少树冠承受力，防止大风刮折了树冠；二来可以保证树干的营养充足。那时候的山村里，没有谁有古树的概念，也就谈不上保护意识了。可天时地利的自然造化使老柏树不见老，春去秋来，树冠总是绿意葱茏，似乎有意向远山行人传达着老宅院人丁兴旺的讯息。

今天，知道了柏树还分为不同种类。老家宅院前的那些柏树，应该算得上是土著树种了。老柏树在的时候，一到夏季闷热难当的夜里，树枝就散发出一股清淡的幽香，随夜风飘拂过来，顿时让人感到神清气爽。雨后，柏树枝丫的清香随着蒙蒙雨雾飘然而至，感觉肺腑都是绿意茫茫。老柏树让山里的这座老宅子声名远扬，也让老宅院的人分享到大自然的原汁原味。

在几棵参天老柏的中间，有棵水桶般粗壮的茶树。论辈分尊长，只怕是几棵老柏树的奶奶辈了。虽然它也高大，但貌不伟岸，身不挺拔，头不高扬，枝不繁茂。尽管它高大不过参天老柏，但也恰以夫妻般配相比；尽管它壮实不过老柏挺拔，但一身沧桑诠释了它非同凡响的修炼魅力。它一身斑白，酷似长白山深处的白桦树，只不过它比白桦树更婀娜多姿，一身的枝蔓幻化了白桦树般憨实的腰肢。老茶树生就顺势成长的姿态，长到十五六米高的时候，突然把头歪向一边，分权斜着长出五六米的树干，院子里的男男女女都叫它歪脖子树。就这个长势，竟成了老宅院的又一道风景。

谁也说不清老茶树什么时候长成歪脖子的。令人奇怪的是，分叉斜长出的树干，竟然枝繁叶茂，活力四射。在分权处，还添了一个喜鹊窝，筑得又大又结实。窝里的喜鹊成天在宅院前后飞来飞去，清脆的歌唱一片喜气。清晨日出时，呱呱哇哇一阵清唱，那个欢快叫人心生愉悦；傍晚入巢时，哇哇呱呱一阵合唱，那个热闹令人劳顿全消。

喜鹊是山里人从心里头喜爱的吉祥鸟。"喜鹊叫，贵客到"，是一句家家户户人人知晓的乡间俚语。山里的小孩野性大，更淘气，下河摸鱼虾，从石头缝摸出一条蛇来是常有的事；上树掏鸟窝，被恶鸟攻击受到惊吓掉下来并不奇怪。但再淘气的孩子都不掏喜鹊窝，他们清晨起来喜欢听到喜鹊的欢叫声，有客人到家里来，对小孩来说是一件其乐无穷的好事：招待客人必有好饭菜，陪伴客人可以少做家务，倚仗客人可以不惧家长管教……谁家房前屋后有窝喜鹊，都看作是一家人的福运吉祥，羡慕得眼馋。

爱屋及乌。老宅院的几十口人没有不喜欢老茶树的，喜欢在老茶树上的那个喜鹊窝，自从筑起就没有废弃过，年年都有喜鹊进驻在那个窝里"生儿育女"。喜鹊是不用旧巢的，但这个例外让老宅院的人多了一份喜兴。每年的小喜鹊出生后，房前屋后就异常热闹起来，喜鹊辛勤觅食不停地飞去飞来；"一家"牵挂在心不断地呼唤回应。老宅院沉浸在吉祥喜鹊的快乐熏染中，和谐就在这样的感染里开花结果。

从老茶树斜着长出枝干，院子里就再没有人敢爬上树去采摘老茶。茶树枝丫生脆，极易折断，听老人说，老茶树是从不去攀爬的，要享用树上的茶叶，也是用一根竹竿绑上刀具，生生把茶树枝割断拉下来，再摘叶煮茶。可自打我晓事，就从没有见谁用老茶树的茶叶煮过茶喝，也从没听说过谁动过采摘老茶树茶叶的心思。但这并不说明老宅院的人对茶树在感情上生分了。有一年的春寒季节，桐子花开的那几天，一个夜晚突然狂风大作，把老茶树斜长出的枝干吹折了一截，挂在树上摇摇晃晃，骨断皮连，掉不下去，院子的老老少少都惋惜不已，愤愤地诅咒老天可恶，大骂狂风该绝！

老宅院至今还健在，曾经守护宅院的老柏树、老茶树却早已作古。其实，它们本该是眼看宅院辞世作古的生命。世道就是这样，没有什么是不可能的，只有你想不到的。人与自然也是这样，人虽然有良心却吝啬感恩，自然虽无心却不惜奉献。老宅、老树就是例证。

人总是难以忘怀生养自己的故土。清溪村的老宅、老树使我难忘。老宅前的老树都辞世了，今天的清溪村，去探奇寻幽，也还不会让你过分的失望；去摄影写生，也仍不会让你特别的失落。不过，当年穷山恶水的印象，正在被通了公路的现状覆盖，清溪村的淳朴和原汁原味正在日复一日地消失。

（2014 年 5 月）

老村 老名

　　我只是穷山村落的一个孩子，以念念不忘的心绪，缅怀着记忆中那座顽冥不化的大山，那条崎岖蜿蜒的小路，那片耕种希望的田地，那个情意缠绵的村子，那些憨厚质朴的地名。在时光流逝中，在岁月成长中，这个山村的一草一木，凡人凡事，幻化为一种乡愁，渐渐融进生命的血脉。

　　那是一个山清水秀的老村庄，从我记事的时候起，就是一幅亦真亦幻的水墨图：蓝天白云下，山上的田园风景如诗如画；雨雾缭绕时，村户的家宅人丁若隐若现；四季循环中，山坡的物象焕然出新。

　　这个老村庄有一个好听的名字：清溪村。能见证清溪村历史的，现在只有承载村庄的那座大山和依山而下的一条溪流。在它们年岁的记忆里，清溪村历史变迁的影像清晰可见。古朴厚重的山上，有曾经沧桑的痕迹，也有贫瘠一时的烙印，山涧的细流开戳出一条堑沟，沿途流淌的山水，渐渐积聚成溪，源源溪流汇聚成河。

　　清溪村是一个只有十几户人家的山村。山上山下天然界定，山顶上住着一户董姓人家，山脚下住着一户魏姓人家。山上山下经年走出的一条羊肠小道长达10余里地。我眷恋着山坡上的那条羊肠小道，路两边形形色色的花草，总是匍匐在地上，无拘无束地任性开放，朵朵小花像一个个烂漫的微笑，走在微笑铺就的路上，心情该有多么美丽，心境该有多么敞亮，心怀该有多么灿烂。

　　这个村的人丁兴旺时，全村也有百十口人。村里人对山村地理位置的划分约定俗成，都以住在山间的姓氏命名。住在山顶的，叫董家梁；董家下面长达数里地只有一户余姓人家，就叫余家扁；余家下面是一溜缓坡，坡面上下有两座住着王姓人家的大院子，也是这个村里的大姓住户，算是村里稍许开阔些的地带了，成为村里人来人往的活动中心，村里的好田好地都在这两个宅子的周边，以王姓住户为中心，叫王家邦；山湾里有一条水流冲刷的河沟，住着一户赵姓人家，叫赵家湾；河界外山势突出的坡面上，住着两户郑姓人家，叫郑家坡；在山腰下的岩边，住着邓姓人家，叫邓家嘴；岩边下面就是一条越看越深的河流，住着魏姓人家，叫魏家河。要说山地多，还要数董家梁和魏家河了；要说土地贫瘠，也是这一上一下。山上的地势位置高，冬季冷，土质薄，山下光照短，水分重，太阴湿，两种地势都不适宜庄稼生长。

山的壮实身躯掩饰着贫穷，山峦的坚毅抵御着寂寞，群山的胸怀洋溢着喜悦。大山深处沉睡着一个又一个孤陋寡闻的庄户人家，与其说他们是大山的土著，不如说他们是大山的装饰。

油灯照明的年代，油是极其短缺珍贵的，山村里的庄户人家照明，除了桐油灯盏，就是煤油灯了。煤油是个稀缺物资，国家实行严格的量化供应政策，既不能满足需要，也不是家家户户都能有钱去买，所以，还要备有蜡烛以应不时之需。那个年代，山村人家的生活虽然单调，但很亲情。一到傍晚，村户人家的门窗缝隙就透射出丝丝缕缕的光影，闪闪忽忽，悠悠晃晃，一家人围着灯光转。做家务的人走到哪里，灯盏就举到哪里。没有油点灯的时候，就点支蜡烛，烛光照亮一个家，也照亮一家人，照亮一家人的生活。光亮让山村里的庄户人家充满希望。

再回去，山倒还是那道山，村也还是那个村，可路却不是那条路了，人家也不是那些人家了。想闻那麦熟稻香的芬芳，想听那蝉鸣蛙叫的余音，想吸那草味泥腥的空气，想见那鸡飞狗跑的场景，想喝那引进水缸的山泉，想看那夜幕时分的炊烟，想吃那柴火铁锅的饭菜，想念那儿时淘气的玩伴。然而，山顶上的董家已经人去房无，我幼时见过的老人是早已过世了，董家的儿孙辈也都走出了山里，离乡远去，地荒芜到草也不见多长；魏家河没有了住户，寂静到一声鸟叫也惊醒河谷；郑家坡上没有了庄稼，一山树木遮荫蔽日；赵家湾只听得溪流呜咽，邓家嘴挡不住河谷风哮。现在还住在村里的，老人也不足十余位，年轻人只有在年节还可能见到他们的身影，也只有年节清溪村还偶尔能听几许乡音，几阵喧哗。

一种怅然若失的落寞，让我不知所措。我仿佛失去了大山里的老村落，失去了村落里那些土著的地名，那都是祖辈的文明。

一个人对大自然的热爱，一定与他的生命渊源相关。生长在山乡，自然流淌和沉淀着山林的血液；生长在水域，血脉里自然浸染和积聚着水乡的血脉。

曾经的记忆总是美好的。在一年年的季节更替中，还清晰地记得：一年总有那么几天，是山上桐子花开的日子，也恰恰是春寒料峭的时节。都说"春风吹又绿"，而这个时候的风，没有想象中的风那般温暖、那种温存，而是狂风大作，带着阵阵呼啸声从山上的树梢间吹下来，经过我家的门窗向坡嘴河谷奔去。

春的讯息就这样来到了山村，顿时，村里村外的喧腾声热闹了起来，山坡上的耕牛叫，林树间的百鸟鸣，田地里的耕种忙，庄户家的炊烟早。春风草绿，春来人勤。

谁的往日都会有过这样的经历：总是醉心于雄心万丈的追求。城市的喧嚣，居室的变化，让年少的我们不知天高地厚，不惧天高地厚，不信天高地厚。把自己栖身奋斗的高楼大厦当作一座山，把事业成就、职位升迁、劳动获得当作登山的一级级梯坎，虽然心劲越足越往上攀的陡径越艰难，越往高处越是险峻也越接近孤寂，但无知便无畏。当对往日醉心于的追求沦于冷漠与轻视时，已是时过境迁的岁月不饶人了。

其实，没有寂寞哪有宁静呢？

什么都怕比较。老村落与那座大山比起来，山坡就年轻清新多了，村落的老房子就显得深沉多了。山林的青翠与老村的古朴论起来，无论如何村落都该是这面山坡上的土著。村子的主人与村子、村子与宅子比起来，宅子已是世纪老人了，村子却是历史，而居住在这里还健在的老人，只不过是这里的路人。但是，我相信，老宅子总有一天会化为一个记忆，人更会成为这块山地上的一把泥土，而生长在这里的树木，却是永远的土著，无论生生灭灭，它们都是这片土地上的子民，都是这方水土的子孙。

　　无论是老宅、老树，还是旧村、旧名，都是一方水土上的文化遗存，有些是历史留存下来的地理生态，有些是代代相承的民俗生态，也有天人合一的自然生态，抑或一棵树，一条河，一个地名，一家宅院，一面山坡，一座峰峦，对于曾经生长在这里的人来说，犹如流淌在身体的血液，生长在心底的文化。这是一种活态文化，比一个人的生命更长久，比这块土地下的宝藏更珍贵。地下的宝藏只能吸引发掘的人，而活态文化能够留住人，留住爱，留住思念，留住情怀。

（2014 年 11 月）

老家 老人

河开了，枝绿了，春天的灿烂又回来了。蝴蝶细数花朵的舞姿绽放，蜜蜂绣织花蕊的劳作更忙，飞鸟丈量碧空的双翼飘闪，就在这样的春景快乐中，我又踏上了回老家省亲的路。

紧赶慢赶，掌灯时分终于到家，一只差不多到我大腿高的黄花狗，从大门院子里窜出来，跳跃着跑到我身边，摇头摆尾蹭着身子迎接，它好像早就知道我是这个家里的一员，没有丝毫的陌生，也没有瞬间的犹豫。

走进那座已近百岁高龄的老房子，看着满脸风霜的老母亲，眼眶湿湿的，一些熟悉的脸庞在眼前浮动，有些忘怀的景物在记忆里闪现。在我生长的这片土地上，知恩的情愫早已染绿了山坡，报德的期许已经长成了大树，离去又回来，回来又离去，只是季节的循环往复，离去是为了更好地汲取成长的养分，回来是报答故土的恩惠。只要走在那一条盘绕山间的羊肠小道上，就能看到一个个笑脸相迎的老乡亲！

老家的房子经历过几代人的风霜，柴火灶的烟熏，让房顶的梁木都已变黑，但年年一次大扫除，土木结构的房屋还是干干净净的。天黑了，煤油灯的地方就越发红亮。因为我回家，屋子里破例多点了一盏灯，放在方桌上，母亲说，怕我不习惯黑灯瞎火的环境。一盏灯，点亮了一脉亲情，照亮了一家欢乐。

平常，一家人都只点一盏灯，人到哪里，灯就端到哪里。奶奶七十多岁，也是一手举着灯盏，一边踮着旧社会裹过的小脚在屋子里忙活，不是去木仓里取点她特意存放的腌菜，就是在正屋柜子里拿出平时舍不得吃的鸡蛋，或者是核桃、花生之类的干果，一家人都明白，这都是给她孙子留的。就是爷爷在世的时候，不仅从不责怨奶奶的这些做法，反倒怂恿奶奶这样做，一旦有了好吃的，爷爷就忘不了提醒奶奶，给孙子留点儿。奶奶也是一辈子都在那几间屋里忙活，为尽女人相夫教子的终身职责，为她的儿孙们尽享家的温暖。亲情不仅是最真实、最难被忘却的东西，而且是最真诚、最不会被索取的东西。奶奶活到八十多岁，把自己最贤惠的性情、最宝贵的生命、最伟大的博爱留在了这个王姓的家里，就像那盏油灯，照耀着后代做人的生活。

亲情就是这样，许多时候许多事情，在当时都不会觉得有什么特别，有什么伟大，顶多也就是一闪而过的平淡，不知道哪个时候的那件事有多不容易，也不知道有多么用心与温暖，还不知道有多么深厚的情谊与该怎么感激。多少年后再回老家滋生的这些感慨与情怀，成为一种永远无处可买的后悔药。

所以，自从母亲过了七十岁的年纪，我基本上是年年都要赶回去和她待上几天，也与兄弟姊妹带着儿女们一道到乡下的山村给祖宗们烧烧纸、上上坟，传承着祭奠祖宗的家规，也把对爷爷、奶奶、父亲的爱转化为家风，使仁义孝道成为这个家里子孙们的人性禀赋。

偏僻山区的生活十分简单。白昼是眼睛的天地，自然山水的五颜六色尽收眼底；黑夜是耳朵的世界，夜幕笼罩的万千生灵汇声入耳。无论什么季节，白天的山间都是郁郁葱葱一片绿意，太阳一照，色彩鲜艳；就是雨雾天，那绿色也是水灵灵的清幽欲滴。到了黑夜，山峰像一张剪纸贴在天际，没有月光时，星光也很明朗，一团团、一簇簇、一队队流萤在夜空里飘来忽去，如同蛰伏在山里的精灵，秉着星火舞蹈，满山遍野碎光流动。空气寂静得能听见回旋在环山的幽籁，瑟瑟飕飕，似春蚕食叶之声，又如夏夜虫声之音，说是繁星的呓语不过，说是草木的萌芽也对，黑夜的寂静让山涧那些溪泉的流水声更加清晰。

也许是人性的使然，老家的情愫就像融进脉络的血液，滋润着生命的活力，也焕发着生命的青春。以至于每逢年关，总是情不自禁地想起坐落在大山深处的那座老房子，虽然地基已经下陷，土墙早有缝隙，但那是我的老家，也是祖宗的遗存。

年复一年，季节变换，老家和老家的老人也在变化。每一年回去，老家都有不同的境况，老家的老人也是这样。前些年，山村通了公路，回家终于可以不走泥泞山路了；与此同时，老家的人丁也越发地少了，那些曾经给过我温暖的老人们一个个相继辞世，只留下满怀深情的记忆片断。

　　一切美好的事情都有美丽的开头。不过，现实的美好总在覆盖过去。老家春天的温馨是一种景象，去年秋天回去时，又是另一种感受：秋雨初到，树林黯然神伤，雨珠挂在树叶上，树木抑制不住暗自落泪的情景，让人备感忧伤。可这不是秋雨的错，也不是树林的过，这是季节馈赠万物的荣耀。季节让万物更新，季节让万物出彩，季节赋予万物生命的活力，生活的情感。

　　小车开到老家对面的山梁上，放眼望去，在土墙黑瓦的老房子边上，冒出了一座红砖琉瓦的新房子。一新一老，形成了鲜明的对照。我知道，汶川大地震使老房子的地基出现了塌陷，土坯墙壁裂开了半手掌宽的缝隙，家人住在里面，已经感到十分不安全了。弃旧修新的动议就是这样产生的。没想到只过了一个夏天，新房子就建起来了。

　　秋天真是一个丰收的季节。老母亲从城里回去住进了老家的新房子，脸上洋溢着喜庆的笑意，给我念叨说："这里住着空气好。"看到老人的满意与喜悦，我们都有一种说不出的快乐。也就是从这个时候起，又萌生了一个想法：想着如何把生长在京城的槐树挖一棵带回老家，栽在新房子的门外，讨个北方风俗风水的吉利：房前槐树屋后柳。

　　槐树有认祖归宗的情结。听爷爷说，我们这支王姓人家，是从湖北麻城分出来的，麻城是山西洪洞的大槐树下移去的。到我这辈，还略微知道些爷爷辈的兄弟姐妹亲族的分布，尽管依依稀稀，但下辈就一无所知了。有棵北方的大槐树回去，或许长个两三代人，也还知道清溪村这家还有移出北方的血脉亲情，也不至于忘根。

　　所有的爱，都是神圣的，神圣的爱都可以成为心中的敬仰。一山一水，一草一木，它们都是祖先的传承，长眠地下的先人，以及传承创造伟大文明的凡人，都是值得后人缅怀敬仰的。我几十年的工作经历，走南闯北,看名山大川,赏锦绣江河,但总忘不了家乡的那座山、那片地、那座老房子、那些祖坟。踏出国门阅古今文明,叹繁华世界,却总无落脚的感受,每每想念踏进国门的温馨与踏实。我的根生长在国门里,我的祖辈安睡在国土上,那才是我的祖宗我的家。

几场秋雨过去,几阵秋风扫来,树上的枝头便干枯起来,片片落叶随风飘扬,悠悠晃晃跌落到地上,跌出碎声细语,犹如夜雨的和声,又如晨露的浅笑;犹如风去的回眸,又如窃喜的耳语。光阴如梭。人人都会老,老家对老人意味着什么呢?秋风秋雨又会诉说些什么呢?

（2016 年 10 月）

母亲的山坡

兄弟姊妹天各一方的时候，才感觉到想家的辛苦。等到各自立业成了家，总感觉到一种缺憾，离开了乡土人情的家就像是个驿站。这时，才发现对于儿女来说，有父母才是家。

自打有了这种情愫，回家看父母亲的路就没有什么时候不觉得漫长。父亲辞世以后，我们兄弟姊妹走这条路时又平添了几分沉重、几分忧虑，为现在只能独自撑起这个家的母亲。

母亲没有什么文化，也不是大家闺秀出身，但生长在极为传统道德的家庭，性情、做派很是讲究。我离家几十年了，每每吃东西的时候，总会情不自禁地想起儿时母亲打理的餐桌上，那两个荤素配搭的小炒，抑或一个鲜有养生道理的菜汤，想着一双双洁净光亮的筷子整整齐齐平放在碗上、或平放在菜盘上的情形，她生活的精致，会让所有粗放、俗气的女人无地自容。

在我的心底里，母亲是最美好的回忆。她的心里有一块充满希望的山坡。坡上是她要穷尽毕生心血和奶汁养育的花草树木。儿女们就像颗颗撒播在坡上的种子，母爱化作雨露、泥土、肥料，哺育他们发芽生根，开出鲜花，长成大树。在母亲的心里，儿女们永远是一群生龙活虎的精灵，在绿茵茵的草坪和深蓝的树荫下显得鲜明异常。在母亲的眼里，是儿女们的青春年少照亮了景色，照亮了时光，照亮了世界。

老家的屋后真有一面花草繁茂的山坡。母亲的儿女们考学走出大山，当兵走出家门，那是一条必经之路。母亲每次送走儿女时，都是在那里分手告别。那是我们小时候放牛常去的地方，也是夏季雨后跑去采摘山蘑的地方，还是兄弟姊妹们贪玩游戏的地方。那里给我们留下了童年烂漫的记忆，也是母亲放养儿女的一块心地，一个镶嵌在大自然怀抱里的花园。无论什么时候，无论什么季节，这座花园里的各式各样的花草树木，就是母亲的儿女们。母亲端详那些花草，就像端详儿女们那一张张面孔，看着那些树木，就像看见儿女们成长的未来。

直到有一天，儿女们一个个成才离开养育他们的家园，母亲总是笑盈盈地把子女送过那面山坡，望着儿女们渐行渐远的身影，背过身去悄悄地擦拭着眼角的泪痕。在这面坡上，母亲把读完大学的最后一个儿子小五送走，突然发现就剩下她和老伴了。站在抚育儿女的家园，感到一种莫名的孤独，而母爱成就了她作为这个家园最伟大的雕塑。

那是一座铭刻在心扉的雕塑，闪烁着母爱的博大光辉；那是一座灿烂如春的雕塑，照耀着儿女们前行的人生。

我们把能时常团聚在这座雕塑的膝下，当作天赐幸运，母亲把能时常看到儿女们团聚，视作无比幸福。儿女是母亲最珍惜的作品，也是最牵挂的心事。一个家庭，总少不了一些子女的叛逆，总有那么一个两个孩子离开父母的视线就顽皮淘气，生出不大不小的是非。我二哥就是让母亲曾经放不下的心事。母亲养育了五个儿女，三儿两女，我排行老三。我的姐姐是在 10 岁的光景时抽风抽死的，至今还不能忘记她死时翻着白眼的惨状，二哥带着我常常诅咒那个贫穷作践人的时代。随着年龄的增长，二哥越读书就越觉得自己是个无神论者，当然也爱在人前表现出对神的不屑一顾。成家立业后，听说一次哥儿几个三杯老白干下肚，酒兴上来，诸如分配不公、贫富不均、腐败贪婪等等国家大事天下不平一起涌上心头，激起义愤，破口大骂"那些以权谋私的、假公济私的、损公利私的、贪功肥私的，统统都该下地狱！""你不信有神，怎么会信有地狱？"二哥的一个发小边品着小酒，边漫不经心地问道。二哥听了噎得半晌无语，可那发小还得理不让人，"没有地狱，就没有天堂？不知道有地狱的人，也不会有自己的天堂？"也是酒后少德，就为这个理儿，两人翻脸大吵了一场，把我二哥别扭得与那发小长久都不来往。二哥小肚鸡肠的处世方法，不知怎么传到母亲耳朵里，让母亲很不愉快，"早是成年人了，还这样不成器，就因为两个人看法不同而生怨，这怎么立身待人？"儿女大了又不好说，母亲总是暗暗自责，检讨自己的家教失败。还是小弟发现了母亲的心事，接到家里开导了大半年，才解开母亲的心结。老人感叹：人啊，心怀宽容胸襟就敞亮！

儿女的成才是对母亲最大的慰藉，最大的回报。母亲也知晓，不是每一座大山都会灵动秀美，不是每一条溪流都会水声清脆，不是每一株树苗都能长大成材，不是每一朵花苞都要盛开怒放，自然如此，人也如此，人生更是如此。但要坦然面对人生的缺憾，对父母亲是很残酷的。

也许每个父母都经历过这种面对：一个渴求成长的家庭，再没有什么比孩子的期末考试更牵肠挂肚了。母亲关心儿女的学习比父亲还要上心。小五上三年级那个期末，父母对他的期待是主科双百分，小五的决心目标也是志在必得。把成绩单交给母亲那天，小五浑身不自在。就这样了，父亲也不给他点面子。晚餐的饭桌上，用一种百思不得其解的神色望着他，问："你怎么就只差三分呢？"小五惊讶地看着父亲，镇定地回道："你不是常说，活到老学到老，还有三分没学到吗？差这三分就是还没学到的。"这让父亲很失面子，顿时怒颜以对。母亲见状，轻言轻语开解道："小五下学期把这三分学到啊。"小五没辜负母亲的鼓励，没让一家人失望。后来大学毕业考上公职的小五，在儿时玩耍的那面山坡上与母亲告别时，听着母亲的叮嘱，一把搂住母亲的脖子说："放心吧，我记得永远都有三分没学到呢。"

无论儿女们多有成就，寿有多高，在母亲的心里永远都是需要疼爱的孩子。母亲是儿女们最甜蜜的思念。犹如送我们走出大山时告别的那面山坡，母亲既是坡上温暖的阳光，又是滋润绿茵的雨露，既是我们幸福的牵挂，也是我们孝道的归路。每每想到母亲在那面山坡与一个个儿女告别的情景，就想到儿女的家再好，也没有父母在的那份温暖、那份关爱。有父母才有家。

（2014年1月）

笑容

　　我与父亲在世相处的最后一天，是个晴好天。父亲那菊花般的笑容，让我的心境在失去父亲的漫长日子，也总是阳光明媚。

　　那一天，我要告别躺在山区老房子病床上的父亲。我心里很明白，这一别，或将是我与父亲的最后一面。

　　午后，该出门的时候了。我放下碗筷，就到父亲躺卧的病床前坐下，把父亲的左手放在自己的手心双手捂住，天南海北地聊着。父亲还是那些期盼祝福儿女的吉祥话，那些饱含深情的父爱叮嘱。我静静地聆听着，时而插话宽慰几句，总想尽可能地多释放父亲积聚在心中的那些挂记，让父亲不再承受那么多的责任担当。时间在不知不觉中过去，对面山路上传来一阵喇叭声。父亲欣然地笑着说："接你的车在山上按喇叭呢，到县城还有百多里地，走晚了赶夜路不安全。你该走了。"

　　母亲早已为我打点好了行装，一家人都在门口等候。我重重地捏了捏父亲的手，心中一阵热流涌过，眼中旋转着泪花，忍着与父亲分手时的难过，出了家门。走到后山坡的路上，送我的母亲、弟弟、弟媳们都在努力地爬坡前行，感觉得到他们心中那种依依难舍的情绪，那种隐匿在心灵深处的痛楚。只不过都不想我带着悲伤离家远去。儿行千里母担忧。母亲只盼着她独自生活在远方的儿子一生快乐平安。过去的日子里，家里纵然有天大的事，他们也都是报喜不报忧的。兄弟姊妹们那种一母同胞、血脉相依的亲情，此时此刻深陷在或许以后再也不能团聚在父亲身边的失落，凝结成的伤痛隐忍难熬。

　　我再也隐忍不住对父亲的爱念，对父亲一生含辛茹苦养育我们的感激，陡然回转身，朝刚刚离开的老房子跑去，飞快钻进父亲的屋里，见他还是像送我出门时那样，支撑着身子半坐在床边，泪流满面。我强忍住心中那种就要生离死别的悲痛，抢步上去搀扶着父亲，强打欢笑地说："爸，不是说要高高兴兴送我走吗，怎么又流泪了？"

父亲抹了一把眼睛，眉宇间又绽开了他那菊花般的笑容。"我是高兴。"父亲满面笑容，灿烂得像孩童般天真。脸上泛着红光，似乎他生命的所有能量都在此刻释放了出来。"儿子要赶路，天不早了，快走。看着你们好，我就高兴、放心。"话间，父亲明显地有些气力不支，一阵咳嗽之后，下意识地握紧我的手，嘱咐说："以后好好待你们母亲，她苦了一辈子。"

这就是我的父亲，我的骄傲，我家的精神。

我不知道曾经多少次漫不经心地对待过别人的愿望，也不知道多少次自以为是地敷衍过别人的嘱咐，这样的轻狂抑或怠慢，不可思议地造成了永远的遗憾。而真正认识到这一点，却是父亲最后一面的教导！

在我的印象中，父亲是个钢铁汉子，囤积着摧不垮的意志，积聚着使不完的干劲。勤劳是他一生的本性，一生的荣耀。20世纪50年代末，他是县城一家国营企业的员工，在那个年代，这是多少人羡慕的身份。但父亲却毅然放弃工人的身份，义无反顾地回到山区农村以耕种为生。作出这一惊天决定的唯一理由，就是因为他生活在农村的父母和妻儿，无力抗拒那个年代的灾害使一家人陷入饥饿的死亡边缘。今人已难以理喻那个年代。在父亲的眼里，家里有了他这个壮劳动力的辛勤耕种，就能保证一家老少吃饱肚子。母亲至今还常常念叨那段年月父亲所付出的艰辛，所经受的苦难，所积攒的恩德。他不仅使一家人在饥荒的年代保住了性命，还靠辛勤耕耘收获的粮食接济了村邻老少。而今的社会已是"土豪"横行了，但回到老家山村那片土地上，上了年岁的村邻们说起我已经过世20多年的父亲，还是那样有口皆碑，那样赞不绝口，那样眼睛发亮。每每这时，我就想起父亲常挂在嘴边的一句话：做人啊，总想着别人比就想着自己更好！

父亲大字不识一个，可并不缺乏学问。至今我还清晰地记得他挂在嘴上的许多做人做事的道理。在山区农村，穷是太难忍受的委屈与耻辱。你穷的时候，狗都追着咬你。就像曾几何时城里机关衙门的干部，

"走麦城"是太艰辛的痛苦一样，你落魄的时候，看大门的也斜眼漠视你的路过。父亲常告诫我们的是：做人，常念人好，你好他也好；总怨人错，他错你也无正确可言。我想，兴许父亲那菊花般的笑颜，正是这种做人处世心态的流露。

没读过书不识字的人，不一定就是没有学问胸怀的人。在我的记忆里，父亲的胸襟可比现今的一些读书人要海量、开朗得多。他一生中无论喜不喜欢的人，爱不爱听的话，看不得得惯的事，都能含笑"海纳"。尽管那笑有层次之分，有厚薄之别，有亲疏之意，有喜忧之感，但都是真心地表露。他常挂在嘴边的话是：有理不在言重。待人不必脸黑。脸黑是老家人表达好恶憎恨的用语。在山里人看来，对人对事喜不喜欢，是一个人一时心境，一己欲念，只要有颗善为心，就没有容不下的人，忍不下的声，咽不下去的气。村里人都知道：做人莫过于如水。上善才如水。水善利万物而不争，与世无争，与人无争，与欲无争，就能容包是是非非，就能为人厚德，就能在人家不济时，还会送上真心关怀；就能在人家身处逆境中，而不漠视旁观。

父母的血脉总是在下一代开花结果。就像父亲一生都不曾在困境面前悲观懦弱过一样，我十几岁离开父母亲以后，展露给他们看到的，都是光鲜成功的一面，是我在纷繁世界跌跌撞撞获得些许荣耀和进取的一面。在慈厚仁慈的父亲心里，我是个得到好报、总给他带来喜悦的儿子，他无须怎么去教导，只需要欣慰、快乐、惬意。菊花般的笑意或许就是他养儿育女收获的喜悦。

我一生都在遗憾没能看到父亲闭上眼睛的那一刻，一生都在为没能让父亲在辞世时拉着我的手而后悔。但父亲的笑容却像一座丰碑矗立在我的心里，像一束常开不败的菊花镌刻在我的记忆中。多少年了，只要有些许可能，我总要回到农村那个老房子，看看屋后边我父亲的坟头，为他烧上一叠纸，给他鞠上三个躬，让他在天堂看到我总是在他的视野里：他的儿子总像他期待的那样，一生都在笑容满面地生活着。

（2014 年 2 月）

消失的小河

　　我的老家在大巴山脉的一个深谷里。村边有条曲里拐弯的小河，河里流水不多，但长年也没有歇息过流动。

　　春夏时季，河边的草儿很旺，花儿很艳，雨水也足，那流水也欢快起来，一路小跑，跳跃着向前奔腾。

　　秋冬时季，小河少了大自然带来的许多生气，只有细细的水流没有停止过向前的努力，涓涓溪流浅唱低吟，向着自己的目标。

　　日复一日孜孜不倦，年复一年痴意不改，小河的山水就那样不知疲惫地流动着，带出山村里一个个甜美的故事，吟唱着山里人曲曲动人心怀的旋律。

　　年少轻狂时，次次回家，只要走进山村那块土地，立马就生发出一种似曾相识的感觉，因而孕育出许多欲言又止的话语。于是，总会暗暗思想：我神差鬼使般来到这里，是要寻找藏匿于心的什么答案，还是要寻找曾经的自己？是要探求有没有的道理，还是要追寻是不是的故事？是要回望来路的激情，还是要印证走过的心路？

　　马年再回久别的故里，忽然听不到小河的流水声了。虽然小河的形还在，影还有，可小河中早已没有了昔日潺潺的水流。

　　人说"士别三日当刮目相看"，莫非生态自然也是如此？从现代化城市的雾霾中逃跑到贫瘠偏远的小山村，本想呼吸一口清新的空气，聆听几天溪流的声音，迎面遭遇的失望让我备感扫兴。

　　"这样一条清净的小河也被破坏了。"我愤然不平道。

　　在我的记忆里，这是山区一个纯净的乡村。迫于生计的男男女女，在向家乡亲情邮寄回感恩的苦力钱时，总是接踵而至地带回一些千奇百怪的故事。那些故事里在外面世界行走的，有别人，也有他们自己；有亲历，也有传闻；说真就是真人真事，说不是也未必就是他们言不由衷。早些时候的父老乡亲说：外面的世界再好，也没有村边小河流水好。

欲望的膨胀挤压着自然世界，熏染着社会文明。膨胀的欲望迅速渗透到社会的各个层面、各个角落。当城市的欲望蔓延到乡村，乡村难以承受城市的欲望之重，乡村的欲望在失落的浮躁中，倒流到了城市。乡村的欲望进了城，城市背负起打造城市人欲望的重负，欲望的城市也打造乡村人的欲望；乡村人的欲望需要城市打造，城市成为欲望横流的堡垒。日益泛滥的欲望正在吞噬着城市的安宁祥和，还有历史延续的文明，也吞噬了躲在偏远山区的那条小河。欲望的城乡一体化，不知道还要淹没什么样的文明！

有小河在的时候，家乡的自然世界堪称一幅画卷：同一个季节，同一个山村，不同的田地耕种着不同的庄稼。田里栽的是稻子，地里种的是麦子。稻穗是金黄的，麦穗也是金黄的。不同的是，稻子抽穗后，越长越谦逊，总是低头报丰收；而麦穗却越长越骄傲，总是昂首向天歌。环境的不同，心境会不同，视觉也不同。城市里的霓虹灯，闪出的光芒耀眼而辉煌。乡村的电灯泡，放出的光亮幽暗而迷离。喧嚣的城市看不见依山流淌的小河，感受不到与长满鲜花野草的小河一同生活的乐趣。

生活的乐趣各有各的体验，各有各的享受。当我们一旦经历到过去不堪忍受的苦楚成为日后最大的力量时，方知道生活是多么有趣，多么有情，多么公正。可惜的是，我们今天经历的是失去了祖祖辈辈流淌在心中的那条小河，失去了过去引以为豪的快乐。但是，人生的快乐就是这样的，只要能成为自己，就没有什么过不去的坎；只要不梦想去影响别人，就没有生命烦恼的理由；只要别贪恋身外之物，就没有什么欲望能侵蚀快乐的心境。

草木会荣，万物会变。人生如同草木的荣枯，万物的变幻，总会由风华行至本真，由激越走向安详，由绚丽归于平淡。无论人和物，都在各自生命的兴衰轮回中，填写着历史的答卷。总有一天生灵们会明白：一个人的进步和一个时代的进步是一致的，一棵草木的生长和一条小河的生命是一样的。在前行的路上，要么撒下的是鲜花，让后人赞美；要么留下的是恶名，让后人唾骂。一个时代在前行的路上，要么开辟了一条阳光大道，福及来人；要么误入一段歧途，祸及世人。

人的生活轨迹不一定相同，但人生的行走轨迹却如出一辙。出生后的成长，成长中的奋斗，奋斗中的成败，成败中的生活，从生到死，有生必有死，生死是谁也改变不了的行走轨迹，生是起点，死是终点。人生的精彩都在两点间绽放，生死之间的行走轨迹，把人生浓缩为三天：昨天、今天、明天。昨天我们在生长的挣扎中，今天我们在成长的奋斗中，明天我们在祈望的祝福中。

我虔诚地祝福明天：家乡那条消失的小河能够复生！大千世界的每一片土地上，再也没有一条小河会消失。

阿门！

（2014年4月）

64

雾问

　　几次清风过去，丝丝凉爽不期而至，秋天渐行渐近，秋意越来越浓，片片金黄的银杏叶在秋阳高照的时空里旋转坠落，射出簇簇光芒浸染出的一种新的秋色。母亲的心境也越来越酷似秋天，对天各一方的儿女们挂怀在心，显露在已是满头白发上。

　　算起来，母亲的儿女们已经又有两年没有在山村的老房子里团聚了。那是一座长年散发着泥土草香味的川北民居，掩映在繁茂的树林中，它的年岁比我爷爷的辈分还要高两代人。所以，以母亲为首的健在者，都把它当祖宗一样敬仰，出生在这里的男女老少，差不多两年就要从四面八方赶来团聚一次，既是拜敬祖宗，也是看望母亲。

　　母亲打心里就没觉得自己老了，到甲午年底还差半岁才满八十，不仅天天打扫那座老房子，把屋里院外收拾得整整齐齐，并且天好时还下地干点种菜翻地的农活。劳动是她一生的快乐。随着年龄的增长，儿女们长大成才，各自有了事业家庭，老房子就留下她一个人。不管儿女们怎么劝说，怎样表达感恩的孝心，她就是不愿意搬到城里去与儿女们住在一起。母亲的理由很简单："城里人生地不熟，生活单调，净给孩子们添麻烦。"但每个孩子成家后，母亲都是要去住一住的，无论到哪个孩子家里，住个十天八天，就一定要回那座老房子，否则准得大病一场，吓得儿女们心惊胆战，也让儿女们苦恼不堪。因此，从母亲70岁开始，大家就相约最多两年都拉家带口回家团聚一次。即使这样，住在老房子的母亲一天也不省心，哪一天都要接上几个问候的电话，儿女们的牵挂又让她十分难过，于是，总是精心留意着儿女们工作和休息时间的规律，瞅空就一个一个打去电话报平安，天天如此。"这给儿女们多少能减去一些牵挂。"母亲心疼地说。

有了一个相约团聚的盼头，让母亲很兴奋。几年坚持过去，俨然成为母亲眼中的一个家规，这是她这一代人创立形成的，母亲不免时时有些自豪得意。"兄弟姊妹常在一起见见面，比什么关心问候都重要。"母亲说，看到儿女们团聚，是她最幸福的一件事。

又是一个秋高气爽的时节，心境犹如阳光般敞亮。眺望天空，一片海蓝；放眼远山，迷人秋色。刚从城里儿子家小住回到山村老房子的母亲，平添了一份心事：她在城里经历了一场从没有见过的大雾。早上起来，母亲拉开窗帘，看不见对面的高楼，看不见楼下的马路，看不见天，看不见地，只有风涌翻滚的浓雾，扑面而来一股刺鼻的硫酸味。山区乡村的雾天司空见惯，那里的百姓就生活在云雾中，一年四季与雾为伴。雾是山里人生活的必需，早上起来，山间晨雾缭绕，有时浓，有时淡，无论浓淡都那样纯净，湿湿的雾气中透出一股清凉，夹杂着草木的芳香，母亲很是喜欢家乡山雾的味道。只是这座城市的这种雾，母亲还没有经历过。儿媳告诉她，那叫雾霾，污染重，毒性大，不能开窗透风。而后几天，母亲见识了这个城市被雾霾笼罩的厉害。看着儿女们出门要刻意戴上口罩，把一副好端端的面孔、一个笔挺的鼻子遮掩起来，捂得气不顺、人难看，老人家很是闹心。这样的鬼气候、这样的破环境怎样能长久待下去？她心疼儿子儿媳，更心疼孙子孙女。走时，母亲从没有那样严肃正式地对儿子媳妇说：老这样的天气，你们就带孩子多回家住住。

话是这么说，可哪能呢？工作单位不是你想在哪里就能去哪里。工作也不是你不想干就可以停几天。雾霾天也不是城里人憎恨它就会远离城市。母亲不是环境管理者，也不是社会治理者，她只有一颗仁慈的善心，只知道心疼她的儿孙，心疼所有父母的儿孙们，不要被人为地伤害，不要被环境污染。回到老家的那些天，母亲忽然变得沉默寡言，邻里问她儿孙的生活，问她城里的感受，再也没有以前那种滔滔不绝的赞美，那种心情开朗的惬意，一个让乡里人陌生晦涩的语词

66 |

出现在母亲的口中：唉，儿孙们的生活被雾霾祸害了。

我们身在其中，差不多都习以为常了，没有一个老人那么敏感到可怕的担忧。其实，也难怪母亲对雾霾那么忧心，我不能阻止她。回想初来这个城市时，曾经有过的蓝天白云、绿水青山，那时遍地庄稼一派生机，清风吹来一片花香。而就是这个曾是众人敬仰的城市，如今却越来越让人敬而畏之。我还清晰地记得，以前去外地，与人的话题多是问政、问人、问事、问景，慢慢地转向问吃、问行、问天、问雾，而今逢人便问天时地况、雾霾气象。想想，也不是人在变，而是人心在变，不是天道在变，而是自然在变，变得越来越与生活悖理，越来越与生存冲突。先是被精神污染，接着又是食品污染，发展到现在的环境污染，现代人都被污染吓怕了，更何况一个乡村的高龄老太太！

人们普遍聚焦在对雾霾的关注，看似在问雾，实则在问健康，在关注自己的生存，在考量生活的境况。这是个与气候相提并论的时代，大自然长一分脾性，气候就多几分变数，生活就有无常变化，以至于一家一户多添一件用品，就会多一份烦恼。这个苦年轻人比老年人感受得要深。谁都看在眼里：现在医院的楼越盖越高，看病住院却越来越难；医疗设备一年比一年先进，可查不出的病并不是一年比一年少；药品的种类一年比一年齐全，治不了莫名其妙的疾病一年比一年要多。毋庸置疑，是雾霾凝聚了社会共识：我们今天遭遇的侵害，不是老天的过错，而是自己导演的悲剧。当今雾霾治理面临的挑战比任何问题都要特殊，都更紧迫。那些精英、那些专家、那些当事人，都不约而同地明白了一个道理："在雾霾天跑步，是用生命在跑步。"雾霾的恐慌让曾经优越感十足的城里人变得脆弱，让正是朝气蓬勃的新生代变得焦躁，一个个不得不撩下斯文高傲的面纱，心里无时无刻不在诅咒：雾霾怎么就那么像一些人，与生俱来的痞性注定了它只能成为一只螃蟹，一辈子只能红极一时；血脉传承的德行，生就了它必然像虾的命运，大红之日也是它的大悲之时。

当然，终究还是环境的治理与管理主宰着雾霾的命运。而平民百姓对霾的关切与询问还会持续多久呢，还会不会由霾的问题转向其他危害这个城市生活的话题呢？不能不想：前天问水源，昨天问土地，今天问雾霾，明天问食品，我们的生活什么时候才没有忧心地问？什么时候才有快乐地问？愿我们的母亲早些日子不再为她的儿孙们的生活环境担忧受累！愿我们的子孙不再因为雾霾而身受伤害！

（2014 年 12 月）

谎花

暑天的蝉鸣，把村里一帮媳妇召集到硕大的老槐树下，避荫纳凉。老槐树荫不远处的小水沟边，种了几窝南瓜，看藤蔓横行霸道的长势，就知道那是块沃土，黄灿灿的南瓜花、厚实实的南瓜叶，都在张扬着那块沃土的肥劲。就像扎堆在这里的过门媳妇，身板硬实，火气旺盛，个个是城里人望所莫及的劳动好手。

这群如狼如虎的小娘们，都是些闲得无聊的货，在村里恪守相夫教子的孝道，被困在家里出不了门，有了劲没处使，有了火无处泄，混在一起时就扯东拉西，家长里短，床笫欢喜，无所不谈，无话不说，无事不及。

恰逢一夜雨过，那南瓜花沿着藤蔓开得喜气，招人疼爱，自然吸引媳妇们的眼目。先是数起笑口大开的花朵，再辨别哪窝瓜开了多少花，又说起哪是实花，哪是谎花。

花就是花，咋还有实花谎花？留在村里的娘们大都没什么文化，死实诚。她们把结果的花叫作实花，不结果的花叫作谎花。就跟生育一样，能生的女人叫婆娘，不能生育的叫"漂沙子"。这样的称谓虽然嘴上不积德，但代代相传也就习以为常了。村里的老辈们对生育能力旺盛的婆娘都是高看一眼的，对不生育的"漂沙子"就有些白眼了。

杜家媳妇是村里人都高看几分的婆娘，就两胎，一口气已经生了三个。初生就蹦出个儿子，把一家人乐得办了几天喜酒；第二胎又整出个双胞胎，还是个龙凤胎，让村里那些小媳妇们啧啧称绝！"那婆娘真她妈会生。"因为会生，杜家媳妇赢得村里一帮小娘们的毕恭毕敬。凑到一块时，杜家媳妇的话语权自然也强势一些。扯到小水沟边的南瓜花，杜家媳妇眼毒，一眼就瞧出几朵花下已经长了小瓜胚子的实花。张家媳妇忍不住跑过去验证，末了，佩服得五体投地，冲杜家媳妇道："真他妈准！要不你跟你老公总枪枪中招呢！"

"那叫弹无虚发。"李家媳妇抢过话头嘲讽道。引得一堆娘们肆无忌惮地哈哈大笑。

斗嘴是村里小媳妇们的一大乐趣，这也练就了她们一张从不饶人的伶牙俐嘴。张家媳妇的嘴本就少德，这一招惹，还不祸起萧墙？李家媳妇一时兴起，继续说道："要我看，谁也比不上你个骚狐狸，那么肥实的屁股，把老张榨得干筋瘦骨了，还没一点儿消停的意思。"张家媳妇嫁进门四年多，一口气生了三胎，出人意料的是，三个都是千金，这让老张家上上下下都心有不甘。养儿防老、传宗接代的老思想在张家根深蒂固，张家媳妇的公公酒后放话说：不生出个小子我决不罢休！公公的话在传说中被一些好事之徒添油加醋，整成公公与儿媳关系的一个笑话，全村传得沸沸扬扬。李家媳妇点燃的这把火，让一个个女人笑得前仰后合，眼泪直流。

笑声猖狂到唯我独尊，盖过了午时树枝丫上的蝉叫。正值青春年华的小媳少妇，仗着她们忠心耿耿愿为丈夫延续后代的激情，在老槐树下口无遮拦地分享着夫妻生活的心语快乐。

但事情总有不全尽意的地方。就在李家媳妇和张家媳妇斗嘴给娘们带来快乐中，也无意间触动了坐在老槐树根上的牛家媳妇的心事。她是从外乡嫁进这个村的，不管长相还是品行、涵养还是人缘，用村里老人的眼光看"都是上品"。村里的牛姓只有她们一家，农村的风土习俗很是讲究宗族势力，大姓人家在乡村的话语权重，人前人后也都有些不言而喻的优越。牛家过去成分高，一家人养成了一些难以化解的自卑感，用体面些的话说，又叫为人处世都很谦和恭敬。牛家媳妇嫁进牛家两年过了，还不见开怀，背后少不了一些上不了桌面的猜测议论，久而久之或多或少也传到牛家媳妇耳朵里。生儿育女成为她与村里媳妇们相处中一个极其敏感的话题。

刚才村里媳妇们"指花为题"过嘴瘾，对南瓜花横加评论，她也有自己的想法埋在心里。可李家张家媳妇打嘴仗的话题，或多或少伤及了牛家媳妇的敏感神经。但她生就大家闺秀的气质，无论遇到什么不快以至委屈，或者是不公以及中伤，从来不在人前表露出来让别人扫兴、尴尬等种种易受伤害的情绪。所以，村姑媳妇们都打心眼里真心喜欢牛家媳妇，什么时候都没有谁成心去伤害她、为难她、取笑她。可生长在山村的娘们粗俗惯了，说话做事哪有瞻前顾后的心机？心里有什么事什么话，差不多都是直愣愣地横着出来。牛家媳妇倒是习以为常，不会产生那些自寻烦恼的联想，反而跟村里的小娘们学会了不少解嘲取笑的伎俩。此时，她笑盈盈地接过杜家媳妇的话头，说："就像那些个南瓜藤蔓上，没有谎花只怕瓜地就没有那么生机勃发啰。"

"可不咋的，谎花也是花，虽然不结果，但养眼啊。"杜家媳妇心直口快，接过话茬儿，说得张家小婆娘点头称是。

"养眼的花才叫好呢。像你杜家、张家两个婆娘，你们男人扔个种子就发芽，是花就结果，还让我们做女人不？"李家媳妇为人豪爽，性子火暴，村里媳妇们送了她一个外号叫"母老虎"，她还真不负"盛名"，把老公治理得服服帖帖的样子，比耗子见猫还惨。别看她人前风风火火，遇事泼泼辣辣，谁家有个什么事找到她，比办自己家的事情还要上心。她呛杜家张家两个婆娘的话，多半是逗个乐子，笑一笑十年少嘛！

南瓜花盛的时节，槐花开得正旺。老槐树的花香熏染着村里媳妇们干渴的欲望，幻化为浓浓的人情味，在无拘无束的调侃嬉戏中，凝结成一种割舍不断的女人缘分，延续着山村的人文历史和生活乐章。一年一年，花开花落，日子总是那样有滋有味，谎花与实花也是那样相得益彰，就如村里媳妇们的生活那样简单而又快乐，敞亮而又充实。没有谁去关注过，也没有谁去想象过，村里媳妇们心底生长的是实花还是谎花。

（2014年9月）

丢在行路上的记忆

　　回家的山路弯弯。山里的风景风貌随着山路变化莫测。长时间的车行颠簸，因为内急，司机把车停在了荷塘边。

　　南方的荷塘很有风韵，北方就没有那么浪漫，一块栽上莲藕的水田就是一口荷塘。晚秋时节，荷叶几近枯黄，山嘴上的一片梯田，失去了山头公路上大车小车停靠的回头率，先前荷花怒放的盛景已随季节消失。过往的行人也只把梯田般的荷塘和荷花当作曾经的谈资，抑或美好的回忆。

　　车停下的这个位置，只算得上山脚下。站在这里，仰头看天，如同流淌在山头的一条大河，推来揉去的云团恰似波涛翻滚，尽管天还是那个天，但已经是被崇山峻岭切割了的天，犹如在山顶看山下的人，入眼的只是一个点。

　　自然就是这样，世界也是这样，变化的不一定就是本真。

　　但是，我却清晰地记得这条山路。它牵扯着我成长的岁月里，儿时存储在心头的万千印象，风土人情，哪怕许多记忆都早已丢失在路上，被来来往往的车轮碾碎，被狂风暴雨卷走，被时间的尘埃掩埋，至今又在湿润的空气中萌发出芽尖，好像要执意破土面世。

　　于是，我的脑海里隐隐约约浮现出如同秋叶飘落的画面。

　　还记得这里山涧的风刮起来声咽狼嚎，有阅历的老人们说，那是本性。可有时候，谷涧的风呜呜地吹过来，像冤死在荒山野岭的孤魂，宣泄着怨恨；也像隐匿在穷山恶水间的厉鬼，爆发的愤怒。

　　那时候，山里人家没有那么多夜生活，也没有那么多花花绿绿的想法，闲来无事，几个熟人一串通，成为酒友，吆喝着凑到一处，几碟小菜，或花生米，或腌咸菜，或冷拼盘，一人一盅老白干，扯着天南海北的道听途说，喝到深更半夜。走出房门，月明星亮，风清气爽，阵阵蛙鸣悦耳，声声夜鸟扰心。夜不平静，可山里的小两口却在安静中上的床，上床了就不一定会安静。

这是外来人不可想象的，山里的人也不是都能想象。山村李家的二子就死不相信这样的生活情景。二子在李家排行老二，读过十好几年书，修成一副酷似正人君子的派头，也常常有些美德表现，这让村里外阅历幼稚的一些小女人们心生敬佩。张家芸芸是二子的铁杆粉丝，可就在她倾心敬佩二子的美德时，从县城读书回来的陈家媛媛，冲着芸芸破口大骂二子道："让你倾心的君子美德见鬼去吧！"媛媛与二子和芸芸在同一个村里长大，又一起上学读书。从小学到中学，媛媛没少耳闻目睹二子欺负别人的事情，因此，两人的"政见"一直不合，她最瞧不起二子表里不一的德行，更可恶他"小人"手段的阴险。直到大专二年级时二子被劝退休学，媛媛见到他时也从不给他好脸色，也不给他什么面子。撇去说不清道不明的感情纠葛外，媛媛就没看见过二子有什么值得一提的君子美德，更没有感觉到二子的什么君子美德给她带来过什么好处，哪怕是些许安慰或者温暖，倒是二子的"小人"品行带给她的苦痛和灾难想起来就恐惧。慢慢地长大成人，媛媛终于明白，不会笼络小人才是愚昧！对一个人的生活来说，美德与愚昧比起来，敬仰君子远不比笼络好小人实惠。

人生道德观就在这样的情景下不知不觉跌入混沌。

从山下这条路的接茬处拾级而上，爬上五里长的一段山坡，就是这个区域最繁华的集镇——乡政府。自媛媛的爸爸的爸爸出生，这个区域就属龙背乡管辖，她家住在这个乡的清溪村。谁不说自己的家乡好。她家所在的清溪村是一块宝地。龙背乡有多么了不起，清溪村就有多么了不起。乡场的草坝子街上有个古塔，说是镇龙塔，算得上龙背乡具有历史意义的标志性建筑，但"文化大革命"期间被一帮造反派"革命"没了。清溪村与另一个县的交界路边，有个马家庙，是村里供奉神灵的路边小庙，也是那个该死的"文化大革命"，被一群串联的红卫兵"小将"给平了。乡场上无镇地之宝了，村野里无信奉顾虑了，于是，人多人少的地方都活跃起自由来。龙背的乡场上没有了什么规则，村社里没有了什么敬畏，我行我素的风潮把原有的乡规民约荡涤得一穷二白。

在传统思想观念里，是人就要有些信仰。信仰就是自己割舍不掉的东西，比如农民钟爱耕种，也偏爱一些手艺活；文人喜爱艺术，也兼爱一些音乐，如此等等吧。一旦没有了信奉敬畏，人的思想观念就是一片空白，追求就是一片荒芜。信仰的贫穷会枯死本来的价值，酿成一穷二白的人生怪相：一些徘徊不定的人生观如杂草丛生，似罪孽滋长，以致冒出了李家二子那样的人渣。媛媛很怀念乡政府草坝子街上矗立着古塔的岁月，清溪村两县交界处路边坐落着马家庙的时光，那时候，乡里村里的人都有一种敬畏，都有一些遵循，都那样质朴，那样中规中矩，尽管看起来有些愚昧滑稽，但老老少少都有共同的是非观。至少精神不贫穷，思想不堕落，品行不入俗。

不知是媛媛读书读得看人的标准变了，还是李家二子无所敬畏地混迹社会品性变了，现在无论怎么看，都感到二子的长势特色太难找了，绞尽脑汁才发现：两只枸杞般的小眼睛称得上是他的标志。可这样的标志还需要注释一下，小眼睛只是像宁夏的枸杞，因为只有宁夏的枸杞才有这样的肉质饱满感。那双枸杞般的小眼睛射出的光像杀伤无形的激光，总是掩饰不住对邪恶的垂涎欲滴。媛媛生性就不爱理睬这号玩意儿。就像憎恶龙背乡场上那个在"文化大革命"中动议并带头拉倒古塔的"造反派"，长着一副蛮横无理的样子，死人样的脸上，一对死鱼般的眼睛，虽无光泽但咄咄逼人，掩饰不住恶狗抢食的贪婪，总让她想起曾在山路上看见的两条野狗，它们屁股对着屁股拉扯不断，寻欢作乐难解难分，光天化日之下全无羞耻顾忌，真是个狗日的！

媛媛性格豪放，但难得这样的爆一回粗口。也许是人长大了，外貌清纯可人了，内心也复杂多元了，犹如这条山路，从荆棘丛生到羊肠小道，从泥石土路到水泥公路，在乡里山村成长的经历都记录在这条路上，也丢失在这条路上。现在每次经过这条路，她都希望捡拾到一些丢失的记忆，就是零碎不堪、情节依稀、印象模糊，也可作为参照，来甄别过去与现在，比较成长的差异，重塑自己心中的古塔与马神庙，让人生路上有所敬畏，不能毫无约束。

（2015 年 1 月）

影子

　　世上再也没有比影子更难消失的东西了，纵然没有光亮，也依旧会时隐时现，那种捉摸不定的影像，一旦有了，就会追随一生。

　　我就不敢想象摆脱这些影子，比如阳光下的阴影，月光下的身影，灯光下的重影，水面下的倒影，镜子里的靓影，如此等等。有些影子有时能把人置身于莫名其妙的恍惚中，有些能让人坠入万劫不复的思虑深渊，有些也能留下支离破碎的情绪记忆，或许还有些许美好的回味。

　　对老家乡亲、乡村、乡场的记忆就是这样，几十年过去了，还有一个个模糊不清的影子，总是闪现在脑海里，时时勾起断断续续的思念与回忆。

　　"酒鬼"是老家乡亲中最难忘记的一个人。他是村里唯一在乡政府做官的一个同姓远房亲戚。对他的描述，任何形容词都苍白无力。如要在一堆有身份的人里认出他，表情是他的标志。只要有一副阴晴不定的表情面孔，一定是他。

　　虽然"酒鬼"的表情面孔不招人待见，但人还是个好玩的人。老家那个乡政府所在地的集市叫龙背场。龙背场的人都知道"酒鬼"的最爱是喜欢喝酒。酒能让他豪迈，让他激昂，让他无忌，让他幸福，与人斗酒的那一刻，是他最得意骄傲的时刻。

　　有了几分酒意，就活跃起来，声嘶力竭地吆三喝四，"来，满上，我兄弟俩整个大的！"一举杯，一仰脖子，一杯酒进肚。随即扑过身去，一把搂住别人的脖子，使劲亲上一口，面对面哈出一口浓烈的酒气，得意地放肆狂笑。当笑声戛然而止时，定然是抬起右臂，用袖口横着擦一把脑门上密密麻麻的汗珠，扯着嗓子吼道：这才是好兄弟！喝！

喝酒要有喝酒的气势。酒桌上他是耐不住性子的。一杯接一杯，杯杯要满，酒满心诚，诚心诚意地喝，喝得翻天覆地，苦笑都是感情，梗着脖子嗷嗷叫时，才叫痛快开怀！

和所有的喝酒人一样，他有个逻辑：如果你选择活在别人的眼里，你就注定要死在别人的嘴里。因此，他现在还活着，活在自己的意识里，还渴望有酒桌上的快乐。所以，如今也没几个人稀罕知道他的名字，只喜欢"酒鬼"这个传说，还有"酒鬼"晃晃悠悠的影子。

真是无巧不成书。与"酒鬼"同样留下些影像的，还有一个"胖子"。他住在龙背场的草坝子街上。全街的人都知道，"胖子"事不会办，人不会做，话不中听，表情也不中看，相处中哪怕才刚有的那么一丁点好感，立马就会碎尸万段。就是这么个玩意儿，把"酒鬼"给毁了。听说一次喝了大酒出来，路遇"胖子"正纠缠一个女人还动手动脚，"酒鬼"路见不平，走上去就把"胖子"扯开了，可毫无防备的"酒鬼"被"胖子"一拳打在后脑，据说送医院折腾了很久才出来，此后就有些疯疯癫癫的，虽然没有先前酒桌上那样好玩了，但还是一个嗜酒如命的好人。不像"胖子"终究成为龙背乡场上有史以来第一个坐班房的人。谁家教育小孩都以"胖子"打比喻，"你不走正道，就跟'胖子'做伴去"。

这些埋藏在心底的影子，成为挥之不去的人文记忆。我这么说，可别以为地处大山深处，就没有什么古迹文化了。龙背乡场上有一个七级石塔，据老人说，有乡场就有这个塔子了。什么时候有的龙背乡场？能查到的史料是：民国前就有龙背乡的建制。红军初期路过这里就是十里八村的贸易集市。为什么在乡场上修建这么一个石塔？说是保护风水，取名叫镇龙塔。在龙背上建的这座石塔，不仅是龙背乡的一个标志，还是龙背的一道风景。可惜这道风景在20世纪60年代那场文化浩劫中，被一群无知当牛鬼蛇神这样的"四旧"给破坏了。从此以后，龙背乡场上就真的没有了历史文化的印迹。

乡场上没有了历史文化的痕迹，山村里却没有丢失。在清溪村的老家，进村的路全是缠绕在山墼间的羊肠小道。清溪村有一个生产小组的土地，与另外一个县交界接壤，同吃一井山泉水，分种一块庄稼田；

同走一条山间路，分砍一山烧火柴。在村尾土地的道路上，有一个马家庙，只有三间土屋，两边偏房住着一户马姓人家。正堂里供奉着几尊泥菩萨，屋角里常年堆积着农耕用具。听爷爷辈的人说，清溪村的百岁老人中，还没有一个比马家庙的岁数大。马家庙虽不堂皇，但信仰膜拜的人不少，常有两个县的村民们去那里上香烧纸，无论春夏秋冬，白天黑夜，庙的正堂大门从来没有关闭过。可谓风雨百年，马家庙虽然简陋些，但不破不烂，门前四根整木柱子不枯不朽，撑起顶梁柱的两个石狮子威猛依然，庙里蛛网密布，菩萨灰尘满身，直到马家人弃房而去，也没有遭到任何人为破坏。土地有界，村民们的敬畏无界，马家庙成为两县边界村民善恶信奉的敬畏。

事情就是这样，有许多影子等到你追忆时就已经失之交臂了。比如人的记忆，物的记忆，事的记忆，地理的记忆，场景的记忆，爱恨的记忆，凡是有过的，好坏都只能被勾起怀念。

我家村后的柴山坡就是这样。儿时的记忆里，那是一块别具一格的风水宝地，在松柏树中长着十几棵香樟树，大的有脸盆粗，小的也有碗口大，巧就巧在整匹山上只有这一块地方长。那段岁月，弥漫在老房子的空气里，总是飘浮着樟树叶清苦的味道。

能与山坡上香樟树相提并论的，是清溪村老房子前面一棵又高又大的老茶树。有多高大？现在想起来大约有二三十米高，水桶般粗。从树上砍的茶枝上，捋下的茶叶煮水喝，香飘半匹山，村里几十户人家都来这棵树上取茶叶煮茶喝。别看供奉了几代人的享用，现今的清溪村里，却没有一个人叫得出老茶树的名字，也没有一个人知道老茶树的身世。念起这些老人、古树、旧事，都是些"听说""好像""大概"之类的模糊词。看看眼前的水泥大道、砖墙小楼，看看如今的绿水青山、自来水网，看看身上的穿戴名牌、金银挂饰，过去的乡情注定只是个影子了。

（2015年2月）

红豆

　　春天是一个色彩斑斓的季节，草木发情，迎春报喜，梨花如雪，桃红似火。

　　梦幻的春天很容易让我们迷失在颜色里。一片落花，声音太轻，你听不到；一抹花影，身形太柔，你看不到；一阵花香，气息太雅，你闻不到，而花的妩媚与艳丽，你又时时会感受得到、体会得到。

　　这样一些若即若离、若隐若现的感受，总是幻化出曾经的遗忘和记忆，先前的纠结和郁闷。花事正好的日子，闪过眼前的一抹红豆色，就唤起我莫名的思绪来。

　　从此，本来想象浪漫的红豆，被一缕缠绵的色彩，沉积为心中一块没有愈期的疖疡。

　　红豆生南国。南国是风景，每道风景都有一个谈古论今的主题，一个激情昂扬的故事，有的看在了眼里，有的刻在了心里。落在我心田的红豆，就在南国的一次偶然中。

　　那是在张家湾的喜悦村。一个满山遍野都有红豆身影的小山村。绿水青山相映成趣，密林繁枝中，间或伸展出的一条红豆枝，张望着涌向这里的四方游客。

　　或许我已是被红豆当作景观的一抹影子了。

　　爬上那面坡，登上那道梁，觉得有些累，一口深呼吸，山坡上的空气涌进体内，说不清是顺意清凉地流动着，还是和缓混沌地流动着，清新的带着草木和泥土的气味，凉爽的带着和风与雾气的水点。这让我想起季节的流转，想起山里的庄户人家。夏天的正午，庄稼人从田地里回家躲进阴凉处，习惯地赤裸着上身，从水缸里淘来一盆透心凉的山泉，举过头顶浇下去，激出长长的一口冷气，然后享受般地擦洗身上的汗渍。

山里的农家生活就这么简单，取凉避热都是原汁原味的生活习性，在体内流动的空气，也是土生土长的原汁原味，没有城市那种燥热的带着食物和灰尘的气味，没有城区那种刺鼻的带着污浊和腥腻的厌恶。原生态的惬意正在成为记忆。

不知曾经以红豆为骄傲的喜悦村现在还是不是这样。

猜疑惶惑中，向导断断续续讲了一些他与红豆似有似无的故事，好像是传说与浪漫的延续。

情窦初开的年龄，也正是他混迹社会的迷茫时光。那些日子，他的心田是块污秽肥沃的土地，什么年景都能冒出厚颜无耻的小芽。这得益于他的家境，受益于他的父母，一个人的心田是优是劣，取决于父母的培育。

就在他卑劣的心田繁茂疯长的时候，除抽烟喝酒骂娘外，还嗜好玩弄偷鸡摸狗的心术，以满足卑劣污浊的心理。他数十次听到过别人在角落里挖苦他的话：像他那样的品行德行，再繁衍三代五代，他的子孙也休想混上个"富几代"的称谓。这既让他伤心，也使他受伤。有时贼眉鼠眼看看那些八零九零后的小哪吒们，狂放不羁的外表下，酷似五毒俱全，但到底还是些傻单纯的公子哥，混世但不痞性，虚恭但不虚伪，逆道但不叛道。

而他呢，肚脐眼大的两个眼睛，总让人感觉到瞳孔的内容可疑。看人的目光苦大仇深，神态涩不堪言。压根就他妈的没谁敢瞧得起他。

吉人自有天相。时来运转还是光顾了他。一次聚会，偶然遇到那位既缺心眼、又不长眼的同学玟玟，犯贱似的送给他一颗说是在山上采摘的红豆。让他耿耿于怀的是，满山红豆干吗只采摘一颗送给他？但并没有影响这颗红豆开启了他白痴般的恋情。

红豆与爱情的故事虽然没有什么扣人心弦的新奇，但改变他生活轨迹的，确实是那颗红豆。自从红豆的色彩闪进了眼里，就径直钻进了心里，他心中的天地不再那么灰暗，眼前的道路不再那么狭窄，憧憬的目标不再那么缥缈。红豆传递给他的信息，赋予他自信，犹如充满期待的阳光。

若干年后，他说：红豆的色彩最美。红色不像橙黄那样淡定，也不像粉白那样淡然，更不像银灰那样淡漠。

原来，红豆传递给他的是颜色。

我们原本不知道自己的眼睛能看到多少种颜色。科学家告诉说：视网膜能分辨两千多种颜色。每种颜色都是不可取代的，每种颜色都是一种美，而红色的美只是大美中的一种。

红豆美在色彩。红的色彩缤纷梦幻，万紫千红是景象，满面红光是神态，红红火火是生活。红是一种美学，一种情感，一种艺术。英国的文化人类学家考证结论说：在许多古代文化群体中，人们都坚信红色是生命的颜色……红色活跃，具有阳刚之气，是火、战争、力量、攻击、危险、政变、冲动、情感、热情、爱、欢乐、幸福、活力、健康、能量和青春等诸多事物的象征。

他爱红豆的颜色，但却没有对红色的那么多想法。红就是喜兴，就是热烈，就是奔放。红豆的颜色曾让他怦然心动，也留下过一段段似是而非的影像，尽管大都是夜晚的背景。

夜色海阔天空，玟玟偎在他的肩头莫名其妙地睡着了。醒来还恬不知耻地说，睡着的时候做了一个关于职场的梦，她就像一枚田野里的蒲公英，被风吹到了亮闪闪的都市，飘落在灯红酒绿中。尽管如此，她仍然想起老家湿渐渐的天地，像是蕴藏着发芽生根、开花结果的冲动。

冲动的激情高烧不减。又一个夜晚，月光清亮，把窗外的树影洒落一地，花枝在洁白被面上晃过来又晃回去。他靠在床头看着它们月夜里挑逗招展的样子，充满了梦幻，也有些同情的凄凉，只是分不清是同情自己，还是同情玟玟。回想起与玟玟的相识、相交、相处、相恋，竟是一枚红豆牵线、一枚红豆做主。

在岁月的渐变中，红豆在苍翠欲滴的山林中亦真亦幻，时而彤光闪烁，时而染血绿枝，摇曳着灿灿阳光，张扬着几分炫耀，几分独尊，以一种骄傲诠释着自然的禀赋。他还常常为此庆幸：只豆点那么大的红色，让他目睹到青山绿树一点红的绚丽，闻到了喜悦村活力四射的体味。

十六的满月，皎洁无瑕，夜空中散发着迷人的光亮，阵阵清风带着露水的清香，飘浮在喜悦村。这是玟玟送给他红豆后很长一段时日的心境，"没有什么不美！"就连玟玟和他说话，他也总是用欢喜的眼睛看着她，就像看她当初送他红豆时那样的专注。

这样的美好，他有太多的回忆，他好想回忆；但他不是成功者，也没有炫目的光彩，所以，他没有回忆的资格。获得回忆的资格，对他来说，是遥遥无期的梦想，要么成了势，要么有了钱，要么掌了权，这些成功都会让他曾有的耻辱，丢人的糗事，卑劣的行为，污浊的灵魂，一个接一个、一次又一次的失败，成为宣泄的回忆，展现在人前，就是智慧、意志、人性的价值标签。

而他没有等来这些福分。在偶然的一次感情风雨中，他们分道扬镳，失去联系的纠结改变着他们各自的生活。

直到又一次生活的变故，莫名的思绪勾起他们相见的冲动。路灯亮起来的时候，他在一个咖啡馆里等来了玟玟。不像夜幕路灯的光亮那么让人眼前一亮，以前那个眼湛秋波的玟玟已荡然无存，她变得又旧又皱，仿佛当年送他红豆时穿的那件变形却还没有舍得扔掉的劣质衣服。他一时适应不了玟玟的变化，出神地回忆着她众目之下断然送给他红豆的放肆气质和俏丽面容。咖啡的浓香挑逗不起他浪漫的欲望。两人默默盯着杯里的热咖啡，玟玟突然幽幽地问："你失望了吗？"他不耐烦地瞥了她一眼，说了声"我累了"。眼神里闪出些不屑一顾的蔑视。

这时，他才清醒地意识到，玟玟和玟玟们放肆执着的游戏精神，本来是时代赐给每个人的福利。可恨的是，他一时没有意识到、没有珍惜过这份福利。每天的生活像是专给赶来造访喜悦村山坡上的红豆林的游客准备的，从熊熊燃烧的日出，到翩翩而至的夜幕，都在为别人的生活向导。

山上那么多的红豆，唯独玟玟采摘的那一颗珍藏在心里。多少年过去了，红豆的寓意、象征、想象和期待，终究还是成为向导生活的一个心结。

而今，红豆已是喜悦村的标志，带着爱来喜悦村的，来喜悦村生爱的，都说红豆的色正浓。

向导还在与喜悦村的红豆为伴。而玫玫和玫玫们却早已忘记清纯少女时的红豆精神与色彩。

从那以后，我就记住了：并不是红豆的故事和回忆都很美丽而浪漫。

（2014 年 6 月）

第三辑

淡 忘 的 曾 经

　　在社会生活中，每一个人或多或少、或轻或重地都有这样的经历。社会是复杂的，社会交往是一种流动的复杂。你在一个单位，可能因为一个同事而改变了自己的志向、情趣，也可能因为一个领导而改变了你生活的态度、事业的走向、价值观的取舍。

淡忘的曾经

照片能勾起许多早已忘却的记忆，复原已经过去的往事。因为寻找一本曾经读过的老书，无意间翻到那些年出国中拍摄的照片，见景思物，断断续续的回忆，让我再一次重温了年少时质疑过的异国文化，还有那些奇异的感受与感悟。

现在想起来，年少轻狂，跨出国门的体验总是那么感性；年轻浮躁，地域文化的视野又是那样浅薄；而立之年偶尔回望曾经去过的那些国度，才发现跨过疆界的不仅仅是足迹，更行更远的是思想、观念、意识、眼界……

法国是我唯一走过两次的国家。那年去欧洲，首站就是法国，而离开时也是法国。可惜的是，我写过的旅行文字中，居然没有法国凯旋门的记忆。

凯旋门是与埃菲尔铁塔、枫丹白露大街、罗丹纪念馆一天参观游览的。如果说某个名字是一个城市的标志性名片，一个国家的精神荣耀，凯旋门是当之无愧的。到巴黎没进出过凯旋门，根本就不可能理解法国人的审美情趣，就不会读懂巴黎的含义。你可以不上下埃菲尔铁塔，但不能不去感悟凯旋门的风采，凯旋门的建筑美、名字美、寓意美，与凯旋门合影就是与巴黎合影，读懂了凯旋门的意义就能体会到法国人的尊崇。

巴黎的凯旋门是战争胜利归来的纪念碑，是为庆祝战争胜利而建的纪念碑。但是，凯旋门的历史却不属于法国人，法国人不是凯旋门的原创。

这是我到罗马才知晓的。到罗马不看斗兽场的外国人不是很多。

在斗兽场旁边也有一个凯旋门，叫君士坦丁凯旋门。它建于公元313年。在历史上称得上巴黎凯旋门的先高祖了。稍稍留意就会发现，这两个凯旋门都有一个主题词：庆功。为什么庆功？为谁庆功？为战争中的胜利者，为搏斗厮杀中的战胜者！无论战争与搏斗，都是残杀与征服的游戏。战争是流血的游戏，流血的无论是失败者还是胜利者，都是杀与被杀的关系。搏斗是征服的游戏，罗马斗兽场上演的就是征服人与兽的游戏，也是生与死的游戏，胜利者生，失败者死，君士坦丁凯旋门无疑是为生的英雄庆功。

正因为凯旋门的文化里充满血腥与杀戮，所以，我宁愿把它丢失，也不让它留在记忆里，除非是另一种真实的记忆。

从法国到德国。德国就像窖藏的原浆老酒，留下的回味经久难忘。十几年过去，想起德国还有层出不穷的记忆：柏林多姿多彩的建筑，富丽堂皇的宫殿，各式各样的教堂；德国的严谨与自由，彰显着优秀民族的伟大文明，弘扬着人类智慧的丰硕成果。深入德国民众的生活，你就不会不由衷地为德国人而骄傲。德国人的健康是有目共睹的。他们的健康，不仅仅是体魄的外表，还有内在的智慧，不仅仅是生活的态度，还有科学的理念。在奔驰汽车城，几里长的公路边，齐整有序地停放着上班工人的私家车，虽然全是清一色的奔驰，但在他们的心里，只是一个代步的工具，没有丝毫值得惊奇和意外的。当有人把汽车城工人都开着本厂生产的小车上班当作一件稀罕的问题时，一位员工回答道："难道这有什么不应该的吗？"今天想起来，终于明白德国为什么能成为欧洲强国，德国人为什么为自己的民族那样引以为豪。

其实，欧洲的繁荣远比欧洲的文化逊色。尽管欧洲国家都把英语作为官方用语，但各个国家的民众还是始终坚守着自己的土著语言。他们对语言文化的敏感，常常有些难以理解。一位出租车司机对此说得直白："物质可以丢失，文化不能丢失。"所以，英语世界对语言文化的重视远远超出学术范畴。稍稍留意发现，中国人创造的时代语言就挑战了英语世界的敏感神经，无论是政治、经济、社会，还是科学、文化、艺术，中国与时俱进的词汇，让欧洲人应接不暇。一度，欧洲人把中国人创造的英语词汇当作笑柄、笑谈。而后，他们发现"中式"语言正猛烈冲击着英语词汇库，于是，原本的学术研究被蒙上了一层警惕的面纱。这些事实和数据可以为证：美国全球语言监督机构的报告显示，自1994年以来，国际英语增加的词汇中，中式英语贡献了5%到20%，超过任何其他来源。如果反向思维一下，为什么英语世界这么关注中式语言的发展，为什么这样下功夫研究中式语言对英语世界的影响？还记得德国导游的一句话："世界所有的优秀文明都源自于文化。"欧洲百姓大众都知道的，我们的研究也未必全明了。这就是差距所在！

在英国看到一本《经济学人》杂志，有一期刊发了一篇报道中国"男多女少"现象的文章，其中将未婚男子"光棍"直接翻译为"guanggun"。如果说这是创造的中国专属英语词语，那么，英语世界的"中国制造"正在对欧洲语言文化产生着前所未有的影响和冲击。2011年初，中国顾客消费能力让欧洲瞠目，英国媒体以英镑的概念创造了"北京镑"这个新名词来表达中国人所花的英镑；这一年的11月24日，英国广播公司BBC用"领头龙"来表述中国经济在全球的地位。当与伦敦政治经济学院学者交流关注中国式英语大众现象时，他们以2010年中国网络语言"不给力（ungellvable）"为标志，认为这是从"中国人背英语单词"走向"中国人制造英语单词"时代的开始，也是英语世界从"把中式英语当笑谈"走向"创造中式英语"的时代。学者着重提醒："英语世界的研究机构十分重视这一语言文化现象。"

这些都是在翻看异国照片时的记忆，与一个景物的合影能让人想起往时的场景，与一个人的合影能让人想起不经意间的话语，事情就是这样，淡忘的曾经并不是全无意义的记忆。

（2012年8月）

埃及欲知：
文明怎样走到今天

埃及是世界文明古国之一。到了埃及，我们看到了今天的文明，可我更想看到文明怎样走到了今天。

它有自己的历史足迹，自己的行程环境，自己的文化脉络，自己的生成逻辑。埃及文明的今天，不同的文化语境有不同的解读，不同的价值理念有不同的欣赏视野。石塑、神庙、陵墓、石碑，仿佛都在向世人不停地诉说着一个道理：认识一个国家的今天要了解它的历史，认识一种文明的今天要知道它的本源。埃及文明在过去数千年的演化中，有传承、有创造、有发展；有固守、有颠覆、有新生。埃及的古代文明孕育出埃及今天的文明，埃及的物质文明、社会文明、生活文明、精神文明、制度文明！无论历史的文明多么伟大，但今天的文明都适合时代的发展。而这种"适合"却让人们很自然地认为都是应该的，文明发展是应该的，文明成果是应该的，文明享受是应该的，甚至还会不断感到今天文明的不足、觉得今天的文明应该更好。

我产生这样的联想，多少都受到埃及文学的影响。现存于大英博物馆的祭司体长篇文献《两兄弟的故事》，我把它理解为是两对夫妻、两个男人、两个女人在爱情中阴谋杀戮的故事！这个故事似乎在印证着中国的一个成语：红颜祸水！"红颜祸水"在世人的思想观念中生生不息地流传：从伊甸园开始，亚当在夏娃的怂恿下误入歧途，从此便一错再错，蛊惑人类数千年；特洛伊十年战争源于海伦的美丽；哈姆雷特父王的被弑起于王后的美丽……被"红颜祸水"歪曲的文明，是将一切灾难都归于女性：女人毁掉了男人做圣贤的追求，而文学却忽略了揭示男人自私、卑劣、荒淫、贪婪的本性。

于是，就以为文学成为贬损女性颂扬男人的历史。事实却也这样告诉过人们：人类从生殖崇拜向英雄崇拜过渡时期，女人从神跌落为祸水；进入主义崇拜时代，女性沦落为男人的附属，被当作物品交易、掠夺。女神创造了"人"，"人"又去贬损生育他们的母亲。毫无感恩之情、毫无人性之美的悲哀就这样发生了。

尽管如此，但爱情仍然是文学的永恒主题。可在埃及文学中，宗教的文化底蕴并不全赋予爱情美好、美丽、美妙，爱情的另一面，似乎在有意无意地诠释着宗教文化的另一面。古埃及人诗歌赞美的爱情，有不少是阴谋杀戮的屠场。这样的悲哀散落并铭记在埃及的历史文明里。

如果说历史是一种权力的书写，那么，文明又是历史书写的什么？

埃及的历史告诉了我们这样一个道理：一个国家、一个民族的文化和文明，是靠自身建设和积累。在埃及这片土地上，蕴藏着深厚的文化底蕴，凝聚着丰饶的精神理想，这是埃及民族自信的源泉，是埃及奏响富强的动力。中国有句俗语：一个人的什么东西都有可能被偷走，唯有知识不能被偷走。套用这句话说：一个人的财富可以被人据为己有，而一个人的思想和精神是不能被人据为己有的。所以，一个国家的历史、文化和文明是永恒的，任何强权、强盗都不能靠掠取从本质上据为己有的。

在埃及遗址古迹看文明，在埃及知识领域谈文化，时时会生发出一种莫名的茫然：想不到文明古国对本土的古迹文明是那么淡然，而文化人会对中国文化又知道得那么多，对中国文明研究得那么深，对中国现代社会了解得那么透！

与一个学者的谈话交流给我留下了深刻记忆。我们交谈的主题是社会福利与社会保障。但当我们把话题自然转移到城市现代化建设时，他对中国城市建设的高谈阔论令人咋舌：许多业内外专家都注意到，现代中国的不少城市正在成为外国建筑师标新立异的建筑设计试验场。这些"试验场"原有的文脉和肌理遭受的破坏，已经影响到居民的文化心理与认同。他甚至关注到一些舆论的谴责说，对中国现代化进程中的"城市病"，作为城市规划决策者的市长们，只是他们"当道"、当政中的瞬间，这一瞬间对城市规划决策者而言，只有仕途与利益得失的纠结。他借用中国科学院、中国工程学院院士吴良镛先生一段语重心长的话说：又有几个城市规划决策者"具有诗人的情怀、旅行家的阅历、哲学家的思维、科学家的严格、史学家的渊博和革命家的情操？"中国现代化进程中出现的"城市病"，对发展中国家是一笔宝贵的财富，这样的警示也沉重地告诉了我们、告诫着子孙，城市发展的这段历史中，城市规划决策者应当记取的教训。

这段无关主题的记忆让我陷入了人类文明兴衰的思考。任何一种文明都如同行路，有平坦大道，也有山间坡坎。无论哪个国家，哪种环境，走路都是一门事关文明发展前景的伟大学问。在对待人生的道路时，可以低头走人生的上坡路，抬头走人生的下坡路。只要走的方向正确，不管前方的路途有多么艰辛坎坷，都会比站在原地更接近追求，接近目标。但文明发展的路却不一样。有句政治术语叫"螺旋式发展"。这"螺旋式"是个奇妙无比的形态。且不说它的复杂多变，只说它在运动中的状态就难以把握。但无论如何，其结果只有一个，这就是运行的大方向是上升。只要在上升，就可以认定为发展的逻辑。人类文明无论经历了怎样的曲折波澜，都是在历史进程中不断发展的，在经济社会发展中成长，在不断探索中丰富，在世道变迁中进步。埃及文明告诫我们：尽管我们生活在文明的发展历程中，但发展未必就是幸福。记得一部叫作《阴谋》的电影中，有句对白大意是说：科技发展给人类带来的是灾难，是祸害。走在路上，有车祸的危害；被挤在狭小的空间，有大气的污染。但这些发展带来的不幸丝毫改变不了人类文明的历史，阻挡不了人类追求进步的渴望。

文明的发展史才是真正的历史。了解了文明怎样走到了今天，就了解了历史怎样把我们送到了今天。把我们送到了今天的历史，总是让人铭心刻骨，让人感怀不尽，让人受益无穷。

（2007 年 8 月）

埃及意象：
从文化入眼

如果没有金字塔的影像，我真没有去埃及这个国度的意象。因此，能到埃及一游，与其说是对埃及的向往，倒不如说是对金字塔的期盼。

从南非的碧海蓝天到埃及，有一种说不出的失落情绪，不知道是因为南非的自然景观太美，还是因为初到埃及看到的生存环境差别太大。

没到埃及的时候，曾读过埃及一些文学大家的作品。艾哈迈德·哈立德·陶菲格（Ahamad Khalid Taufig）的反讽小说《乌托邦》(Utopia, 2008) 就是其中之一。小说对集权统治造成的阶级对立给予深刻的剖析和揭露，预测埃及将有一座"完美城市"。这座专属于富人居住的"乌托邦"，却被作者"建造"在穷人居住地。这个"乌托邦"展示出这样的"平等"：所有的富人都一样富庶，所有的穷人都一样赤贫；"富"是富人共同的身份，"穷"是穷人共同的身份。富人与穷人听凭本能和欲望的支配而存在。"完美城市"里最终只有"猎人和猎物"两类人，维系他们的唯一关系是相互残杀。生存的法则也就变成"吃人，或者被吃"。《乌托邦》似乎既在暗示和揭示，又在诠释和佐证。这不得不使人想起英国哲学家霍布斯所说的"一切人反对一切人的战争"那句名言，也在现今的埃及文学作品中体味到一种文化异变。优秀作家对社会情景的想象不乏对历史轮回的忧虑！

埃及文学留给我的意象，增强了我对埃及文化的注视。

了解一个国家的历史文明，文献不可或缺。尽管埃及文明已于两千年前衰落消散，但今天我们仍然可以在旅程中看到古埃及传世文献，这就是刻写在石碑上与陵墓、神庙墙壁上的古埃及象形文字文献与书写在草纸上的祭司体、世俗体文献。由象形文字、祭司体文字与世俗体文字所书写的是一种共同的埃及语。这些传世文献不一定能预见到当今世界发生什么变故，但却至今仍然还能让人思考回顾和穷尽展望。

在埃及看文化，草纸画是游客最为青睐的纪念品。用现代人的"行外话"说，那可算是古埃及语祭司体文献。而这种草纸文献最具经典价值的，是一篇现存于英国大英博物馆的祭司体长篇文献，书写的是《两兄弟的故事》。伊奈普与巴塔父母早亡，两兄弟相依为命，伊奈普像父亲一样地把弟弟巴塔抚养成人。哥哥伊奈普娶其妻不贤，借机向弟弟求欢遭拒，便倒打一耙，陷害巴塔。为表清白，巴塔割下阳具扔进河里，当即被鳄鱼吞下。当伊奈普知道受骗错怪了弟弟巴塔，一怒之下杀死了妻子。就在兄弟俩本来平安无事时，不料同情伊奈普弟弟巴塔的埃及九神，让哈努姆神用陶轮为巴塔造了一个妻子。这个神造的妻子让法老一见倾心，带入宫中。可她嫌贫爱富，狠毒异常，为能和法老生活在一起，终将巴塔置于死地。而她最终受到法老的审判！《两兄弟的故事》是两对夫妻、两个男人、两个女人在爱情中阴谋杀戮的故事！

看埃及文化，那种独特的文明，那种文明的对比具有的历史穿透力，只能在这块土地上感受。古埃及的文明与埃及的现实文明，古埃及文化与埃及的现实文化，就这么活灵活现地展现在眼前：看金字塔，看陵墓，看神庙，看石碑，看石塑，就是看古埃及文献，看古埃及文明，看古埃及文化演进。金字塔会告诉你什么叫历史感悟，陵墓会告诉你什么叫文明进化，神庙会告诉你什么叫精神崇拜，石刻会告诉你什么叫文化传承……

一旦深入到埃及的土地，感受到那里的泥土芬芳，这个文明古国的文化底蕴立刻就会让我为先前的无知感到汗颜。

在旅行车的颠簸中，车上的每一个人都必须忍受车厢里叮里哐当的噪音，那是车辆破旧不堪时才有的声响。尽管接待、导游都很赏识为我们特殊安排了上档次的交通工具，但我们还是不得不被车内扬起的尘土呛得喷嚏连连。埃及进入古代与现代文明的交会点，犹如高音喇叭一日几次准时播放祷告一样，古典经书与现实生活就这样融为一体。

站在埃及金字塔前，一种敬畏油然而生，一种谦恭情不自禁。望着金字塔，自然会联想到中国的万里长城，虽然是不同民族创造的伟大杰作，但这些人类灿烂文明的标志，也是民族和国家的象征，是一部看得见、摸得着的影像历史。面对这部伟大杰作，惊叹不会是每个人才有的表达，不解也不会是每个人都有的疑惑，思考更不是每个人不会有的感受。尽管文化不同，但文明是共同的。尽管不同的文化有不同的表达，但共享文明成果需求是一致的。正是文化为我们搭建了了解的桥梁，营造着和谐的心境，使不同的文明成果成为人类共享的财富。

其实，埃及文明的奥妙就在于它的历史穿透力。今天，古埃及文化在我们眼前活灵活现时，埃及的现代文化也让世人眼界大开。2002年，在阿拉伯社会引起强烈反响的小说《雅古卜彦大厦》，作者就是埃及小说家阿拉·阿斯旺尼（Alaa Alaswany）。根据他的小说改编的电影，2006年一举荣获第28届埃及电影奥斯卡七项大奖，并包揽了同年在巴黎举办的第八届阿拉伯电影节全部奖项。《雅古卜彦大厦》中那座今天行将倾覆的大厦，经历了四分之一世纪的风风雨雨朝代更迭，可谓当今埃及以至阿拉伯世界的一个缩影。记得2008年4月27日，《纽约时报》刊发了一篇阿斯旺尼接受采访的文章，他说："专制统治者诛杀了埃及的精神，遮蔽了埃及的光芒……我们生活在埃及历史上最糟糕的一个时期……埃及的生活如此不堪，无法再沉默下去。一切都该改变，也必定会改变。"

这能看作是埃及现实文化的表述？

人类文明的历史是取代性、颠覆性和不可逆转性的。如果套用阿瑞提的话做这样的设想：没有哥伦布并不是就没有人会发现美洲；没有伽利略也不是就没有人会发现太阳黑子；但如果没有尼罗河文化，会有谁去创造金字塔？人类文明是灿烂多彩的，但金字塔只有埃及有；

埃及文化生态多样，但文明的成长却并不是埃及独有。

　　以文化的情怀去看一个地域、一个国家、一个民族的文化，会阅读到完全不一样的文化感知，领悟到具有原生态的文化真谛。行进在埃及首都，不时听到高音喇叭传出的"诵经"声。这是一种文化认同，还是一种宗教认同？是一种信仰坚持，还是一种精神沟通？出生在埃及的翻译对此居然无言以对。许久，他在领导的匆匆行进中，喃喃自语道：莫非是这里的文化自觉？

（2007 年 9 月）

眼中的南非

　　再艰难的事都有一个开始，再美妙的感觉都有一个结束。旅程的艰辛兴许是快乐的兆头。十六七个小时的空中飞行，机窗外的无穷变化如同幻影，时而云涛翻涌，时而阳光灿灿，时而落霞满天，时而星点闪烁。我们满怀期待的心境，在万里云空的穿越中，沐浴了一次时空的洗礼，着陆在南非海天一色的机场。

　　这是 2008 年的 7 月，北京的暑热正当时。怀着热切的期待，我们一行 7 人的南非和埃及行，就这样跨上了异国的疆界。

　　在异国的土地上，我总会情不自禁地生发出一种感慨：幸好我遇上改革开放了，尽管是迟来的年代。我和我辈能够有机会跨出国门，能够纵情放眼看世界，都应该感谢改革开放。今天，从心境到心情，从思想到思路，从精神到物质，我们都在消费改革开放的成果，都在分享改革开放的财富。当然，也在学习改革开放，在改革开放中继续成长。

　　去过南非我才发现：如果是放松心境，如果是享受自然，如果是感悟世界，再没有比选择游览南非更惬意如愿的了。南非具有原始的神秘，也有现代的神奇，既有要知的文化，也有未知的文明，既有过去的感慨，也有现在的感动。当人们走进一个国家，总是各有各的视角，各有各的感悟，有人喜欢多一些回望，也有人就喜欢注目前行。回望自然会更多地了解这个国度的文化历史，注目前行就只有在看现在的时候去揣摩、探究、预见它的未来了。

　　行走在南非，是海让我感受到这里的美丽。我们好像总是追随着海在走。一个个湛蓝的海湾里，一片片碧绿的海面上，高高的桅杆，豪华的游轮，撑起这方水土的人向往世界的希望风帆，架起这方水土笑迎世界宾客的桥梁。看着海湾那些豪华游轮，情不由衷地叩问起中国人曾几何时有过的那份恋海情结：这是 1405 年 7 月 11 日，云南省晋宁和代村人郑和奉命出使西洋，率领一支船队，开启了中国走向世界的航程。郑和七下西洋，航海至亚洲、非洲 30 多个国家和地区，揭开了世界历史性大航海的序幕。因此，才有了中国南方商贾云集，沿海城市更多的蓝眼睛、大胡子外国人，洋货和国货的你来我往；也才使中国人看到了海洋文化与世界文化的脉络关系。遗憾的是，郑和之后竟成了传说。我们没有欧洲人那样善于发现到海洋的好处，没有欧洲人那样精明地去探寻海洋的资源。就连那张被英国著名科学家称之为"世界上最早的一幅真正科学的海图"的"郑和航海图"，如今也只能在马来西亚的马六甲收藏室才能看到。

一路走来，南非人似乎都是那样的淡定，没有听到过津津乐道的灿烂文明，没有见到过感恩叩拜的寻根问祖。这里的人文观念和人文情怀，都根植在现代文明的成就中。钻石、好望角，最易勾起对南非的想象和向往。但"好望角"就一块木牌标示出这里曾经发生过的外来历史。那是一块普通得再简单不过的木材板，粗糙而又不规则，实际上就是一棵大树被破开为木板料中的随意一块，用铁钉固定在几个夯在地上的木桩上。木牌上用红油漆写着"好望角"。

"好望角"是看海的好去处。海上飘闪的点点白帆，如同星罗棋布的梦想：只有海洋的梦才博大，才辽阔。华夏文化的中心只是一条江、一条河，长江再长，黄河再阔，却难与海洋的辽阔比拟。长江与黄河养育的子孙虽众，但也难与海洋孕育的生命相提并论。南非的好望角让欧洲人从海上流浪到这里歇足，这里就成了他们开拓的疆土。江河永远是有限的疆土，海洋却是勇敢者的天堂。当我们智于对大海敞开心胸的时候，也是我们在海上开创传奇的时代。

南非家喻户晓的纳尔逊·罗利赫拉赫拉·曼德拉，可谓世人敬重，但就一尊塑像表达了他为这个国家所作出的杰出贡献，张扬着这个国家的人民获得民主权利的来之不易。然而，令游人神往的，却是开普敦。开普敦有被誉为上帝餐桌的桌山。桌山是景，也是开普敦的观景台。站在桌山远眺，一个如同一只章鱼浮在蔚蓝海面悠闲纳凉的罗本岛，映入眼帘。这个岛 1999 年被列入 UNESCO 世界文化遗产名录。与其说是人们对文化遗产的关注，倒不如说是对纳尔逊·曼德拉曾被监禁在这里的关心，是对这里印记着纳尔逊·曼德拉人生经历的敬慕。

在南非的国家治理和社会建设中，没有中国"急事急办"的自豪。无论是在旅游服务业，还是在政府办事处，以及路途的"关卡口岸"，工作人员都是那么有条不紊，不急不慌，照章行事。用翻译的话说：南非人工作总是"慢半拍"。"慢"在哪里？用中国人的眼光和办事习惯看，他们"慢"在一个"认真"上，一个"规范"上，一个"法治"上。约翰内斯堡是一座充满生机和活力的城市。可这却是法治的结果；太阳城是一座建造在戈壁沙漠的人造城，可它却以文明规则吸引着全世界的游人。走过的南非城市，没有听说过一个地方的长官拥有法律规定外的"特权"：进入旅游区，不管你是政府哪个部门的，不管你托了什么人情关系，也不管和你有多熟悉，门卫都会一丝不苟地让你照章买票。

民主让这个国家的人民分享到做人有尊严的快乐！也使人民对民主有一种共鸣般的认可和敬重，这种民主饱含着诚信、平等、文明。没有文明品质抑或文明品质低廉的民族难以尊崇这样的文明，享受不了、实行不了这样的民主。这样的民主远比对个人的崇拜和迷信要高尚。

（2007 年 8 月）

新加坡：
花一样的记忆

　　至今留在我记忆里的，新加坡不是一个国家，而是一个花园。就是路边一块巴掌大的空地，也是花卉的领地。街面道路两边，是花的缎带；楼前楼后，是花的园圃。这个国家的城市，可以没有宽街大道，但不可以没有鲜花盛开。

　　从埃及回国的时段，不巧在新加坡机场要停留，是行程始料不及的突然变更。当我们走下飞机并不知道要滞留多久，要去哪里安顿，机场的引导员，心平气和地指引着每一个上前询问的旅客，有的找到了等待安排的准确地点，有的在火急火燎中盲目乱窜，我们是那种求稳求妥的一类，在离引导员不远的地方候着：想来引导员总会带路的。可恰恰事与愿违，引导员并没得到机场把我们负责安排到什么地方的指令。这时，我才蓦然意识到，任何时候、任何情境，我们可以相信别人，但不可以指望别人。一旦指望落空，也只能、只需以安然的心态和宽容的心境来对待。

　　终于等到从机场到旅社休息的准确消息，八小时的中断飞行，让我们在新加坡有了走马观花的时间。领略一个地方的文化，感受一个地方的风情，眼睛和出租车是再好不过的帮手了。我匆匆放下行装，在宾馆门口冲上了一辆出租车。新加坡的出租司机相比于北京，他们更真实，共同的表现在：为有生意可做满心高兴。可在掩饰不住的喜悦中，司机有些茫然地问："先生要去哪里？"

　　是啊，要去哪里呢？我是第一次到新加坡，"你就拉着我在这个国家转两小时吧！"

　　乘客没有目的地的要求，只有时间的要求，这使出租车司机一脸的疑惑。"先生是让我和我的车为你服务两小时吗？"司机一口带有闽南口音的中国话，拉近了我们的距离。

其实，我们与新加坡人并不陌生。居民主要是由近一百多年来从亚洲、欧洲等地区迁移而去的移民及其后裔组成的。其移民社会的特性加上殖民统治的历史和地理位置的影响，使得新加坡呈现出多元文化的社会特色。在这个常住总人口临时数字只有540万的国家，其中331万人属于新加坡公民和53万个永久居民简称"PR"。新加坡公民主要以四大族群来区分：华人（汉族）占人口的74.2%，而马来族（13.3%）、印度裔（9.1%）和欧亚裔／混血（3.4%），占总人口的1/4。大多数的新加坡华人源自于中国南方，尤其是福建、广东和海南省，其中四成是闽南人，其次为潮汕人、广府人、兴化人（莆仙人）、客家人、海南人、福州人等。新加坡人口密度7540人／公里^2，人类发展指数为0.866，处于极高水平。这是个多元种族的移民国家，也是全球最国际化的国家之一。

巧遇的这位出租车司机，就是地地道道的福建人。"是的。拉着我尽可能地多看看新加坡的大街闹市。"坐在新加坡的出租车上，不由自主地想起国内繁华都市的出租车。没有比较就没有鉴别。没有鉴别就没有真知。相比之下，新加坡出租车的文明气象更新一些，"新"在车和开车的人都那样要气质有气质，要礼貌有礼貌，要真诚有真诚，要文明有文明，车内的整洁、清新与开车人的素养、心境，给人留下一个发达国家才有的人文感受。

新加坡的发展经验是我国改革开放的学习借鉴。还在懵懵懂懂投入改革开放大潮时，就常听媒体把新加坡列入亚洲发展"四小龙"的类别。新加坡是全球富裕的国家之一，这不是图"虚荣"、求政绩而断章取义吹出来的。它的经济模式被称作为"国家资本主义"，并以稳定的政局、廉洁高效的政府而著称。根据全球金融中心指数的排名，新加坡是继伦敦、纽约和香港之后的第四大国际金融中心。时至今日，这条"龙"的骄傲还有许多优长是我们望尘莫及的。比如民众住房：20世纪60年代初期，新加坡人居住在卫生条件恶劣、人口过于密集的住屋环境，而且没能力购买自己的屋子。在这种情况下，政府于1964年宣布实施"居者有其屋"计划。如今超过八成的新加坡人居住在政府承建的房子，当中九成的居民拥有自己的住房，其余5%的居民住在政府提供的租赁屋。在各居住小区内还设有齐全的公共服务设施，小区也为居民设立娱乐、休息、健身和社会活动场所。居民的一般日常生活问题都可在小区内得到解决。再如工业：那么一小块土地上，工业却是他们经济发展的主导力量，在重工业方面，主要包括了区内最大的炼油中心、化工、造船、电子和机械等，拥有著名的裕廊工业区。

可在以工业为经济发展主导力量的新加坡，赢得了"花园城市"的美誉。尽管土地金贵、工业发达、人口密集、文化多元，但新加坡的发展理念让世人不得不高看一眼：他们的生态文明意识可谓国家治理楷模。坐落于克伦尼路的新加坡植物园，占地74公顷，以研究和收集热带植物、园艺花卉而著称。园内有2万多种亚热带、热带的奇异花卉和珍贵的树木，可分为热带、亚热带常绿乔木、水生植物、寄生植物和沙漠植物等。植物园的国家兰花园，大约有3万平方米，有专门种植胡姬花的花圃和研究所，园内有四百多个纯种和两千多个配种的胡姬花，总数达6万多株，有蝴蝶兰、兜兰、石斛兰等姿彩夺目的兰花家族。犹如新加坡发展的美好形象，新加坡建设的美丽成就，新加坡人的文明，给南来北往的人们留下了花一样的记忆。

（2007年9月）

改变

　　文刀光是一个颇有思想的读书人。他的性格酷似他的名字，说话做事都那么一针见血，思想起来也是棱角分明，不会含蓄有度，"想就要想到自己明白"，这是他自律的名言。

　　有一次相邀几个文友小聚，斗酒有些过头，微微醉意间转向斗嘴，有些理屈词穷时，他冲着一位女士就嚷嚷道："都是千年的妖精，还跟我玩什么聊斋？"话音落，一丝蔑视慢悠悠地滑过嘴角，径自还得意地笑了起来。

　　朋友圈里习惯了他口不饶人的这种穷酸劲，也就没有谁在事后去计较讨伐他了。与他在一起，谈天论地总归还是收获大于顶牛，久而久之，思想上的启发，精神上的丰富，认知上的深化，改变得都很明显。

　　当然，这需要是个有心人。我和文刀光相识也就三几年。讨厌他的刻薄时，就把他那些口无遮拦的胡言乱语归类整理出来，才发现那个家伙真的是一个有思想肯思考的人，有时候居然还挺同情他有些怀才不遇的心境。

　　记得是去参加他的一次生日聚会。过生日，就是纪念生命。对生命的纪念，本不该有杀生之事，而餐桌上无一不是生命之餐。文友敏锐地道出了发现的这个失误。文刀光狠吸了手指间的香烟，吐出长长一串浓雾，夹带着挥之不去的心事。他陷入一个纠结改变的心魔。

　　那么多不如意，那么多不顺意，那么多不满意，能改变些什么呢？什么能改变呢？他把自己带入一个"什么改变什么"的陷阱，这原本是一个没有标准答案的问题。

　　那是个以开解"改变"为主题的生日聚会。文友们的天真、幼稚，狂妄、任性、忧患、爱憎，都在"改变"的高谈阔论中表露无遗。

举杯伊始，言说无妄念。筠子本就对什么事、什么结果都心满意足，他那性格决定了他不会有什么大出息，日子也就只有任其不紧不慢地过。用媛媛的话说"就让他过仙风道骨的日子去吧！"所以，他在文刀光的文友聚会中，言谈举止总要显得温文尔雅些，听起来柔和，品起来客观。他的见地常常是由近而远、由一般到普遍。一杯酒下肚，他胆怯地扫了一眼桌上的文友，侃侃而谈：

一个人的命运，有时候完全因为另外一个人而改变。像朱时茂，一直是演电影的，在八一电影厂招待所打电话排队时，偶然遇到陈佩斯，两人因为这个机缘而改变了事业的命运，从银幕走上了小品的道路。

在社会生活中，每一个人或多或少、或轻或重地都有这样的经历。社会是复杂的，社会交往是一种流动的复杂。你在一个单位，可能因为一个同事而改变了自己的志向、情趣，也可能因为一个领导而改变了你生活的态度、事业的走向、价值观的取舍。

决定一个人命运的因素太多太复杂。有性格决定论，有心态决定论，有人缘决定论，一句话，人的命运不全是攥在自己手里的，不能忽视受外界影响的成分。如果能把握决定自己命运的权利，那么改变命运的权利又在哪里？

酒过三巡，愁绪如秋意。和筠子比起来，大山就长得太意外了，意外的着急，又意外的恐慌，与遍布人流中的高富帅形成天经地义的对照。这是隐匿在他心中的一个阴影，笼罩着他不甘风平浪静的生活，也激励着他摆脱多愁善感的日子。也许正因为如此，大山在文友圈里的见地才绵里藏针：

改变我们的生活，有个厉害无比的东西，那就是人缘。它可以让你一路风顺，也可以让你一事无成。无论你有多么高深的学识，人缘的好坏足以改变你的命运。无论你有多么坦荡无私，多有气节忠义，人缘常常才是评定你的判官。

一个人的命运与人缘紧密相连，这不是个新话题、新问题，而是一个自古以来的老课题，多少人悟之不透，多少人学之不尽。章伯钧老先生有句名言：把父母、兄弟、夫妻、同事、朋友之间相处的社会关系搞好了，就是最好的马列主义。这位老先生把人缘关系提高到马列主义的高度，不失为一个坦荡君子。

到今天这样的开放时代，社会已经积淀了五花八门的思想意识，我们的价值观里，受外界影响的成分难免要大，无论是看待某一事物，养成某一嗜好，判定某些标准，个人主观、个人感受、个人意愿的成分其实不是主要的，权贵的、舶来的影响往往是潜在的标准。比如茶吧，并不是大众口味或茶本身的品质，常常评判的标准是谁谁谁怎么赏识，某某年成为贡品，某个权贵如何喜好。西湖龙井的质地好，好在生长的环境适宜，好在茶的品种优良，好在制作工艺特别，而当今人们评论龙井时，总还是习惯说当年，说进贡宫廷，皇上赞誉。

尽管文学青年的语言会尖酸刻薄，尽管他们的合作共处里面也有"小手脚"，或者是"小名堂"，但还是八九不离十的"潜规"小技，比起社会同行同事同僚，纯洁得像未成年的处女。这是他们能够走到一起、说到一起、玩到一起的缘由。数杯敬酒下肚，心中波涛升腾，文刀光禁不住满腹经纶，滔滔不绝道：

对人的评价又何尝不是？民间段子说得好：说你行，你就行，不行也行；说你不行，你就不行，行也不行。这在今天不仅能流行起来，还成为一种文化现象被提升概括为价值观。

由价值观推延到一个人的成败。在成败的诸多理论中，有个谬论，就是性格决定命运。据说这还是弗洛伊德的理论，正宗地说叫作弗洛伊德动力性格概念。这个概念承认性格特征内部含有动力因素，是它构成人的行为基础，形成一个人的生命过程。在我们的文化背景里，还不能一概否认有一个提倡依附权势、讲究人际关系的环境。在这个环境里，有一条屡试屡灵的规则:适者生存。大凡不能遵循这一规则的，试图纯粹想靠与人竞争、靠有效表达自己的人格来谋取成功的，完全凭借自己的能力来实现进取的，未免太过率真，你注定不会心想事成。在某种制度下，你的自我意识过强，对生活的态度太过独特，都会使你的命运发生有悖于现实的变化;这一切，也影响着人们的价值观变化。

在官本位的体制下，价值常常成为官的护身符，其实这是不需要用文字来进行愚蠢表达的，是人人心知肚明的理，是人人心中有、口上无的话题。比如一个文化大家，他对社会、对文化有前所未有的贡献，在某个阶段对推动社会作出的贡献胜过形形色色的达官贵人，但在其涉及地位上，也不会把他排在要人、贵人、富人以及各色成功人士的前面。张伯驹老先生的贡献大不大？他用4万大洋买回陆机的《平复帖》；卖掉一所宅院，又让夫人变卖一件首饰，凑成240两黄金，买回展子虔的《游春图》；用110两黄金购来范仲淹手书《道服赞》……不惜一掷千金，买回的这些国宝，却又捐献给国家。而他病重住进北大医院，却不能满足换个单人或双人房间的要求，因为他不够级别。官本位制度的价值观就是这样，是官就有价值，而你是国宝，也难敌一个官衔。

尽情发泄的快感让文刀光酣畅淋漓。他知道，在官场的大千世界里，他文刀光虽然意外地在某个机构混了个有名头的官号，但还说不上能算个什么东西，充其量只是一堆土豆南瓜般官员中的一个颜色货。他再明白不过了：官的价值胜过许多文化的价值，胜过许多财富的价值。在官本位的阴影里，真正的价值体现不出真正的价值。这是文化的悲哀，也是社会的悲哀；是人性的悲哀，也是制度的悲哀。尽管被湮灭的价值、被践踏的价值、被扭曲的价值，终究会透过时间说明其含义，还原其本来面目，就像章怡和描述的张伯驹老先生一样，他在时代里消磨，但却由时间保存，不像某些人是在时代里称雄，却被时间湮灭。

作为文友，我欣赏他性情中的真知灼见；也知道他攀上这个岗位，可见的前景像簇新的画卷一样展开来，但忧虑机关按部就班的氛围，怎容得下他那不谙世事的年轻野心？真担心有一天，改变他的与他的改变没有一个是什么的答案！

（2015年1月）

空镜头

　　那么酷热的夏天就温暖不了他的心境。那么强烈的阳光也照亮不了他的视野。在小四的人生旅途上，就没有多少心情舒畅的日子值得可圈可点。

　　就说他那年回到老家的奇遇。那里的大山虽高，但却留不住雨水，山区的雨也是奇葩，有时几个月不下，下时几个月不停；白花花的太阳还晃着眼，一阵风来就暴雨倾盆；空中的雨水在厮打搏斗中，落荒在山野，汇集到山沟，顺着沟壑翻滚而下，浊流像冤魂般呐喊着冲向山下。

　　雨水没淹着他却把他吓了个半死。你说那环境还能常回去看看，还能纳入将来养老的规划？儿时山清水秀的一个环境，如今堕落成这般生态状况，他心里的阴影挥之不去！

　　回到城里，城里也让他郁闷不乐。不知是空气不好，还是他的眼睛不好，这会儿看别人的神情感觉失真。人家的眼睛迷迷蒙蒙，总让他看不懂似的。无论什么时候似乎只能看见自己愿意看见的东西，自己不愿看的东西，就在鼻子底下，就在眼皮前面，也都视而不见。这个世界怎么了？他搞不懂！

　　这个年头，他也搞不懂！

　　亚洲金融危机爆发那年，电视上天天念叨金融危机，频率比每天他叫爹妈的次数还多。在这场危机中，中国好像挺住没怎么晃悠，可那时他一看到日元，就想到险情降临，惧怕让日元那个龟儿子把我们给祸害了。

　　扛过亚洲金融危机没几年，华尔街金融大亨那帮孙子又兴风作浪，把全世界金融搞得鸡犬不宁，吓得大大小小国家的理财管家惶恐不安，美元那个王八蛋坑苦了欧元、英镑、人民币，把我们这些劳工剥削得差点就一夜回到"解放前"。

那时小四的印象中，"钱"这孙子就是个"太岁"，谁招惹这个"太岁"，谁就倒八辈子霉了。就像儿时在刀片子胡同的那个"发小"，他比胡同的公厕还要臭名昭著。不内急到无奈，死活也不"近前入里"！

迷茫中小四果断回到了现实，意与朋友相处落个开心快乐。有一天，发小老六和杨子来找他，说是二哥摊上事了，很是不爽。下午是不是上门看看，也算兄弟情义，安慰安慰。小四哪敢说不啊！都是儿时的玩耍伙伴，相见一聊，才知二哥这回摊上大事了，不仅日子很不好过，而且前程未卜。二哥的消极沉闷让大家忐忑不安。

犹如捉摸不定的夜色，幻化出难以名状的心境。看看已是街灯映照的天幕，小四探身问老六，"你走吗？""二哥好像还不平静。"老六细语道。

小四又问杨子，"你要离开吗？""能不能放得下心呢？"杨子说。

小四会意笑笑，心底有数了。碍于面子，他们都还留在这里，和风暖日，仿佛没有明天的季节。但小四分明预感到：一个骄阳如火的影子已经到来。分别是早晚的事。

人难道就这么容易自我迷失？这让他想到童年。那时的叛逆期，对好逸恶劳的大多数孩子来说，都是一个充满低级趣味的年纪。这个年纪弥补了他们的人生缺憾。

那时充满幻想：广袤的草原上，开满了粉嫩的小花，一种开阔的动人和美丽照亮了他混沌的目光；探索风景的欲望被贪玩刺激，夏季的爆热没能阻止放肆的脚步，尽管也使原本跃跃欲试的脚步变得浮躁。

不难想象，那么一群优秀拔尖的人，那么一拨追求上进的人，那么一些心高气傲的人，在人生的旅途想堕落都难。

后来老于世故：如果你的一天在合上眼的时候就结束了，那么，你是正常的人，光亮的人。这不是鬼话！鬼话连篇的那些人，就没有那么轻松了，他们的眼皮一夜不停地合了又张开，他们不是在眼睛一闭不再睁开中结束一生的，而是在闭上眼又惊恐睁开的循环往复中结束的。

殊途同归，谁都在生活的漂泊中。他们的头发，不会因为风吹日晒而枯槁，只会因为种种担忧而花白；他们的额头不会因为岁月辛劳而苦大仇深，只会因为争强好胜而绝顶聪明。漂族的成败难以诉说，但当他们死的时候，生命的终点是一样的。漂族的命运有好有坏，但当他们直面生死的时候，抉择的纠结是一样的。

今天工于心计：恻隐之心让他们深陷种种误区。恭维谄媚的话，会觉得倍加动听，十分受用，会发现跟自己朝夕相处的人原来并不了解自己，素昧平生的人却能一眼看出自己光鲜闪亮的地方，会获得尊贵的感觉。但谄媚需要伪善而热情，既要工于心计，又要阿谀奉承，这需要不计个人得失，不计品行得失，不计良心得失，谄媚无时不在抛售自己的尊严。

佛讲因果，谄媚的话毒害别人，也害自己。话说满了难以圆满，调定高了少有合声，事做绝了没有进退，利看重了不能明志，人做假了何以交心，梦做深了难以清醒。

小四就想做个简单的人，只要你把他当回事，你的事就是他的事。可有些人一心要做他的心脏，谁都明白，心脏不想跳或不跳，他就得死。这时候，就不能叫滚就滚了，他只能选择过去紧紧抱在一起，才能消灾免祸。

每每想到这些，小四就像置身于电影院，那种仿仿佛佛的感觉，让他的眼睛干涩，头脑发木。眼睛本是心灵的窗户，也是大脑的镜头。存储在脑海的万千影像，回放着眼睛的能量与辛劳。可此时，小四怎么也理不清原有的思绪。一个个风里来雾里去的镜头荒诞难堪。

自从那次在二哥处分别，小四与发小兄弟们都明白：二哥是不能想见就见了，许是一时半会压根就见不到了。他在路口与老六和杨子分手，目送走两位"大仙"，心中如同一块石头落了地。抬头望见日落西山的一抹余晖，小四暗自惊喜地想着：下辈子都不见他们才好呢。

曾经的发小兄弟，转眼间咋就变得那么生分了呢？小四心里有种说不出的"疼"。

这种伤疼他原已经历过一次，那是他和大哥、三哥最后一次见面的场景：在春意盎然的季节，想起三个兄弟相聚畅谈，心里暖洋洋的，有一种久违的感觉。

"大哥还是大哥的样子。"大哥会心地笑着拍拍小四的肩，回应他发自内心的恭敬。

三哥又上前牵着小四的手，有些酸意地向大哥介绍道："小四再不是小四了。"

阳光下，大哥还是一脸惬意，一手搭在三哥的肩上，一手搭在小四的肩上，说："兄弟还是兄弟。"小四为这句话当时就感动得眼眶发热。

谁也没提天各一方的风雨经历，更没有提生活打拼的难与易，适者生存的苦与乐，这样倒好，兄弟在一起，只顾说些温暖的话，做点快乐的事，心情油然放松。

这样好的见面，却是他们兄弟情了的一见。尽管儿时的发小情深，混迹社会后的善恶难辨。小四没想到的，亲亲热热的大哥和三哥，就在这一次笑盈盈的相见中，狠狠地敲诈了他，还拳脚相加教训了他。

自此以后，小四才明白发小兄弟的情义斤两就像昨晚的一场梦幻。昨晚的梦像心灰意懒的魔术师，把满怀希望的憧憬变没了，一场空欢喜后的失落，让他孤寂无聊极了，铭刻在心的就是一个个这样难以名状的空镜头。

（2014年8月）

让座的尴尬

凉生生的秋风，追赶着奔向地铁口的人流。无论是北漂族还是京城人的记忆里，晨雾总比急急匆匆的上班族要浓密一些，晨风也要比人们火急火燎的脚步要更快一些。

枫岚望着上班路上绿化带中泛黄的树叶，心中有一种说不出的情愫：一丝有点潮湿的空气滑过脸颊，几滴有些绵绵的露水飘落额头，投进新一天的开始，她不想感受夜间的余味，总是希望阳光照耀在行人的心房。

虽然在北京挤车上下班的情景和遭遇的尴尬铭心刻骨，但为生计奔波的奇闻趣事却常常让人忍俊不禁。这一天，枫岚的私家车禁行，她只有选择公共交通出行。从家门口到地铁站显然比到公交车站要方便一些，沿着路边的绿化带，走不多远就到了地铁进站口，正好赶上迎面驰来的一趟车，等候在站台边上的长队，顿时躁动起来，原来还有些间隙的队伍在一阵骚动中愈加拥挤不堪，推挤着拥向车门。

枫岚不知道自己是怎么被推进车厢的。她狠命抓住座位边的一根扶杆，使劲保持着站立的姿态，虽然也不是理想的那样优雅，但也不至于在公共场合显得过分狼狈。其实，车厢里恐怕压根就没有谁去注意美女们是如何的窘态百出，也没有那个精力去关注俊男靓女们被推来揉去的千态百样，只求自己有个勉强落脚的地方，有个赖以依靠的抓手，不会在上下车的潮涌潮退中被肆意折腾就知足了。这份廉价而又奢侈的期望，在京城上下班的公共交通中也是可望而不可即的。人们已经习惯了这种忍受，麻木了这种承担。

就像过日子，一天一天总要过去，新的一天总是充满期盼；坐地铁上下班也是这样，一站一站来来去去，每天都有不同的酸甜苦辣。在这样的循环往复中，人们的岁月随着时间成长，伴着经历丰富。哪怕早起的睡意还没有从奔忙中醒来，哪怕辛劳的疲惫还没有缓过神来，但再拥挤的车都是要坐的，上了车的境遇就容不得自己的选择。想到这些，枫岚心中陡然增添了许多郁闷，一种心潮起伏的压抑堵在嗓子眼里，泛起一阵胃酸的感觉。她匆忙扬起头，想呼吸一口新鲜的空气。就在这一瞬间，站在对面的一个男士猛地一个哈欠，喷出一股膻腥刺鼻的口气冲她扑去，熏得她五脏倒腾，阵阵恶心翻肠倒肚，欲呕不能的窘态抑制不住，呛得两眼泪流不止，她不得不屈身蹲下，遏制压抑在胸口的呕吐。

"这位女士，你到这里坐下吧。"一位男士一边起身让座，一边对枫岚说。关心来得太突然了！枫岚有些不知所措，脸上闪过一丝羞涩，很是感动地说了声谢谢。

"谢什么呀，快坐下看是不是要好受些。"说着，伸手示意枫岚去坐。枫岚还没有从腥臭口气的恶心中缓过神来，右手紧紧捂住恶心得要呕的嘴，左手臂使劲地擦拭眼泪。半晌，才直起身来，再次向让座的男士道谢。转眼间又一个经停站到了，挤到下车门口的男士转过身来，善意地向着枫岚轻声道："美女，有身孕尽量别挤公共交通。"

哦，原来是这样！枫岚这才明白：让座的男士把她当成了孕妇，并不知道是一个哈欠的恶臭造成她如此的尴尬和狼狈。

京城出行让上班族饱尝了五味俱全的辛酸，舆论的诟病也层出不穷，但并没有消磨打拼前行的斗志，也没能阻止他们生活的脚步，还有坦然面对的乐观。枫岚经常把路遇的种种意外当作笑料，与同事们分享，有时也聊以自慰，还常常浮想联翩。说也巧了，抑或路上的遭遇破坏了心情，心境一不好，天色也不好起来，飘浮的云团疙疙瘩瘩的，看着就别扭闹心，本是一件好端端的事情，此时往往幻化成不可理喻的情绪。枫岚记得，一天饭后，闲得无聊，她从书柜信手抽出一本书，翻阅时发现书中夹着一张照片。照片上，一片绿林掩映的景致中，一眼温泉热气濛濛。泉水里泡着一个白皙的裸体女人，女人的周围飘落着艳香十色的花瓣。在看到那张花浴照片的刹那，再也按捺不住五彩缤纷的奇思妙想。她想起曾经的一个同事。在外人的眼里，他的职业、身份颇为风光，很是享受，别人把能成天在领导眼前晃悠当作机会，敬佩他听到苍蝇声在耳边嗡嗡叫，也微笑着说"好好好"的情绪。但他心底里还不满足自己的表现做派，苦练一味奉承的邪功，最后跌进了"舅舅不疼、姥姥不爱"的孤家寡人境地，曾经的好景犹如那张照片，成为一个可能被偶然翻出来的记忆。

时日是公平的。这个记忆还真的显过灵。大概是夏至后一个限号行驶的日子，枫岚挤公交车下班的路上，他的影子真真切切从车窗外晃过。瞧他此时的那副神情萎靡的样子，就像是从耗子洞里钻出来的东西。她不能不有些鄙夷地想：躲在狭小阴暗处的生活，阴气那么重，还奢望有点光泽，岂不是大白天做黄粱梦？虽然这样去看失意落魄的同事有些尖酸刻薄，但也不是人品上的瑕疵。想想曾经得意风光的他，屁官不大，派头不小，"主子"不在时，行走着好装腔作势地带个跟班，外面谁又知道跟班不是体制内的人呢？这样的人好使唤，可他们真是凭本事吃饭，靠辛苦挣钱。实际上，先前他也是这样一个靠辛苦本事演绎跟班的角色。年纪轻轻，头上已没有几根毛发；身高不低，上下看不出哪儿有什么力量源泉；背影拘谨，脊梁难找到挺起的支点，完全标准的一个恭恭敬敬的跟班。

过了夏至，白日越来越短促，夜晚越来越放任，路灯也就越来越辛劳，工作时间要增多，消耗体量要增大，时日留给它的空闲不再是静静观看行路上的千奇百怪，而是要照亮行路的寂寞纷繁。曾经的同事和往事掠过记忆的间隙，枫岚忽然惊奇地发现，在地铁车厢里那个对着她打哈欠的人，似乎就是记忆中那个曾经的同事，那个曾经成功演绎跟班角色的跟班，没想到如今已经落魄到如此地步。

唉，品位与审美在贪婪与欲望的宠溺下败坏颓废，怨谁呢？谁又有什么办法呢？人生行程中的尴尬是会无处不在的。想着这些，枫岚在拥挤的人流中回到了家，这里不需要让座，也不会太过拥挤，心会舒坦愉悦许多。

（2014年11月）

牢骚

　　那是个狗屁不懂的玩意儿，天生挨骂的料！本来娘胎里就没有带一点儿幽默，却偏偏喜好卖弄，动辄就向别人幽他一默，什么"现在最常见的关系就是男女关系"，什么"最神秘的部门就是有关部门"，什么"最昂贵的房就是乳房"，什么"最甜的奶是二奶"，这等下流无聊的东西还以为是智慧，他他妈的根本不会聊天。他挖苦城里人"上无片瓦、下无寸土"，喝的是上游的洗脚水、山地的污染水；又炫耀自己和朋友去过的一个山村好，处处是良田耕地，春时往田地里扔下个芋头，秋季就长出个土豆来。真他妈的放屁！现今的科学技术是很发达了，但还没有听说过芋头扔在土里就长出变种的土豆来。一会儿以城里人自居，一会儿又炫耀与狐朋狗友去过的小山村如何如何好，让人搞不清楚他妈的究竟是农村人还是城里人，究竟是喜欢农村还是喜爱城市！

　　我肚子里有一大堆这种不骂不快的脑门子官司。有时想起来真觉得点儿背，怎么这些无聊的东西都让我给遇上了？有时想起来又觉得好玩，让我撞到的其人其事也真倒八辈子大霉，本是阴暗角落生长的东西却要被暴到光天化日之下。像我开篇就骂的那个玩意儿，就是个倒霉蛋！

　　不知道是哪辈子作了什么孽，我居然在大街上碰到这个倒霉蛋，"董兴！"我在背后喊了一声，他转身过来，两只手的四根手指插在牛仔裤的裤兜里，歪着头循声望着我，愣了片刻，猛地跑过来抱住我，毫无规矩地大声叫道："是你个鬼东西呀！"就这样一惊一乍的做派，我就断定他又是个社会青年了。

这也算是人生经验，至少也是见多识广。一个人的做派总是在不经意间透露出自己的身份信息。比如手怎么放，就很有讲究。如果你在西北或者北方城镇，看到总是抄着袖口的，八九不离十都是农民；在医院看到穿白大褂的，他们永远都是把双手插在衣兜里的；城乡警察的手，一般都是抄裤兜；机关衙门干部的手，鲜有抄衣裤兜的，永远都是垂直的，见领导显得恭敬，见下属方便招呼，见来客便于应酬。

世上的生物，没有比人更奇怪的了，离什么近就亲近什么。离田地近了就爱惜庄稼，接触文字多了就爱弄文舞墨，跟政治亲近了就爱权术心机，在胡同混迹成长就爱生事惹非，生长在痞性家境的，就难改痞性，出身社会想不堕落都难。

董兴就是在胡同混迹长大的一类。他天生一张胡同串子的脸，在权势面前卑躬献媚的样儿，见一回就会像雕塑一样铭刻脑海永世不忘；见同类自以为是的神态，谁转眼都骂他妈的祖宗三代"奶奶的"。有事为证：曾在董兴手下工作过的一女同事，生在干部家庭，嫁进官宦家里，生性阳光，气质高傲，为人耿直，很像今天的女汉子秉性。一次，不知怎么被董兴惹恼了，她回办公室把桌子上的书本一甩，愤然骂道："生就他妈的胡同串子！"

"他是个土鳖，还是一个泡在吐沫里的土鳖。"董兴的部下憎恶他时，常这样消遣般地诅咒他。

也不怪招人怨恨，在我的印象中，董兴的行为做派就是个混蛋！一块"煮不熟、蒸不烂"的"滚刀肉"。生就糊不上墙的烂泥坯子，一得芝麻点儿势就嘚瑟，一有小拇指尖大点儿权就摆谱。也难怪，挤在胡同小杂院的都是贫民出身，过去的一度时期，虽仗着个好阶级成分面子上风光过一阵子，但生活疾苦还是自我忍受的，没有权势的自卑和对权势的憎恨与时俱增，滋养成特有的小市民心态，时刻不忘显摆自己。

所以说这个世界有时候真有不公正的地方。董兴这么个"臭大粪"，怎么就给封了个官衔，从平头百姓升到属下有人，突然觉得胆就壮了，气也粗了，忍俊不住要急切地显美表现，完全忘记了自己是哪根葱哪头蒜，也不知道自己有几斤几两，跑到别的部门正襟危坐在主位上，拿腔作势地教育人家应怎么怎么做，一番胡诌只留给大伙口臭的记忆，"许你个狗屁大的官职，还把屁股当脸了！"明眼人鄙视道。

听到这话，气得他胖脸煞白，没人时破口大骂。宣泄了积蓄在心中的恶气后，又幸福地回忆起腾达的光景。那时董兴充其量就是个副科级的身份，这却让他备感荣耀，贫民家族总算有个沾官带级的人物，一家人都风光万丈。世事难料，没想到昨天的凤凰眨眼变成了落魄的鸡崽子，这个坎下得太急太陡，把他闪得腰腿都差点折了，失落的酸楚激起了小市民深藏的怨恨，一口龅牙咬得吱吱响。

不是一家人不进一家门。他老婆也是个混账女人，只因为惧怕这对狗男女的混账，一些混吃混喝的马屁精，睁着一对牛眼恭维他老婆是成功的女强人！"强他妈个头！"她明明长得像寡妇，我看她还是克死男人的那种寡妇。这样一个见人说人话、见鬼说鬼话的人渣，从"文革"动乱、改革开放到市场经济，那么多次的大浪淘沙，怎么就还没有冲走他们呢？真他妈祸害遗千年。

在我心里，董兴就是一个在娘肚子里就该进ICU的东西。也许他也不知道怎么进了ICU这个重症监护室的，但只要能让他意识到，在ICU的时候，脑子里翻腾的是极力搜寻活着与死亡的区别。经历生死间的体验，让他以后能明白一个道理：活着与死亡的区别不在灵魂的高尚与庸俗、显赫与平凡，而在循环不止的血液和呼吸不停的肺腑。在ICU监视心肺的吐故纳新，他的生命就在曲线与直线的取舍中。当抛物线渐归于一条静止的线，这条线告诉活生生的人：生命走到了终点。

这时，活着与死亡都他妈失去了意义。这就是我对他的期望。

这个世道没有谁离不开谁，也没有谁该谁的，要是没心没肺，不知道好赖，不懂得珍惜，总把别人的好看作理所当然，把别人的付出当作本就应该，总以为自己要高人一等，优越一级，那就大错特错了。你再优秀，质量再高，天分再好，能力再强，也要碰得上识货的人。人家对你好是因为在意你，而不是欠你的。这个世界上没有谁欠谁的。我认定，更没有谁欠董兴的，哪怕是混世魔王类的下三滥。

从见识了他为非作歹的卑劣开始，我就没有停止过诅咒：他不得好报！

直到大街上这次偶遇的秋天，就断了他的音信。冬去春来，小草拱破冻土，也是迎春开得欢实的时候，他嘎儿屁了的消息，晃晃悠悠吹到了我耳朵里。

还是像知道他得势后的恶行一样平静，只是奇怪"莫非我的话还开光了？"

人在做，天在看。善心善行总有善报。人微虽言轻，但却难保人言"开光"，一旦"开光"就如同寺庙的佛祖，有了灵性。就这一瞬间，隐匿在心里的一丝骄傲和得意，在我那猝死的希望树上萌发起新绿。

尽管我在城市里的生活早就有头有面了，但我他妈的压根就瞧不起董兴这样自以为优越的城里人，动不动就以生活在皇城根下为荣。我的经历就活生生地印证了城里人是怎么来的：我祖宗上是地主，家族威震十里八乡，被镇压后流落到了城里，土地分给了村里人，听说是祖宗的第几个小老婆跟进城里，猪一样生了一窝娃，都成了后来的城里人。

现在的人都像董兴那样的德行，长得人模狗样，一肚子男盗女娼。在社会风流倜傥，做事情猪狗不如：借钱时你是他爹，还钱时他是你爷，这还有个猪狗样子；平素与你哥们弟兄般亲的，侠肝义胆借给银子，到你遇难急需时，他一副"千年不赖、万年不还"的嘴脸，气得你想死都咽不下那口窝囊气。

今非昔比，我也早已没有十足的理由去责怨、讥讽、挖苦董兴和董兴们了，只这样想：在一个吃地沟油、喝三聚氰胺、被雾霾笼罩的城市，还能养出好鸟来？

不过，一想起董兴曾经得势瞬间嘱咐员工的话："年轻的梦总会实现"，就他妈的忍不住牢骚满怀。

（2014年7月）

三哥

当时叫他三哥，我就很不以为然。论兄弟姊妹排行，他不是老三；论朋友结拜排位，他也排不上"三"。可为什么偏要叫他三哥？不是不服气，就是不明白。

大哥把话说明白了：他比我们都聪明睿智，就叫他老三吧。

也就是从那个时候起，我才知道"三"原来还有智慧的含义。于是，有了俯首跟着三哥混的理由：多长些才智，多知晓些道理。

人不相处不知深浅。与三哥交往久了，感觉到三哥很谦卑，至少我是这样认为的。他常告诉我说：自己人微言轻，已是天定的命运了。可有一天，他从镇上赶集回来，吃饭时突然甚为骄傲地说：没想到信息时代给我的命运带来转机！

猛不丁一句话，让一桌子人丈二和尚摸不着头脑，愣愣望着他一脸茫然。这样尴尬了好一阵子，三哥才若有所悟道：我在街上营业所交手机话费时，才发现我说话原来还那么值钱，只要开口，不管与谁说、谁在和我说，不管说什么、怎么说，都是以分秒计算，即便是空话、废话也都价值均等。

不过，三哥还是沉默寡言的时候多。我困惑：人怎么能做到这样？为什么要这样？有次遇事郁闷，相约举杯狂饮，三哥冲我开了金口：沉默是金！三哥说，聪明不是挂在嘴上的，不是露在外面的，不是高谈阔论的。聪明人的嘴藏在心里，犹如寺庙供奉的释迦牟尼，从不见开口，总让天下信徒人人膜拜敬畏。不言、默言、慎言，只是口无言，而心却在言。把心摆在嘴上的，一定不是聪明人所为。

真是一语值千金。

人生的历程有起有落，有成有败，但在起落成败中，总是毫无意识地犯着一些错误：或看低自己的幸福，高估自己的痛苦；或高看别人的如意，低估自己的幸运。当我悟到了这些道理，很是兴奋，意欲去请教或者说去向三哥求证。三哥沉默半晌，回应了我一句："记住一个'三'字。"我记住三哥的告诫：有三种东西必须控制，情绪、语气和行为；有三种东西必须摈弃，悲观、贪婪和背叛；有三种东西必须避免，懒惰、野蛮和嘲讽。

俗话说：近朱者赤。我渐渐发现，与三哥为伍，不仅见识见长，而且更明事理，越来越懂得做人做事需要掂量，而掂量常常用的是"几分法"：说健康饮食，要七分饱三分饿；说对人处世，要三分利己七分为人；说朋友交往，要七分宽容三分责任；说酒兴酒趣，要七分清醒三分醉。慢慢发现，三哥把我的生活正在带入哲学的语境。

我还自觉地意识到，生活中处处是哲学。事物是矛盾的，生活在矛盾中的我们，无时无事不在矛盾中抉择。思想家告诉我们，想问题"多思有益"；而养生学家却说：多思不如养志。外交家要巧舌如簧，而政客却坚信"多言不如守静"；世道盛赞多才多艺，而道家却力挺多才不如蓄德。这是不是举一反三的收获？我去求教三哥，三哥沉思半晌说："三有说不完的话，悟不尽的理，慢慢体味。"

语言能力端详出一个人的聪明机灵。其实，三哥才是天生的语言高手，一口不紧不慢的普通话，让他轻而易举地赢得来路不明的神秘感。但偏偏有不那么厚道的弟兄，总在窥视三哥的身世，透出风说三哥来自乡下。在很长时间里，城里人和乡下人都不在同一水平线上。相比之下，城里人总是有更多的优越感，自觉得要高贵一等。其实，只是他们更虚荣、虚伪、虚假而已，他们的审美观就建立在华而不实上，只顾敷衍住自己的眼睛，摆足一个虚华的面子。蔬菜品相不好不买，鸡蛋个头不大不要，豆腐颜色不白不吃，结果，高价买回硫黄熏制的山珍，苏丹红喂养产出的鸡蛋，三聚氰胺勾兑出的奶粉，取自水龙头的纯净水。他们看重的是外表美、脸面美、身世美。三哥身上没有这些虚伪。以我的看法，他倒像一位满腹经纶的学者，虽然博大精深，但却深藏不露。

社会的浮躁，让人们肆意地怒放青春，张扬激情。权贵颐指气使，商人财大气粗，学究愤愤不平，书生玩世不恭，百姓忐忑不安，贫民提心吊胆，谁都怕一觉醒来，门外的风景又变了；谁都愁夕阳一落下，窗外的霓虹灯眨眼不会闪亮。三哥可没有那些肤浅，他对世道有自己的见解，对生活有自己的把持，常会心平气和地提醒我：虽然时光不济，各自都还有讨得了一个角色的幸运，能够站在舞台上让文人墨客去穷琢磨、瞎评说。他总是拿你生活中十分熟知的事例来证明他的立论。三哥和我曾经同游过辽宁省义县的老爷岭风景区。在一面刀削斧劈的山崖绝壁上，生长着一棵孤立无援的小松树，光亮的石壁中间，远远看去，只一个巴掌大的石缝让那棵小松树立了足。三哥以此推论道：天地虽小，但有自己的生存空间；环境虽劣，但有生命的挣扎可能；日子虽苦，但有乾坤为伴；生命虽危，但有天地之气。自然造化让人和物都会受到熏染。"那棵小松树是生活的榜样！"三哥旁若无人地说。

可我觉得那句话肯定是说给我听的。没想到的是，那竟成了三哥的离别告诫。

去与三哥告别那天，就像初识三哥一样，天，还是那个明朗的天；道，还是那条洁净的道。我一脸诚惶诚恐地赶到他面前，一口一个三哥，一句一个点赞，谄媚到家的谦卑，奉承到位的赞美，这世道上再没有什么比轻飘飘的恭维话更滋养人了，可三哥并没有神采奕奕，却板着个拉长了的脸，不吃这套。

三哥告诉过我，做人做事不能不要尊严！我常常对此困惑。一次求职，被领进一位领导的办公室报到，他坐在老板椅上，悠然自得地注视了我片刻，张开几颗黄板牙的大嘴说，你过去一定很能干！我窃喜不起来他的赞扬。倒是多了几分狐疑：难道我现在就不能干了？或者不能干了才到了他门下的？啊呸！黄板牙的大嘴里吐出象牙也白不了。还有一次，一位领导摆出与我十分要好的神态，好似挖心掏肺地告诫我单位的人际生态，又不无忧虑地提醒我守住秘密，不能让他人知道他告诉过我的一切。显然是要我承诺守住秘密才能享有秘密。鬼话！说出来的，与他人说的，都不是秘密，只有自己费尽心机忍受折磨省略和回避掉的，才算是秘密。单位的秘密就是瞒过员工的交易，是权势与权势的交换，上级与下级、权与权之间的污浊。

总想到三哥的好，得意忘形中忘记了与三哥相处学到的智慧，很是歉疚。三哥没有因此责怨我，他的脸上，习惯地挂着淡淡苦涩的笑意，分明是在说：他没为自己活过，虽然奉献有限，可却是他的全部。

谁叫三哥只是个打工子弟学校的义务教师呢。在学校教一帮不明事理的孩子；在社会教一帮左右摆动的民工。他能做的，也只有这些了。

（2014 年 5 月）

情谊五哥

本是年龄辈分的哥姐称谓，被江湖引用后，就有些黑白难分了。哥姐也不知道是兄弟姊妹之称，还是黑白道上的江湖义气之谓。我和五哥，算是融江湖义气与兄弟情谊于一体的关系。

现在还想起写他，是因为我们同有过的曾经。和五哥相处多年的感受是，在哥们兄弟面前，他心里总是阳光灿烂的日子多。虽然偶尔想起早些时候的"曾经"心中有点荒凉，但只是久经风雨的模糊。

打心底里说，五哥真是那种死也凛然正气的哥们兄弟。尽管他有江湖义气的秉性，但与他相处不会有江湖险恶，更不会有官场那些恶浊。刚一走向社会，求生中的种种变故，就硬是让颇有才华的五哥成为那种不能甘于寂静的人。年轻气盛的人生季节，在各式各样的舞台上出尽了风头，随心所欲的成长岁月里，一群有相似才干的人，也有相似的特立独行、肆意轻狂、嫉俗愤青，在推杯换盏中激扬思辨，在高谈阔论中指点前程。这些曾经的看重，这些激情的辉煌，连自己都不记得什么季节被抛弃的，什么时段荡然无存的，什么刺激下再无人拿他出来标榜的。

有一个片断始终铭记在心。那天，几个兄弟相约去找五哥混吃混喝一顿。五哥很是兴奋。趁着有菜，独自拿出酒来，斟上一杯，品味入神。酒后倚着沙发渐渐睡去，背佝偻着，头耷拉着，几根白发明目张胆地露出鬓角，这时我才发现，五哥真的老了，精气神显然已一天比一天不济，他为情谊还是在这个剧变时代里强打精神，实在是情谊的罪孽。

我一边难过，一边这么想：任何坚强都不可能永生无坚不摧。五哥不是不知道，不是不明白，可他不能不坚强，一帮弟兄，一个团体，总要有一个支柱，他不来做这个支柱，必然会有另外一个肩被压平的、鬓发早白的兄弟。谁苦都一样，情谊失去了就不会是原装的，精神支柱弯曲了压倒的就是一大片。"别担心，我在。"五哥的信心撑起了兄弟亲情的坚强。

夜来，一个喧嚣的聚场，五哥微笑着退到一旁，对着富丽的顶灯和欢畅举了举杯：幸会！他不知道，自己的心从什么时候起就已经安静了。虚幻、虚荣、虚伪不是没有经历过，五哥追忆起那些日子的细节，有种说不出的尴尬。退隐与加入人生季节的喧嚣，是必然会走的路。当有人离去，必会有人加入；当有人厌弃，必会有人追捧。于是，告别的聚场才刚过去，迎接的聚会又开始了，哪怕数量越来越少，但无法妥协的固执却坚定不移。

因此，春去春来，花开花落，五哥已然习惯在复杂世态里忌讳成为追捧楷模走出聚场。城市的夜风习习爽爽，街上的路灯亮亮堂堂，一次深呼吸，如同清晨的一杯浓咖啡，香气凝神，相信真实、现实、务实才是生存之道。

但是，谁又没有过"曾经"呢？蠢蠢欲动的小野心，虽然孕育着不安分，但充满梦幻，诱惑着一个个春暖花开的季节，一群群天真烂漫的童男童女跌落在梦中，挣扎到梦醒时分，回归世俗的平淡，怀念着风景如画的曾经：菜花金黄，豆苗浓绿，地里的花事渐行渐远；桃枝染红，杏花泛白，山上的花期越来越盛。花季不会等待成长，成长也留不住花季。花谢了，结出果实；果熟了，岁月去了。年轻的野心，少时的梦想，就这样变成了意想不到的现实。

于是，又问"曾经"是什么？曾经是青春。青春期是父母心头的恶魔，幻化为儿女早恋的猜忌，于是，提防男女生交往，窥视书包里的秘密，关注作业本变化，留意上下学时间。那个时段，父母的儿女大脑每天都煮在这些猜忌里，咕嘟咕嘟冒着热气，缥缥缈缈冒着青烟，哪怕再加一把柴火，就要烧涸青春的热情，烧焦青春的梦想，烧尽青春的野心。

后来，有了一份工作，有了单位的身份，有人把自己的认真、勤奋在职场上发挥得淋漓尽致，单位分派的事，岗位明确的责，无论轻重缓急，都"举轻若重""小题大做"，从不敷衍，从不对付，即使都在"大题小做"的事情，也一丝不苟地做到完美。慢慢地，单位重要的事情总是要这些人去做；渐渐地，单位积累的发展资源显现，凡事"小题大做"的都成为单位倚重的支撑，总自作聪明把"大题小做"的那些人被边缘化了，边缘的更是本不该异化的人格和品行。

我们和五哥就是在这样的人生成长中结下兄弟情谊的，也许是不该有的情谊，也许是挡不住的情谊，混迹社会的不一定就是垃圾，冠冕堂皇的不一定不是人渣。脸面只是一层包裹，别看平素人模人样，笑脸相迎，都自以为情谊很浓，相互往来间也是人到礼到，请客坐局不分你我，但不能说就是君子。君子之交淡如水。友情如水一般清澈，似水一样善行，像水刚柔有度，有容有量，只有秉承水样德行的君子，心灵才拥有得起"淡如水"的友情。与五哥结缘的兄弟没有那样高尚纯洁，但因为秉性而互关互照，为了生活而互帮互济，相比名利场的游戏，五哥的兄弟情谊中容不下些许肮脏龌龊。

皮六就是一个活证。后来我才知道，他就是个什么正经世面都没见过的傻玩意儿，也是个没有什么不好奇的社会混混。听说有一天无聊腻了，想起曾经粘过几天腥味的一个女孩，向一哥们突发奇问：你从男性朋友变成男朋友是啥感觉？那哥们一本正经道：你没经历过从普通会员变成VIP？就是在享受更多服务与特权时，付出更多的费用。听了哥们的回答，他居然产生了一种出奇的向往，暗下决心：也得混个VIP当当。就这么个东西，五哥怎么会接受呢？千万不要以为眼睛明亮，就不会看不清东西。其实不然，若是思想盲目了，视力再好也没有用；若是心地全是善意，也有是非不清的时候。皮六以烂熟的痞性钻了空子，让五哥看走了一回眼，在圈子里当好兄好弟照料。

转眼间又轮回到春寒料峭的时季，觅食的鸟儿又在草坪与树上飞跃，空气越发温软和暖。皮六经不起季节的循环，终究藏掖不住痞性原形，恢复了懒于做事不会做人的状态，悠悠晃晃赖在岗位上，无事可做，无人愿和他共事；无话可说，无人愿与他说话。天天坐冷板凳，不断地抽烟、蹲厕所消磨时间。自找没趣的孤立日子长了，神态也变了,目光常常愣愣地坐在一处发呆。这让我想起邻家以前养过的一只狗,快老死的时候,差不多就是这个样子。

无论生活与事业,都会不断开启新的征程,踏上新的起点。时光刷新一年的时候,大家刻意把皮六丢在过去的垃圾堆里,极力清空一切痕迹。一个没有痞性污染的环境,清风徐徐,阳光明媚。五哥的兄弟们又在清澈如水的生态圈里,沐浴着情谊的温暖。记忆五哥的这些文字片段,只想说明一个似是而非的道理:人生旅途中,很多人总是盲目地夸大友情的分量,交往的能量,当幻想与期望的现实破灭,就鄙夷友情,怀疑真情,这并不一定可取。

（2015 年 3 月）

晦气

陈三就没想到过，已经跨过门前的阶梯了，还会摔个狗吃屎的跟头。就小拇指尖大的一颗石子，居然绊他那么大一个跟头，一股窝心气直冲脑门子，当然也噎在喉咙眼里鼓鼓的，气呼呼的不好宣泄。

跟头倒不是不该摔，而是摔的不是时候。刚从上司屋里出来，就对着过道"磕头"，知道的呢，说你走路不小心给绊倒了，要撞上个多事的，还不说你又把马屁拍到蹄子上给气的？

真是哑巴吃黄连，有苦说不出。只能自认倒霉！

回到办公室，陈三狠劲地甩了甩刚刚洗过的手，去拿那份早就谋划送审的材料，指头上的水珠是没了，但湿湿的手上还是黏糊糊的，无意中又把马上要送审的文件浸湿弄脏了，这让他气不打一处来，自个儿嘀咕道："真是点儿背了，喝凉水都塞牙。"

也难怪陈三横生怨气，谁叫他摊上那么个上司呢！

自己心气不畅，办事不顺，怎么能埋怨、责怪起上司的不是了呢？原来，陈三现在的上司是机关有名的阴阳脸。什么叫阴阳脸？各有各的理解。陈三的浅见是：阴阳脸的人，不大干人事，还能把人话鬼话都说了。

理是这么个理，可偌大的世界，什么人都有，谁也不敢保证人生中会遇上与什么样的人共事。

深秋飘飘荡荡地离去，寒冬悠悠然然地到来，在这个不知所措的季节，陈三的猜想出现了意外：机关轮岗调整中，他在原本渐行渐远的环境会撞上那么烦心的一个人。

新上司生就一副不吉祥的面容，谁见谁犹豫三分。陈三遇上他，简直就是犯"太岁"。这不，才叫去办公室没几次，就次次出状况，回回留话柄。在陈三心里，应该是少进新上司的办公室，那里晦气太重。

可不进不行啊。在人矮檐下，不得不低头。这年头的光景，哪有手下挑上司的？陈三不能不识抬举，还得殷殷勤勤往上司的办公室跑。是官不打笑面人嘛。放下身价总在上司眼前晃，满面堆笑常说些恭维话，是不是还会赢得赏识？

所以，陈三越发变得谨小慎微起来，时时事事都在提防出差错，哪怕是微不足道的疏漏，他也神经质地紧张半天。可越是怕有事越出事。供职上司手下的第一个立春，也是想在上司面前好好表现的心理压力过大，加快了季节性上火毛病的早发。看中医的药刚吃到两三天上，急茬的事又来了：两天后上司要听他负责业务的专题汇报，说是上司的上司要了解情况。陈三带病加班加点，火急火燎地收集准备了材料。听他汇报的阵仗还整得很大，有政策研究口的，有办公综合口的，有党务组织口的，相关处室就有六七个，这样严肃郑重的场合，该他好好表现展示自己才能了。汇报那天，正是他吃中药的第五天头上，下火的药效也显现了。就在他聚精会神汇报中，突然肚子咕咕地一阵肠鸣，下腹顿时憋胀难忍，"噗"地一个屁奔腾而出，惊得全场人面面相觑，忍俊不住地尴尬，把陈三闹了个大红"关公脸"，慌忙致歉道"对不起，我正在吃着中药"。

听放屁的感到晦气，放屁的觉得窝气！陈三真是有气没地方出，或者说有气出的不是地方，几天的辛劳就一个屁给崩没了，留给大家的是一个永久不衰的笑谈。这样的事摊到谁头上，谁不觉得晦气？

还不仅仅如此，犯"太岁"的糗事好像跟陈三有缘似的，坑得他苦不堪言。

有一次，陈三听上司念叨，孩子的老师又请他去学校。老师请家长去学校，十有八九不是什么好事，要么孩子闯祸惹事了，要么学习差到离谱了，要么不守纪律逃学了。陈三纳闷了：一个连未成年人都教育不好的人，怎么就成长为成年人的领导了呢？

这个世道邪门歪道的事太多了。

别看陈三心里这么暗暗地想着，面子上却是既不敢怒也不敢言。为掩饰自己蔑视上司时的心虚，撸起袖子，伸手帮助收拾上司办公桌上还没来得及整理的报刊。陈三有一双勤奋灵巧的好手，做事情干净利落，写材料文采飞扬。对工矿企业的工人大哥，山村乡间的农民兄弟，手是他们过日子的工具。而对机关单位的干部，办公楼里的职工，过日子的工具就要复杂得多了，有时候手反倒不那么重要，重要的是有一张能说会道的嘴。"做的好就是不如说得好。"嘴上的功夫才显示你的思想、思路，才显示你的能干、能力。陈三那张嘴也在机关算了得的，都说好话当钱使，他给自己定了个原则，无论什么时候，在这个上司面前只说中听的话，顺意的话。此刻，见上司对孩子学校有请的事情郁闷不堪，便道："哪有烟囱不冒烟的？"他原想以世上哪有不出岔的意思来安慰上司，可话一出口，就惹得上司脸色大变，狠狠地打断陈三的话道："孩子有过错就是烟囱？"一句话噎得陈三哑口无言。

这一鼻子灰让陈三无地自容，心里一慌，手一哆嗦，就把桌沿上的笔筒碰落在地上，"咣当"一声，惊得他心头一颤。忙不迭地瞭一眼正襟危坐的上司，一脸阴沉让人窒息。这时，陈三忽然想到：无论自己的事业心怎样强，工作怎样卖力，怎样辛苦怎样累，上司对他的态度总是不冷不热，看他的眼神也是不温不火，用得着的时候真狠心用，用后的日子难得有记起他的时候。尽管年终考核的评语里，给他写上的"刻苦"一词蕴含着贫下中农的朴素情感，但怎么也敌不过"优秀"赞誉里藏匿的羡慕嫉妒恨。他感到有一种被人玩弄的委屈，日积月累成羞辱，渐渐让他明白：他就是一根生活卑微的草，藏在内心的愤怒只是他秉性的一厢情愿。"我爸又不是李刚，凭什么要求上司高看我一眼呢？"他时常这样自我安慰道。

陈三哪里知道，他积压的怨怼一笔一笔都写在了自己的脸上。旁观者看得清楚，上司能看不明白？一天，他去送一份材料，上司看他很是心绪不宁，开导道：不必太在意别人对你的说法。无论有人怎样别有用心地散布你的谣言，都不能证明你是怎样的人，而只能说明散播者是怎样的人。无论别人怎么评论、评说、评判你，你终究都是你，并不能因为别人的看法而使你成为别人，更不能因为别人的好恶评说而失去自我。

一番措手不及的安慰，让他被前所未有的关怀闪了一下，感觉到的温暖，足以让有过的成见释怀，让小心翼翼的憋屈舒展。陈三抖了抖双肩，也许能趁机把附身的晦气抖落在地，让清洁工把它扫到该待的地方。

回到自己的办公桌前，他从忙碌而压抑的工作缝隙抬起头，看到夕阳的余晖有些迷茫，机关大院的花草坪里，树长不高也长不大，草长不深也长不旺，唯独那些该开的花，开了谢，谢了开，就是不见果实。陈三想想自己，有一些寒意掠过，在这个院子的环境里，他会不会就像那花，只有一时光鲜，却终不能修成正果？

（2011 年 3 月）

路灯

　　生活在京城的繁华地段，不大容易感觉到灯光给人们生活带来的变化。一个夜晚，偶然走在长安街上，才发现那些司空见惯的路灯，有多么值得玩味的道理，还有多么意味深长的感悟。

　　少有人注意，长安街上的路灯总被一个个不眠之夜折磨，燃烧在京城夜空的辉煌，虽然是它高高在上的华丽与显贵，但这只是光鲜的一面。并不是每个人都能看到它光亮的这一面，那是因为我们休息的时候它正在付出。

　　付出是路灯的天职，这是它诞生的使命。点燃自己，照亮夜色，日复一日，年复一年，春夏秋冬，寒冬酷暑，路灯没有过怠慢，不能够懒惰，总是那样一如既往地默默奉献，一心一意地任劳任怨，不惜牺牲自己去照亮生活。

　　眼见为实还免不了想起过去。过去的城市过去的道，过去的乡间过去的路。过去的城乡道路有着鲜明的区别。城市的主要大道上，总有那么几缕光亮飘闪，对来往的行人车辆有一种指引导向，那道路就像有生命在萌动，夜晚的光束带给城里人一种别样的生活。而在乡镇的道路上，不是暗暗的，就是黑黑的，路不见路，道不见道，没有光亮的道路在黑夜里睡得很沉，好像没有生命的气息。

　　是灯光唤醒了夜空的睡梦。路灯照亮了夜晚沉睡的心房，就像打开了人们生活的门锁，一个个崭新的生活方式跃门而出，一条条崭新的生活道路闪亮醒目。尽管仁者见仁，但总是新意盎然，总在潜移默化，改变着时代和时代的生活。我们都有这样的记忆，自打改革开放这个词妇孺皆知以后，国人就知道了一个叫"情人节"的日子，还时兴起那一天爷们友情送花、买巧克力的风气。别看送得那么欢，但压根就没几个是自觉情愿的，多半是受不了小女人的软泡硬缠、老情人的唠叨抱怨，迫不得已随便在下班的路上掏几个碎银子买一枝不知过了多少手的玫瑰，要不是都知道玫瑰是假心假意的表达，有些老爷们恨不得买一朵金灿灿的黄菊花送去，那才真是人生的大喜：升官、发财、死老婆！老的不死，新的不进；旧的不去，新的不来。送花、买巧克力是生活吗？生活哪能是巧克力、鲜花这么浅薄呢？男人女人们成家过日子的生活，不是花可以粉饰的，也不是巧克力可以调和的，生活是居家过日子的烦琐俗务，柴米油盐酱、锅碗瓢勺筷，是房子、车子、票子。巧克力算个什么东西？搁嘴里就化了，顶多留下一嘴咖啡香！鲜花算个啥玩意儿？野山坡、荒道上多的是，弯腰伸手一揪一大把！那东西还能当生活过？

可是不能忘记，这都是有了华丽的路灯以后才有的生活，才有的生活变化！无论其间发生了什么抑或有什么自己不舒适、不尽如人意的地方，毋庸置疑，路灯的光亮改变了环境，也改变着我们的生活。

惬意的生活更容易发现美、感悟美、分享美。当路灯在晨曦中闭上眼睛，眨眼间或许又是一个春天的早晨。春意浓了，枝头的芽苞舒展开眉头，花苞便笑盈盈绽放，花绒柳絮被风扬起，飘散在空中，晃晃悠悠，飞来浮去，与河岸道边的树木枝头争抢着季节的喜悦。路灯的喜悦是绽放光亮。就像在它照耀下的城市清洁工，路上的灯光没有抛弃过他们，他们总是在灯光的追逐下，只要不离开那条布满灯的道路。虽然追逐他们的光亮没有爱慕之言，可也没有怨恨之意。他们也没有非分之想，更没有奢侈之望，只盼望路灯能照亮行路就很幸福！这就是敬意。路灯对城市清洁工的敬意，城市清洁工对路灯的敬意。正如我们虔诚地敬天，是因为天上有太阳，有月亮，有星球，因为天伟大，应敬；太阳高尚，该敬；月亮清明，可敬；繁星奥妙，亲敬。太阳把光明与月亮分享，月亮把余晖与星辰共享。这样的和谐，这样的美丽，路灯集于一身。

路灯还让我们见识了色彩的变化。从天色变晚到天色转亮，路灯的光芒与天色融为一体，在天色中看路灯，在路灯中看天色，色彩的交会感染着生活的情景。色彩的变化也改变着观念的变化。这是历史的证明。秦汉以前，中国本土的色彩观念只是两大类，一是正色，一是间色。正如人们更喜媚言，而恶谏言一样，正色与间色各有五种。正为人们所推崇，间为人们所厌恶。魏晋以后，西方各种色料输入，极大地改变了中国本土旧有色彩观念的约束，正色在以崇高的观念保持基础上，间色渐始流行。记得丁坚先生在一篇文章中说：佛像出现后，开始流传。"请西方国王中画师摹写"，不仅传来了像，也传来了"色"：胡粉、藤黄、牦牛黄、姜黄、竹黄、胭脂、铜青、石青、空青等等。今天的路灯，由过去种类的单一到今天种类的多样，光亮开始了颠覆性的革命。也许我们不大会这样想：革命的本质是价值观的改变。但这是事实。不用太怀疑，今天的社会状态集中在反映一个"利"字上。毫不利己专门利人的人太过崇高，毫不利人专门利己的人太过自私，既不利己也不利人的人太过恶毒，利人利己的人太过平庸。高不成低不就的价值观，让人迷惑也让人混沌，人们在无所适从中左摇右晃，无多尊崇。可路灯的技术革命，光亮的色彩革命，却是人们美学观念的革命。路灯革命的纯美让光亮留在了路人的心中。

在斗室写下这些语言的时候，夹竹桃正开着粉红色的花，室内的安静让盆中的花儿也沉浸在幽雅妩媚中，一缕阳光透过玻璃的纱帘照耀在花朵上，明艳娇丽，尽管它们将要凋零的时日临近，但让人动心的时刻就在眼前。而路灯的光亮在人们心中是不会熄灭的，犹如一朵永不凋谢的玉兰，总是那样亮丽。

（2014年12月）

第四辑

书 画 人 生

　　艺术不可能回避现实。只有了解现实，才会喜爱现实，感觉到现实的愉快。但艺术不等于改变现实，而在于表达现实，并用发掘的力量使现实变得美丽。书法艺术也不例外。一切书写都在用艺术的力量，去吸引、感召、影响人们对现实的感受。

书画人生
——李铎书写军民情

在我的书柜里，保存着一张已经有些泛黄的部队信纸，那上面有李铎先生28年前在参加一个民办艺术学校成立大会时，亲手用钢笔写的一首诗。虽然是他在成立大会上致辞时即兴吟诵的，但却饱含着一位军旅书法家的拥政爱民情怀。难能可贵的是，这种情怀历经数十年丝毫未改，一位书法大家的艺术精神让我深受感动！

那时，我还在解放军某部队任宣传干事。驻地一所中学是我所在部队的一个共建点。改革开放的春风催生了民办艺术教育的兴起。为适应社会发展对艺术教育的需求，学校利用已有的教育场地，借助社会师资力量，开办了一个普及书法艺术教育的"校中校"，叫北京一鸣学校。

之所以说是"校中校"，是因为北京一鸣学校不是体制内的，但也不全是民办的，而是体制内学校办的一个业余书法训练班。但这个班是分层次的，对各个层级的书法爱好者施以不同的专业知识教授。就是这样一个名分的学校，仗着军民共建的优势条件，提出了请李铎先生担任艺术顾问的想法。

我们抱着试一试的心情，如实把学校想请李铎先生担任艺术顾问的美意转达到了。李铎先生时任革命军事博物馆研究员，分内的工作十分繁重，对这样的社会工作着实没有精力。但没想到的是，李铎先生居然爽快地答应了学校的请求，并欣然应邀出席成立大会。他说："书法是中华民族特有的文化，宣传书法艺术，培养书法人才，普及书法知识，是应尽的责任。"

那时的民办书法艺术教育还是一个新事物。民办书法培训更是敢"吃螃蟹"的人。无论是地方政府还是艺术专业机构，大凡有身份的知名人士，对出席民小教育活动都还很为谨慎。当时的社会氛围对书法培训教育也还没有后来那么热衷，更何况是民办书法培训教育？而李铎先生已经在军地书法界赫赫有名。可他却没有那些自以为是的派头，没有那些故弄玄妙的架子，也没有那些神秘莫测的腔势。1984年11月4日上午，李铎先生准时如约赶去参加北京一鸣学校成立暨开学典礼。这种旗帜鲜明的支持普及书法教育的态度，相当让人感动。

记得那次去的还都是"名家大腕"，有在我国书画界享有"猫王"之称的孙菊生老先生，一副慈眉善目的面容，谈笑风生的睿智，给我们留下的大家气度至今清晰依旧。孙菊生先生对李铎先生支持地方艺术教育的那份情怀赞誉有加，望着一身戎装的李铎先生说："你一来就让我想到了军民一家亲啊！"老艺术家的爱军情怀，也深深感动着李铎先生。他在致辞讲话中说：书法是中华民族特有的文化。作为一名军人，来参加地方书法艺术教育的活动，从心中感到一种责任。弘扬书法艺术，要从教育做起，把书法艺术融进传统文化教育，融进文化艺术教育，普及书法知识，培养书法兴趣，培育书法人才，形成热爱书法艺术的良好氛围。

"书法艺术是精神的表达"，李铎先生当时的这句话，让我记忆深刻。他认为，书法重在精神修养。书写一旦上升到艺术境界，书家的精神世界就一定会体现在作品中。因此，在书法修炼中，能增强对中华传统文化的感情，增进对民族文化的热爱。"书法艺术包含着深厚的感情。"他说，书法创作风格趣味的差异，直接反映着书家的身份、学识、修养、心境和性情的差异。

在会上，李铎先生的致辞富有激情，时时响起热烈的掌声。他以一首即兴诗作为发言的结束语，我随即请求李铎先生把即兴吟诵的那首诗抄录与我。李铎先生非常爽快地用钢笔书写在了我随身带的部队稿纸上：

春风和雨露， 润物细无声
桃李花开日， 英才满院生

——甲子秋。李铎

尽管已是 28 年前的事，但他当时说的那些话，为普及书法艺术做的那些事，今天回想起来，依然是那么亲切，那么耐人寻味。人的审美都可能在时势变迁中有所改变，唯有真情难改。李铎先生书法拥政爱民的情怀，历经 28 年的洗练，不仅丝毫未改，而且愈加深厚。这一感受，来自于 2012 年的一次文化拥军活动。

这是 2012 年 7 月 26 日下午，北京钓鱼台国宾馆芳菲苑一片喜庆热烈的景象。中国美术家协会、中国书法家协会和中国爱国拥军促进会联合在这里举行"文化拥军"系列活动启动仪式暨中国爱国拥军书画院成立大会。下午 3 时半，身着戎装的李铎将军应邀准时来到会场。这时的李铎先生已是 82 岁高龄。车门一开，他就爽声对等候在那里迎接他的时任民政部党组副书记、副部长罗平飞说："谢谢罗副部长，我又加入了一个爱国拥军的新组织。"

28 年后再次见到李铎先生，他还是一副军人的铮铮铁骨，那和蔼可亲的神态依然如故。从精神状态上，无论如何也看不出他的左眼已经完全失明，右眼的视力也很微弱了。但这并没有影响他挥笔高歌爱国爱民的热情。当他接到中国爱国拥军促进会的邀请，请他出任中国爱国拥军书画院的顾问时，他爽快地答应：一定出席文化拥军系列活动启动仪式，并为拥军百米长卷题字。李铎先生手拄拐杖，在人们的簇拥下，走进芳菲苑会议大厅，见要安排他落座，就急迫问道："拥军长卷在哪？"在李铎将军的心里，牵挂的是爱国拥军事业，是为文化拥军尽一份责，出一份力。

此时，百余名书法家正在挥毫泼墨。李铎先生来到百米书法长卷案前，提笔凝神，服务员立刻将墨盘递了过去，李铎先生挥毫饱蘸香墨间，发现墨盘离长卷太近，有碍运笔泼墨，风趣地对服务员说："你要是把墨盘端远点就更好了，可以不让墨来找我，让我来找墨，我的右眼还能勉强看得见。"说笑之间，一挥而就的"泽被阳和"四个大字苍劲飘逸，赢得一片掌声。

"泽被阳和"把人们带进了一个灿烂温馨的意境。用李铎先生的话说，"泽被阳和"表达的是一个让我们国家充满温暖祥和阳光的美好心望。这是将军的期盼，也是将军矢志不渝的追求和实践。李铎先生曾经在《光明日报》上发表的一首诗写道："泽被阳和金色满，福荫大地百菲熏。昌期运际人康寿，妙舞高歌又一春。"诗言志，也达情。李铎先生尽管身体和眼神都不如从前了，但他珍惜光阴，奋笔疾书爱国爱民爱军的情怀，跃然于爱国拥军的百米长卷之首。

李铎先生自幼习书，博采众长，在书法界自成一脉。在军内享有"书法第一人"的美誉。在李铎先生的书法创作中，事事处处可见军人精神的光辉。无论是书法创作的艺术风格，还是书法活动的行为实践，无论是书法作品的表达内容，还是书法思想的凝聚提升，都不例外。可以说，李铎先生的书写人生，是他军人品行情操的写照，时时、事事无不表现出对祖国、对军旅、对人民无限深情的爱。他常年深入部队为官兵写字，他的书法以自己填词、造句为特征，许多书法作品都成为官兵铭记于心的警句名言。比如他在边疆保卫战前线书写的"金戈铁马奏凯歌，舍生取义为人民""义薄云天铸军魂"等书法名句，如同南疆的冲锋号角鼓舞着士气。

而今，已是中国书法协会顾问的李铎先生，虽然书写造诣深，社会地位高，但他还是那样的一腔爱国爱民情。在北京钓鱼台国宾馆芳菲苑的草坪上，百位书画艺术家们合影留念时，李铎先生身为将军，又声名显赫，但却像一棵小草那样质朴，融汇在文化拥军的队伍中，甘当一名率先垂范的战士。

（刊发于 2013 年《中国双拥》杂志
纪念延安双拥运动 70 周年全国征文专辑）

笔墨律动 对话心灵
——青年画家潘梦禅印象

如果你读潘梦禅的绘画作品，定会分享到这样的观点：现代绘画创作还拘泥在形象的真切，将是绘画艺术追求的一个误区。"象"不是现代绘画艺术的境界，绘出自己内心深处的领悟，用笔墨色彩把"无象"尽情发挥，才是现代绘画艺术追求的品质。

如果你向往一片怡悦心情的空间，潘梦禅的画作能让你流连忘返：看似寥寥数笔的画面，墨趣律动自然，笔力质朴洒脱，气韵生动流畅。读她的作品，落目画面，心沉画中，意在画外，犹如观照一处清澈纯洁的生命源泉，心静、眼明、气定、神澈，总感觉她营造出一种清净从容、悠然舒缓的时光，使我们有机会与心灵进行对话，疲惫的身心得到真正的释放和休息。

这就是我印象中的青年画家潘梦禅，我国绘画新秀中为数不多的优秀文人画家，还有她那些备受国内外收藏家青睐的作品。

画家与作品：读懂谁最困难

大千世界不缺命题，书画艺术领域的众多命题中，读懂一幅作品与读懂一个画家相比，读懂谁更困难？显然这是我们都不愿意直面的话题，但却又难以回避。

历数潘梦禅的头衔与成就，太费笔墨：国家一级美术师，大学教授，大连市青年书法家协会副主席。在日本举办画展，数十幅作品被收藏；参加澳门国际书法大赛，《达摩面壁》《观音大士》获金奖，《达摩面壁》被澳门特别行政区政府收藏；受邀为海拉尔主创反法西斯题材战争全景油画《诺门罕战役》，受到中俄国家领导人的赞评；应邀为北京人民大会堂创作作品，多幅被收藏；新加坡、澳大利亚、香港、台湾等国家和地区领导人及国内外友人，普陀山、泰山、孔庙等寺院庙宇纷纷收藏她的作品；同时，大量的作品还被李苦禅艺术馆、徐悲鸿艺术馆，以及广东、辽宁、湖南、河北、新疆等省份的艺术机构收藏。

从绘画艺术造诣中了解潘梦禅，她就像一幅集西方文化和中国教育于一身、融西方美学与中国述说为一体的作品。丹纳在《艺术哲学》中指出"一个艺术家的许多不同的作品都是亲属，好像一父所生的几个女儿，彼此有显著相像之处"，因为"每个艺术家都有他的风格，见之于他所有的作品。倘是画家，他有他的色调，或鲜明或暗淡；他有他特别喜爱的典型，或高尚或通俗；他有他的姿态，他的构图，他的制作方法，他的用油的厚薄，他的写实方式，他的色彩，他的手法"。潘梦禅亦不例外。在她的画作中，留下了三次跳跃的绘画足迹：从西方油画到中国山水画，被海内外评论定位到禅意画。无论是油画题材的作品，还是中国山水画，一幅画有一幅画的精彩，一幅画有一幅画的灵魂。她的每一次起跳，都是一次艺术的跨越。在每一次跨越中，都折射出潘梦禅的艺术境界、心性修为和人生智慧。

2008 年 7 月，在中国澳门举办的第二届中国书法绘画大赛上，潘梦禅笔下的人物禅意幽深，境界高远，被公认为中国禅意女画家。对禅画的理解，人们总与佛门境界关联，认为只有佛教才能派生，其实并不是涉及佛教题材就可以成为禅画，中西绘画艺术中的多种形式均可表现佛教题材。禅画是中国画独特、独有的一种艺术表现形式。禅即是画。禅与画相同，是因为两者出于同一本源之心，禅与画都是性情的流露。在潘梦禅的思维里，简单表象的禅意不等于禅画。中国本土禅画体现儒墨兼宗、道禅皆有的禅宗境界。中国传统艺术由于受优秀文化的浸染，形成了一个以"养"为精髓的重要特点，养心、养性、养神、养浩然之气。潘梦禅学画、作画，都好比水的流淌，鸟的飞翔，物的生长，完全出于心性修养的自然。她学习的路径，成长的环境，生活的时代，是激发她创作智慧、形成绘画语言的源泉。无论面对她哪个时期的画作，不管是成熟，还是成就，都有一种早已在心中见过的感觉，画面上的内容、景色、人物、风情，不是陌生的东西，不是作者想象的拼凑，学派的成法，人为的努力制造出来的，而是源自于修为的释放，心灵的德慧。只有心灵的对话，才有赏识的共鸣。这是潘梦禅绘画作品的独有表现，也是她学习成长环境、教育知识背景、性情修为素养的表达。

就自身而言，就自心而言，潘梦禅对绘画原本没有什么太多的目的，很纯粹，就是一份热爱，因爱而生情，因情而动心，因心而成性，因性而持久，几十年如一日地坚守着发自于心性的爱，不离不弃。她5岁学习绘画，15岁考入师范美术专业，毕业后又修中文，从事美术教育十余载。少年时代起先后拜中央美院杨墨清教授、大连著名画家刘潮争和李有闻为师。导师的心血浇灌着潘梦禅的绘画梦想，那个时期，她没少参加各种绘画赛事，这让她既长见识，又增学识；既提高画技，又修炼品性。至今还留给她的记忆是：只要参加少年绘画比赛，次次都能拿到前三名的荣耀。潘梦禅满怀深情地回忆起曾经的绘画学习：孩提时候所有的玩耍内容就是在画的世界嬉戏，一时一刻离不开它。长大了，伴随在身边的仍然是一支笔，把自己所思所想无声地传达。也渐渐地，身边有了一大群天南地北一起思考、一起谈世界的画友。真言相见的智慧汇集于绘画世界，形成相互学习、相互激励的艺术气场。潘梦禅的绘画学习也为真诚相待的挚友们津津乐道：在院校的西方美术体系学习，让她对素描和色彩、对油画技法了然于心；专攻西画的造诣，打牢了她艺术成长与知识积累的基础。专修中国文学的日子，为绘画艺术积聚了更加深厚的文化内涵，形成了西方美学表达与中国述说方式融汇的理念。那些学习的时光，既是绘画智慧的开发，也是美学观念的形成；既是绘画技法的提升，也是艺术境界的树立。毕业时使她成为同学中的佼佼者，踏入教书育人的行列，美术教育10年的学习和积淀，画技、画艺、画风的个性特色进一步彰显。

一次偶然的机会，潘梦禅又看到皮耶尔·奥古斯特·雷诺阿的杰作展。这位法国印象派著名画家，一生用丰富华美的色彩弹奏着阳光、空气、大自然以及女人、鲜花和儿童的主题，他把从他们那里所得到的赏心悦目的感觉直接地表达在画布上，甜美、明丽的画面，温暖、透明的色彩，把潘梦禅又一次带进了儿时享受绘画的情景，从心底迸发出"多耐看"的感叹：记得小时候，她太喜欢印象派大师的作品，用好不容易攒的零花钱买来油画色，奢侈地美滋滋地临摹。现在，虽然过去的那些向往都很容易得到了，但是，她仍然怀念当年迷恋绘画那些艰苦而快乐的时光。今天，当大家把目光聚焦在潘梦禅主创的油画《诺门罕战役》，潘梦禅坚定地认为：《诺门罕战役》不仅是她20年的学习总结，也是油画表现方式的现实运用。这幅气势恢宏的世界反法西斯战争题材作品，长17.5米、高3.5米，再现了60年前苏日蒙在中国境内发生的那场战争景象，选定为奥运火炬传递的背景画。2008年，海拉尔政府要在这块土地上建立爱国教育基地，他们选择了油画形式来再现这场战役，在邀请的各路画家中，对这一宏大题材内涵的准确把握，成为海拉尔政府在反复权衡评估中最终选择了潘梦禅的标准。而这却成就了潘梦禅油画创作的里程碑作品。

读懂一个画家不需要多长的岁月，而读懂她的作品却需要永恒的时日。这是因为，人有生命的终点，而优秀作品却可以活到天荒地老。

修为与艺术：选择在于本性

丹纳在《艺术哲学》中谈到艺术的本质时指出："有一种关于美术的哲学，就是所谓美学。美学的本身便是一种实用植物学，不过对象不是植物，而是人的作品。"这就是精神文明的产物。"精神文明的产物和动植物界的产物一样，只能用各自的环境解释"，"自然界有它的气候，气候的变化决定这种那种植物的出现；精神方面也有它的气候，它的变化决定这种那种艺术的出现"。潘梦禅从油画入手，在20年的时间里学习西方美学体系，学习素描色彩，正当她本该在油画领域大展身手时，却笔锋一转，进入中国山水画的创作领域。这一外在的转变，何尝不是她精神环境的变化！

绘画艺术是一门挑战出新的艺术。潘梦禅喜欢挑战。以中国文化的内涵去诠释自然的美、生活的美、创造的美，以中国文人的思维方式去表现人类的美、世界的美、文明的美，这种挑战被她看作是一次心灵的升华、艺术的跨越，而这一跨越的动力是中西文化的融会贯通。

　　"修为能让一个人改变追求。"潘梦禅说，她的成功转变也正得益于西方美学体系的学习。西方艺术"研究哪一种教育最能培养身心，使一个人不但能适合文明社会，而且能点缀社交生活"（丹纳《艺术哲学》）。中西文化的融会形成了潘梦禅的美学思维，正如丹纳所说："科学让各人按照各人的嗜好去喜爱合乎他气质的东西，特别用心研究与他精神最投机的东西。"用笔墨抒情言志，是中国本土艺术有别于西方艺术的本质所在。潘梦禅从油画领域转入中国山水画的选择，只是本性的选择而已。在专志于美学体系学习的岁月，是个喷发想象的年龄。寒意来了，盼望着漫天飞雪的日子；冰雪消融，注视着枝头的蕾苞探春；花期沓至，享受着绿意盎然的生机；盛夏物华，期待着丰收喜悦的光顾；秋高气爽，收获着美好心愿的硕果。天真的向往总是这样如愿：花朵谢了，还会重开；草木凋零，还会繁茂；树叶落了，还会长新；天气冷了，还会转热；候鸟飞去，还会再回；希望在岁月的更替中不断成长，勇敢的梦想伴随着成长在生活的海洋里遨游。在这样如水般的心境中接受美术体系教育，学习中西绘画艺术，她不会藏掖自己的芬芳，也不会掩饰自己的精致，天真让她在绘画学习的状态中欢悦，内敛让她在感悟艺术的冥想中凝思。她总是在熨帖中开出绚丽的花朵，出落在画中，或是云蒸霞蔚的神韵，或是气吞山河的磅礴，或是万籁

　　寂静的空灵，或是风起云涌的厮杀，或是仕女的优雅，或是画面的纯净，或是意境的清远，或是景物的活力，看似矛盾的艺术表现，就这样和谐地融入了画家的作品。了解了潘梦禅的修为，读她的作品很容易入心入神，也许有时候不知道她的作品是在写自己的意，还是在写自己的心，抑或以画诠释心灵的对话。

　　做人做事的理念完全可能幻化为绘画艺术的风格。潘梦禅有过这样一段心语：人出生时，是一块质朴的石块，有棱有角，生机勃勃。但是，

在生活无情的打磨中，人慢慢被磨去棱角，变得圆滑而世故。对生活的认知程度决定了生活的态度。潘梦禅懂得：不能做河流里的石头，享受微波多情的抚摸，最后变成一块光亮的鹅卵石。她要做坚守在悬崖峭壁上的顽石，勇敢忍受风霜的雕刻，永远保持自己的棱角。无论在潘梦禅的艺术道路上，还是在她的绘画作品里，都能看到她坚定地"保持自己的棱角"：鲜明的艺术个性、独特的学术视点、超越俗态的心境。她的绘画成就越来越受到国内外的密切关注，深得社会舆论的赞赏，有评论称她"笔下尤以人物著称"。为深入研究中国人物画，她孜孜不倦闭门研习十年，幸遇李苦禅先生之长子李杭先生，师从大师点化；"尤善中国文人画和禅意画"，又得我国当代文人画巨匠吴悦石先生教导，笔墨老辣，人境脱俗，深得古意。她笔下的仕女观音优雅含蓄，淡泊悠远，钟馗形神兼备，达摩入境脱俗。无须讳言，当下的禅画纷杂繁多，但不见得有几个能追墨古人的高趣，就简远禅境而言，也没有几人能悟得禅画真谛。潘梦禅以写意笔墨达到禅画境界，是具象、表意及外禅所无法达到的境界，笔中有禅，墨中有禅，笔墨里体现出内在的禅意、禅空、禅境和禅学脉络，这就是潘梦禅的禅意画：禅在笔先，直指本心。

潘梦禅的创作视角总是徜徉于大自然中，对一草一木都满怀好奇心，对一山一水都倾注真感情，她把属于视觉性的自然景物，描绘成一首清纯优美的牧歌。一棵树下，一面坡上，一条河边，一脉山峦，一丛灌林，都有一个禅意深远的故事，一番做人做事的道理，一种不随时趣的思想，一股娱悦情志的溪流。她从没有歇息过寻找那些色彩和线条，从没有怠慢过探索那些笔墨和气韵，让它们将自己最真实的心理凝固下来，让自己的情感、自己的思想、自己的觉悟，在画里获得永恒。所以，我们凝视那些作品的画面，悠远而又虚幻，典雅而又清新，一阵惊喜，几多畅想，真切地感应到画家穿越时空的意境，依旧鲜活跳跃的灵感。还记得曾经看她作画的一番感慨：那是她的一幅画作即将完成，院落的树荫在画中，草坪的绿地在画中，花坛的春色也在画中。那天，她正对画作最后的润色，收笔时发现我们站在她的身后，出神地看着她的画，忽然有一种说不出的歉意："哦，劳大家神了。"片刻的沉思，她自语道："我时常想一个问题，我们留下的画，会不会有独立的生命。"她总是那样安静，含蓄的微笑像雨后的晴空一样明净。这还用问吗，她那样全身心投入绘画，流光一闪的思想，转瞬即逝的情感，熠熠生辉的景致，都将被笔下的画所凝固。那么，无须置疑，这样的画不仅蕴含着生活的信息，更承载着我们的生命信息。

　　人生观是画家风格的标签。什么样的人生观，就有什么样的画作，就会形成什么样的画风。有人感慨潘梦禅的画如其人。有几件被媒体热炒的事情可见一斑：她收贫困家庭的学生学习绘画，从不取分文酬劳；不仅如此，还热心捐资助学。她应邀到庄河作画，将笔资全部捐给庄河仙人洞小学；汶川"5·12"地震后，她创办的大连东方艺术家画廊联合大连交通台组织26位知名书画家赈灾义卖，将所集善款全部捐给四川灾区建设希望小学；她还是热心于爱国拥军的艺术家，经常到部队义务讲学，培训绘画业务骨干，战士们亲切地称她"兵妈妈"，并被某部聘为草原夜校客座教授。她就是这样一个心境豁达、心善如水的文人画家。

明心与识心：播撒德风惠露

　　每个人有每个人的生活逻辑。潘梦禅偏爱行走。她把行走看作一种智慧，认为智慧在行走中开启，也在行走中成长。

　　羊年二月二，龙抬头的日子，也是春分的日子，民俗寓意和节气象征的巧合机缘，常常赋予艺术和艺术家丰富的想象。这一天，潘梦禅恰巧从辽宁到济宁参加一个艺术交流活动，行走途中，春的气息点燃了创作的火焰，园林几缕泛红的色彩成影，树上几枝绽蕾的花苞含情，枝头几朵初开的樱花浅笑，好像是万物的嘱托，又像是自然的使命，这些情景从潘梦禅内心幻化为意象，从画眼具化为景象，一幅幅感恩自然、歌唱万物、觉悟人生、写照智慧、诠释生活、滋润审美的禅意画，就这样由心而生，挥墨而成。

　　"人生是在行走中度过的"。对潘梦禅的心语，我理解，一半是感受，一半是禅思。

确实，我们的一生都在路上，幼时蹒跚学步跟着父母走，小时乡村路上跟着学业走，再是水泥道上跟着知识走，又是海阔天空跟着志向走，先是成就梦想跟着前程走，后是落叶归根跟着期盼走。身体在行走，思想也在行走；生命在行走，心境也在行走。潘梦禅说，静下来的时日，有人总爱抱怨旅途的行色匆匆，其实匆匆行进让我们脱离了静止的呆板，欣赏到了动态的变化。一路心旌跃动，一路风景起伏，一路神清气爽，一路思绪万千。想想在别人憧憬着目的地而昏昏欲睡时，自己的两眼肆意抓住的那些景物：山间的田园，乡村的别墅，连绵的峰峦，成群的飞鸟，清澈的溪水，过往的路人，自然与淳朴的景象幻化为心境的愉悦，滋润着生活的享受。

潘梦禅的绘画创作就一直沉浸在这样一片宁静清澈的心境中。

2013年夏天，潘梦禅到江南采风访学。上海，这个中国海派文化的大都市，让她有种久违的亲近。驻足黄浦江，两岸灯火照亮多年希冀，南北文化的交融，与海派文化的交流，不同绘画语言的交会，积聚成喷薄欲发的创作灵感。七月酷暑恣意，人们燥热不安的心绪，犹如绘画领域一些追名逐利的浮躁，欲望追逐并没有搅动潘梦禅对艺术尊严的敬畏，"心清净了，便处处清凉"。一番感悟一幅画，《蕉荫自在》一挥而就，悠远的意境，清新的笔墨，真的让大家感受到"清凉自在"，其意其境让上海画家朋友们感动不已。走一路画一路，不停地过滤着一路所见所闻、所思所想，选择着清凉快乐的记忆。她就是这样自以为是，把选择内心体验的领悟当作享受而不是承受。在身心与思想同行的路上，总是有不同的感悟，不同的体验，不同的回味，什么时候记下过滤后的一己之见，完全凭着享受选择的心情、心境了。在那次结束江南访问时，一股强烈的创作欲望激发了潘梦禅要在这里留点什么的冲动。留下什么？"画幅大慈大悲观世音菩萨，愿德风惠露沐浴身边"。这就是潘梦禅，她在画什么，内心就是一个什么样的状态。她的这幅即兴作品留藏于上海桂清楼。正如她说的："做自己想做的。保持清新品格其实并不难。"

把德风惠露播撒在行路上，让更多的人在绘画艺术欣赏中陶冶情志。因此，潘梦禅的每一次行走都有一种新的体验，都有一份生活的感悟，都有一次艺术收获的升华。在潘梦禅的心里，行走不仅仅是观赏，更重要的是愉悦精神；不仅仅是见识，更深刻的是荡涤灵魂；不仅仅是生活，更可贵的是觉悟心智。她发在朋友圈的一条微信中，一个场景铭心刻骨：在春雨飘洒的时际，一条青石板的小路蜿蜒幽静，路边几树玉兰笑颜醉人。身在此景中的潘梦禅，对生存环境顿生感悟：这个世界不是有钱人的世界，也不是无钱人的世界，它是有心人的世界！有心人的世界是阳光灿烂的世界，生活犹如伴着此起彼伏的日月看细水长流，随着冬去春来的脚步听雨露风声，喜喜忧忧只是心情，起起落落才是人生。无论什么样的人生，都没有抱怨的理由，清明恬静的思想如春天的花草，在和风暖意中生机勃发，开满鲜花的心间，犹如一所美丽的园林，在艳阳照耀下，生长着明媚愉快。这就是人生的快乐，也是禅意画境中的快乐。

沐浴着这样的快乐，潘梦禅和她的绘画作品开启了我的心智。我真切地感到：这确实是一个风吹杨柳的季节，三月天的心情看什么都美，嫩枝正从寒意出发伸到暖时，枝头上的芽苞打探着春的信息，现在就要翻阅过去，新的时光徐徐展开，大自然就是一幅天然杰作。这些像拈花微笑般的意境萦绕在潘梦禅的心中，她只需要一支笔、一张纸、一砚墨，把心中的这种感应表达出来，人和物，心和景，诠释的不仅是过去，既有当下，还有未来。莫非这就是禅的心境？禅所追求的，是念念不住、念念相续的无着无缚，任心自运的"当下之心"。"当下之心"由"心源"幻化为"心画"，禅与画就在自然与心灵的对话中融汇，在融会中"明心见性、识心自度"。

沉浸在禅意画世界的潘梦禅快乐无穷，"识心自度"的日子清纯而又美丽，她总是在一幅幅憧憬幻想的画面中，看一颗来路不明的种子生根、发芽、长叶，看一株似是而非的芭蕉展臂、滴露、飘芳，然后都长出一个饱满的花蕾。禅的"以心传心"决定了它不直接谈美，不是通过直接的感官刺激去感受艺术之美，而是通过自己的内心体验去

144

领悟。潘梦禅的画笔无论是痴情于生机勃发的大千世界，还是着墨于五彩缤纷的人间万象；无论是细雨蒙蒙中的一叶芭蕉，还是春风徐徐中的几枝新绿；无论是人性张扬的芸芸众生，还是心动一刻的瞬间景致，画面上，人无实与不实之感，独有识与不识之意；物无像与不像之别，只有是与不是之思；景无真与不真之理，唯有想与不想之心。"外在的美可以取悦人的眼睛，内在的美可以矫正人的灵魂。也许人们读不懂你，那又怕什么呢？自然绽放就好。"浸染在潘梦禅画作中的心语，似德风拂面，如惠露润心。当一棵树不再炫耀自己枝繁叶茂，而是深深扎根泥土时，它才真正拥有深度；而当一棵树不去丈量自己与天空的距离，却坚韧不拔地强大自己的内径时，它才真正的拥有高度。我揣摩，这些心语是在表达一种认知、一种见解、或是一种提示？树如此，人亦如此。人的成长同样需要深度和高度。当一个人不再炫耀，而是低调收敛，只安静行走时，生命才变得真正富有。

而潘梦禅真正富有的是绘画艺术，还有那些画作在岁月的长河中依然跳动的永恒生命。

墨趣与境界：画迹观照心迹

在我们的记忆里，观音菩萨的相貌已经定格，可在潘梦禅的笔下，观音像突破了千百年来千面不变的定式，赋予了更多的平凡人性内涵，更多亲近世俗的包容与厚德，她似乎是我们中间的一位智者、一个平凡人家的朋友，人们可从她的身上找到博爱母亲的影子，找到善良美丽女性的影子，甚或能找到自己的影子。画心中的意象，画内心的灵魂，画心灵的领悟，即使是神化的题材，潘梦禅也不重复已经成型的形象去临摹。禅的始祖达摩，他的传教年代离我们并不遥远，他历经磨难传经诵法的故事我们并不陌生，他苦其筋骨修炼心境的精神我们无不敬仰。他是一种精神的化身，一束智慧的光芒，一个世俗的神灵，潘梦禅经过十几年的揣摩，完成了一个经历沧桑的长者、智者和一个文化传承者的形象，创作了达摩系列——《一苇渡江》《达摩面壁》《达摩静心》。她用达摩的智慧打开人们心灵的窗户，告诉人们要学会放下，学会舍弃。人不能天天活在不知所措的迷茫中，也不能总是陷在难以自拔的欲望中，每种生活都有自己的舍弃和艰难，不必去羡慕或者嫉妒。在喧嚣浮躁的社会中，需要学会放下和舍弃的思维方法，退一步海阔天空。如果总喜欢把看见别人的幸福与自己隐藏的痛苦作比较，自己的痛苦总在创出新高，用美好的心态看什么都会美好。

潘梦禅的作品用笔大都很干净、简练，没有什么拖泥带水的矫揉造作，没有什么故弄玄虚的飞扬浮躁，雅致的安静让人体味到经典的魅力，经典原本就需要安安静静才能品味，需要你去亲近，她才会与你亲切，与你对话，与你共鸣。有一次，潘梦禅去拜会徐悲鸿夫人廖静文，特意作了一幅《仙子献寿图》，老人手执潘梦禅的画，满心欢喜地说："你画的人物感染了我，观音会保佑我们的国家和民族，我要收藏这幅画。"能感染廖老的画中人是什么人？是至情中人。只有禅家才这样画人，才能画出这样既超越伟大、又超越渺小的人！由"画迹"而观"心迹"，潘梦禅往往在漫不经意间，创作出一幅幅心灵自由的作品。与人对话，与神对话，与物对话，与景对话，与自然对话，虽然墨气清雅，但画面悠远，虽然题材平常，但意境脱俗，她所阐发的，并非神秘的奥妙，也不尽是众生的承载，她所要表白的，是在画意中流转着的无声无形的生气，即是一花一草之微，亦在启示它们欣欣向荣的生命。潘梦禅的感觉、想象、心境，促使她能够敏捷地抓握最微贱的生物的性灵，她似乎能听到花草虫木的声音，看到大自然欣欣向荣的生命，感觉到自然界的形态、姿态、状态所蕴含的意义与热情，不为形束，不为物拘，把禅意具化为情景、风景、心景，抒发自己自由的行为和直接而强烈的感受。

天赋给予了成功的更多关照。潘梦禅爱好绘画，是出自心底的由衷，她的视角敏锐到看见各个色调的排比就觉得愉快：红色和绿色会产生丰富的共鸣，从明亮变到阴暗中不易分辨的层次，色彩变幻的景象让她乐而忘返。这样的天赋成就了她想做画家的梦想。但她不是一个梦想家，也不是一个理想主义者，生活时代的空前繁荣昌盛，使得她心灵体验到的领悟构成了一个个挥之不去的画面。这是一幅仕女画。笔墨简单，线条却舒缓；色调清爽，寓意却深远。仕女的典雅端庄写在脸上，凝聚成一种平静的美，但又让我们感悟不到那种怜香惜玉的美，也不是那种华丽富贵的美，而是一种稳重静态的美，这是绘画艺术的美。平静的脸上没有表情，会让不同的人读出不同的感悟：也许有人会感到麻木，也许有人会觉得冷漠，还会有人认为不可捉摸。凡夫俗子的心与画就这样产生了世俗的共鸣：麻木往往与工作没有积极性联系在一起，冷漠与骄傲自大密切相关，不可捉摸是老谋深算的话外音，工作怠慢、目空一切、深不可测等词语，是画面让你内心联想、思索、感悟到的东西。一幅平静如水的仕女画，能搅动世俗中那么深的慧根，禅画的境界注定要折射出心智的光芒。在潘梦禅的画作中，也有矛盾的诠释，悖理的谐趣，一些写意的仕女或是淡定的女神，都那样一副旁若无物的表情；一些幻化的僧侣或是神定的菩萨，都那样一尊淡然自若的形态。画里画外的物和景、人和事，似乎都在讲述一个道理：一个太在乎别人的人，别人往往会不在乎他。或许因为我们在乎画中的人，画中的禅说才开启了我们的心智。这样的悖理遍布生活，潘梦禅的笔墨直指觉悟之心，把它凝聚到画作中，写出心灵的声息，引导我们回到没有受到各种世俗欲望污染的生命源头。

如果说绘画是一种安静的表达方式，那么潘梦禅的画就是她内心真实的表达：一个青山绿水的地方，一份悠闲自得的心境，晴朗的阳光和静谧的悠然，映衬着画中人明媚的笑脸。你能说这不就是潘梦禅的自画像？那画中人是不是在等待感受清风细雨的缠绵，聆听时光的呓语？是不是在看细水长流的恬静，固守着光阴慢慢温柔她的岁月？意大利画家莱奥纳多·达·芬奇用《蒙娜·丽莎》那迷人的微笑，告诉了我们一个道理：一件绘画艺术精品，只需要一个点，这个点就是表现艺术的精美，展示艺术的精彩。《蒙娜·丽莎》脸部半侧、双目侧视，嘴角稍稍上翘，露出的尽管是那样一丝淡淡的神秘的微笑，但你可读出一种温柔、从容、充满自信的笑容，亦带着几分讥讽、嘲弄的意味。她那含蓄神秘的微笑，虽然只是"一个点"，却不知勾起过多少人的猜想，不知有多少人从各个角度去窥视她的秘密。西方绘画艺术的理念与技法，如同一缕晨起的朝阳，一直照耀着自幼学习绘画的潘梦禅成长。在知识初开的原始心灵，全部的绘画学习就是与油画作品接触，看惯油画的色彩，烂熟油画的技法，心底铺上了一层油画表达的底色。当她愿意用中国文人的思维方式来看世界时，自然而然地把油画的表达方式、素描的表现方法拿来"为我所用"，与中国优秀传统文化的交融，形成了独特的现代绘画语言，使笔墨下的山水更生动、更厚重、更有深刻的意蕴，人物更丰富、更内涵、更有深长的意味。

一个优秀画家的成长时期，也是心灵挣扎的时期；一个艺术精品的产生过程，也是独创画意与活跃精力的兴盛过程。中国优秀文化的滋养，催化了潘梦禅的创作思想变化，绘画激情飞扬，她画透明平静的河流，明亮静谧的草原，青葱茂盛的树木，阳光灿烂的远景，色彩斑斓的田野，雄风跌宕的山峦，她的思想借助绘画来表现，内心优美如画的图景再现在画纸上，却并没有完全释放心灵的情结。在她的绘画艺术道路上，留下了一个个里程碑式的代表作：以《诺门罕战役》为代表的油画作品系列，以《泰山雄风》为代表的山水画风格系列，以《达摩》为主题的禅意画系列。"成就只能说明过去。艺术探索无止境，艺术进取无终点"，潘梦禅说，"同心灵的约会永远都是惊奇和期待。"

用心去读潘梦禅的画作，在感应心灵对话的意境中，大凡热爱绘画艺术的人，有谁不期待与心灵约会的更多惊奇！？

（载于 2015 年《金田》杂志第 2 期）

让德风惠露沐浴身边

——潘梦禅韩国画展作品记忆

初恋般的飘雪把潘梦禅迎进了韩国艺香画廊。尽管她是第一次踏上韩国的土地，第一次应邀在那里举办个人画展，但韩国艺术家们喜爱中国绘画艺术的真诚与热情，令她格外感动。

为让韩国更多的民众了解来自中国的这位青年女画家，举办方专门精心印制了《梦禅绘画展》宣传册，扉页上的招待文章热情洋溢，对潘梦禅的艺术造就给予高度评价，言辞恳切地写道："梦禅给予其绘画作品以灵魂，通过禅意来传达中国传统文化和中国人的精神世界。"

把潘梦禅的作品定位为禅意画，这不是韩国艺术家们的创造，在澳门的一次国际书画大赛中，海内外评论就把潘梦禅的创作定位在禅意画范畴。

在国外举办个人画展，潘梦禅不是第一次。而这次到韩国举办画展，却完全出乎意料。她很感谢韩国艺术家的欣赏，也感谢中国举办的一次绘画交流活动。正是这次中韩绘画艺术交流，让韩国艺术家偶然在画展中看到了潘梦禅的一幅参展作品。"我要见见这位画家"，韩国艺术家不惜延迟返程，找到了潘梦禅，刚刚翻看了几幅作品，就热切地说："希望您能接受在韩国举办画展的邀请。"潘梦禅没有拒绝，也不敢怠慢，闭门谢客，一心创作，精选了几十幅作品布展在画廊。这些作品怎样传达了中国传统文化和中国人的精神世界？又是怎样表达了禅意世界的心境？每一个走进画展的人都怀揣着这样一种期待。

有人说，中国画的美，在于它是学识、修养、人格、情绪、心境的片片留影。画中的一草一木、一山一水、一人一物、都浸染着作者的文化境界与精神世界。细细读来，潘梦禅的画是自然而然成形的。它不像有些画家展示的、乐道的、夸耀的是什么学派的作品，她的画成形于心。不同的内容，不同的立意，不同的景致，不同的布局，不同的色彩，构成了潘梦禅画作的不同主题，不同灵魂。但无论画面上是什么，呈现在欣赏者面前的，都能与心相汇、相融、相动、相通。香、雪、静、花、山，是潘梦禅韩国绘画展作品的主题语言。香为味，雪为品，静为心，花为色，山为形。那些情景、那些物象、那些意味，在笔墨学养的修行中，总在与自己对话，不断与你我对话，与心灵碰撞的浓浓禅意，引导参观者清净从容地走进了一个没有受到各种世俗欲望污染的精神世界。

"采菊东篱"是陈列在画展的第一幅作品。一丛繁茂的雏菊，一只精美的紫砂，一杯飘香的热茶，一把锦缎的芳扇，一朵滴露的鲜菊，是"采菊东篱"的全部画面。潘梦禅把自己的满怀深情寄寓于画中，"东篱菊"花蕊金黄，叶色墨荷，恰似耐寒雏菊迎春，满含希望、纯真、愉快、幸福的美意，由衷地表达出对参观者的祝福。菊花的盈盈笑意，紫砂的阵阵茗香，芳扇的丝丝清凉，迎候你走进禅意画，那是一片吉祥清澈的天地，那是一段悠然舒缓的时光，那是一个让精神结束流浪的归宿，那是一种引导直面生命本源的智慧。

菊花是中华民族最高贵的颜色。不但是天道的象征，也是正直人格的象征。白居易《咏菊》中有"耐寒唯有东篱菊，金粟初开晓更清"的名句。中国历代文人墨客，对菊花的喜爱融入血脉心境，以菊为题吟诗作画的佳作名篇流传久远。陶渊明的"采菊东篱下，悠然见南山"，给菊花冠上了花中"隐士"的封号，赋予了高风亮节的寓意。潘梦禅把"东篱菊"作为这次画展的开篇，良苦用心传达的正是中国传统文化的价值观。

意料之中不是绘画创作的惊奇，一幅好的艺术作品总是出人意料。无论是诗意想象的内容还是笔墨色彩的运用，构图布局还是画面气韵，都会让人眼前一亮，让人灵光一闪，让人感叹不已。在潘梦禅的韩国绘画展中，这样的作品形成了她独特的画风，诠释着传统文化与现代精神融会的中国式述说方式。哪怕是表达静的心境，抑或是推崇雪的清澈，即使是奉送香的芬芳，以及沐浴光的明亮，都会从画面中自然而然地体验到这样的感受：几阵风过，天空沉闷的云层飘然而去，云隙间露出明亮的晴空。不仅天气变化会让我们看到不同的景象，季节和岁月也会使自然有不同的容颜，使许多原本纠结不安的心境变得舒朗开阔，幻化为灵动的画意，手中的笔伴着风的韵律，蘸着光的情致，描绘出一片看不见的蓝色天空，一座看不见的苍翠山峦，一抹风中轻轻摇曳的影子，一条山间似有若无的行路，自然的体验，生活的领悟，眼里的世界，心中的美丽，都在挥洒中跃然画面。

品味了"东篱菊"的热忱，走近一幅题为"雪"的仕女画，题款为《桃花源里得春多》，画面淡泊悠远。画中人物优雅含蓄，身边的紫砂茶盘色彩喜气，身后一簇桃枝飘然而至，枝条上串串花蕾含苞欲放。一个侍女，几处橘黄，一簇绛红，几笔荷墨，描绘出桃李季节的山野情趣，清澈时光的春意涌动。桃花源里的春色春景足以让人心旌摇动，但画中人却是那样心如静水，清纯自在。此情此景自然使人想起"寒梅傲雪品自高"的意境。潘梦禅的画作极少浓墨重彩，长于以线条勾勒，而她笔下的线条洋溢着活力，又蕴含着张力，坚挺圆转，顿挫曲折，极具节奏和韵律感。这使她的绘画总是透着恬静飘逸的风度。清晨的草叶上挂着露珠，树林里荡着鸟鸣，一缕橘红的光亮，从窗户探进身来，斜斜地倚在墙上，画一扇印象派的窗，又似一幅写意的画。这样的晨光驻在潘梦禅的心中，什么时候都是那样亦梦亦幻，有时融入墨彩，有时附在笔端，有时落在纸上，伴随她完成早起的一幅幅绘画，那束光照似乎就在画面中赤着脚丫走来走去。站在画前，微微闭上眼睛，眼前总是浮现出似曾相识的景致，一棵菩提，一叶芭蕉，一面崖壁，一溪清流，一株山花，一条曲径，一壶香茗，一枝鲜果，一片宁静，一派生机。万千禅意就在你我身边的一物一景中呼之欲出。

读潘梦禅的画，平静深邃中透出端庄典雅，也是她人格性情的写照。不急不躁的人格修养所蕴含的艺术智慧，无时不把传播中华传统文化作为责任。观音大士是潘梦禅作品中多见的题材，在展厅格外引人注目，前来参观画展的人，无不驻足在画前，双目微闭，双手合十，默默表达着一份敬仰、一份祈福。题材的先声夺人把浓浓禅意传递给欣赏绘画艺术的每个人。而让欣赏者久久不肯离去的，是作品的艺术魅力，观音在潘梦禅的笔下有说不完的领悟：从造像到德风惠露，从莲花菩萨到观世自在，丰富的绘画语言向世人传递着深厚的文化内涵。用同一题材表达出不同的主题、寓意、景象，她是怎样做到让画题、画意、画面折射出禅的境界？我们先看看观音的称谓与造像：千百年来千面不变的观音相，在潘梦禅的笔墨中千变万化。观音的全称叫观世音，是梵文的意译，也作"观自在""观音声""光世音""观世自在"等多种译文。因为避唐太宗李世民讳，略去"世"字，简称观音，民间又有救世菩萨、莲花菩萨、圆通大士、送子菩萨等俗称。中国民间将菩萨与众生密切联系在一起的，又以观音菩萨最为流行。曾经流传"家家有弥陀，户户有观音"的俗语，形象说明了崇敬供奉的盛况，至今依然深受中国民众的虔信和膜拜。对这样一个深入民心的形象，在潘梦禅的画笔下，不再是千面不变的印象，而是现化为有更多亲近感的宝相。手持净瓶的杨枝观音，合掌而坐的圆光观音，手持药草的施药观音，法相现身月色水光中的水月观音，坐于云中莲座上的一如观音，持瓶泻水的洒水观音，打坐洞中欣赏水面的岩户观音，中国民间流传的三十三观音像，凝聚着中国历代画家精心创作的智慧。潘梦禅继承发扬先贤智慧，也光大创新，赋予了观音更多的现世人格内涵，让慈悲为怀的菩萨与现实更为亲近，犹如生活在我们中间的智者，犹如平凡人家的朋友。她那拈花般的微笑，好似德风惠露沐浴身边，传达给世人的是普度，是博爱，是善缘。冥冥中，让我们常常想起慈爱的母亲。在某个节假天，某个特殊的日子，在村外田间、或在山坡地头劳作的她，忽然望见儿女从远方回来的那份兴奋，她放下手中的活计，忙着把贴在额前的几绺头发努力地左右梳弄一番，然后用手背顺便抹了一把脸，在回家的路上一路小跑。母亲就是这样用自己的德风沐浴儿女的心灵，用自己的爱露滋润儿女的德行。用世人熟知的传统题材来传播一种惠

152

世价值，是潘梦禅绘画追求的责任自觉。在《楞平经》中有观音菩萨随意现化的明确记载："故我能现众多妙容，能说无边秘密神咒。"现化的观音尽管名号不同，但无论怎样的名号，都在表达一个意思：她是大智慧、大慈悲的化身。世间众生遇到种种灾难苦恼，只要一心念她的名号，就会观其音声而前往解救。声音不用听而是"观"，这是佛家所说的"六根互用"，即眼、耳、鼻、舌、身、意六种感官及其功能，"根"为"能生"之义，如眼根能识色，耳根能听音，鼻根能嗅香，舌根能尝味，身根有所触等。佛家神通妙用，六根可以互用，六根中任何一根都能代替其他诸根的作用。《涅槃经》称"如来一根则能见色、闻声、嗅香、别味、知法，一根现尔，余根亦然"。观音菩萨同样具有这种神通，即以目观尘世苦难众生的呼救声。潘梦禅的观音题材画作中，常见的有《观世音大士造像》《德风惠露福寿多》《静心观音》《莲花观音》《白衣观音》等，尽管内容不同，笔墨语言表达的大美精神，始终在弘扬中国传统文化的慈爱善德。

　　禅意在我国书画艺术题材中占有重要地位。但当下真正以禅意为题并形成自己独特风格的画家并不是很多，青年画家潘梦禅便是这少数中的佼佼者。展示在韩国艺香画廊的潘梦禅作品中，只有唯一的一幅山水画，而正是这幅画，让人领悟到静的真谛。山不见草木葱茏，天不见祥云缭绕，水不见粼粼泛波，花不见缀满枝头，没有刀斧神工的跌宕笔墨，没有绚丽夺目的五颜六色，没有奇峰峻峦的云遮雾障，没有早春争艳的灿烂风光，绘画语言的抽象美，让潘梦禅的作品端庄深邃，情趣融会在意趣中，转化为墨趣，形成独特的艺术妙趣，以简洁干净的笔墨，把山的蓄势待发，把水的勃勃生机，把生命的沉静深邃，融入黑白分明的构图中，凝视画面，静得能听见山水的灵秀律动，生命的成长旋律，体会到画家创作时完全自由的心境。笔墨的自信是绘画作品的风骨。潘梦禅画景物，在结构上注重挥洒成章，一气呵成。草木往往横斜而出，或一枝一叶，或一花一果，顺气行笔，以势取形，着墨不多，却疏密有致，气韵回旋。有时一根草茎飞跃而出，有时一枝果条从天垂下，有时一只小鸟腾空翱翔，有时一片春色迎面扑来，飞舞跌宕的心绪凝聚在笔端，能收能放，舒展自如。把思想内容的充实表现在画面，形象法则的和谐蕴含于画中，笔墨趣味的气场游动于画外，就像微醺的风，不在三月；柔和的雨，下在四月。听杨柳轻舞的细语，看绿意匆匆的四月，春光灿烂的时节像一首优美如画的牧歌，沁人心脾。欣赏她的画作，会随时沉浸在一种境界，沉醉于一种状态，沉思于一种景致，沉湎于一种享受，似乎也情不自禁地融入宁静美妙的禅意中。

对艺术来说，给予的一种追求无异于逆境，只不过是命运给予的特殊信任和馈赠，命运给予了一个任性选择，就是鼓励你即兴发挥；给予了一个未知结果，就是放纵你重新塑造。淡定的情绪让禅意画的意境幽雅。但淡定不是单调枯燥的生活，也不是千篇一律的日子，更不是停滞不前的懒惰。犹如楼下院子的花圃与树木，春去秋来，挡不住季节的变化，或生机勃发，或凋零枯萎，但不为世俗的诱惑而改变与自然同行，该发芽时破土而出，该吐绿时枝繁叶茂，该成熟时果实累累。正如听到九月的呼吸，夏天走到了头，尽管浓重的深绿色依然挂在树上，但林荫道上微风吹拂的惬意，已经让人神清气爽，韵味无穷。无论是人生的艺术，还是艺术的人生，许多时候，一个季节就是一种状态，一片风景就是一种心情。在潘梦禅的绘画艺术追求中，不乏这样的作品。《垂柳阑干尽日风》是一幅仕女禅意画，取材于宋代文学家欧阳修的组词《采桑子（十首）》中的第四首，原是写暮春依栏观湖游兴之感。词的上片是："群芳过后西湖好，狼藉残红，飞絮濛濛。垂柳阑干尽日风"。虽说已近百花凋落，但这个时节的西湖依然美好，残花轻盈飘落，点点残红在纷杂的枝叶间分外醒目；柳絮时而飘浮，时而飞旋，舞弄得迷迷蒙蒙；杨柳向下垂落，纵横交错，摇曳多姿，在和煦的春风中，整日轻拂着湖水。欧阳修以疏淡轻快的笔墨，创造出一种清幽静谧的艺术境界。潘梦禅从古代优秀文学宝库中吸取养分，转化为传统学养与创新精神融会贯通的绘画语言，巧借古典诗词的意蕴表达时下恬淡心境。画面上，一位婀娜多姿的女子，从阑干内款款走去，一团柳枝垂落面前，就在阑干尽头"疑无路"时，她侧身微转，莲步移动、腰肢扭动、头部转动、眼神灵动，忽然发现阑下水中的鱼趣，脉脉双目转向那些鱼跃波影，手中锦扇微掩小嘴，风吹衣袂微微飘起，一片闲适之情跃然画中，让人浮想联翩。也许是绣楼的阑干，也许是池塘的垂枝，也许是园林的溪流，垂柳不见树，阑干不见楼，日色不见光，和风不闻声，或是一种意象，或是一种景象，或是一种想象，或是一种形象，只是几缕淡黄，几多墨色，几分绿意，生动地写照出那个特定情景中绵绵秋意和煦风的意境。丹纳的《艺术哲学》在剖析画家成功缘由时说：艺术家需要一种必不可少的天赋，否则只能成为临摹家与工匠。必不可少的天赋是什么样？就是"在事物面前必须有独特的感觉：事物的特征给他一个刺激，使他得到一个强烈的特殊的印象"。正是这种天赋使潘梦禅籍绘画来表达禅意时得心应手，完全以一种心灵的自由，抒发自己自发的行为和直接而强烈的感受。

不难想象，绘画作品能与心灵对话，那将是多么温暖而亲切。潘梦禅的韩国画展作品，从题材选择、文脉语言、思理意境、画意表达等方面，都集中突出了心与心的交流。蕴含着深厚禅意的茶文化，入诗、入艺、入画，是中华民族悠久文明和礼仪的反映，同各国的历史、文化、经济及人文相融相通。韩国人视茶文化为民族文化的根，每年5月24日为全国茶日。只要提到茶，人们就会情不自禁地想到清新、淡雅、闲适、悠然，亲切而自然。潘梦禅"以茶会友"，创作了《问茶》《煮茶一水间》《东坡品茗图》《试茶问卷寻古意》等着重表现诗词品茗的古典意境作品，画中情意飞扬，禅意缭绕。说她思古，还不如说她写今；说她绘心，还不如说她画魂；说她表意，还不如说她悟道。品味这些作品，犹如品茶一样，有时候是一种享受，把自己与山水、自然、宇宙融为一体，从而得到美好的韵律，精神的开释，让心情更加舒畅；有时候是一种思考，在遐想中体味纯真的本质，在味道中感悟人生，让感情得到陶冶，精神得到寄托；也是一种意境，在平凡淡雅中感受人生的韵味，追忆古朴的情怀。寄情于茶的诗词画意，是我国文学艺术宝库中的一枝奇葩："秋夜凉风夏时雨，石上清泉竹里茶"，这是浅近的；"欲把西湖比西子，从来佳茗似佳人"，这是典雅的；"一杯春露暂留客，两腋清风几欲仙"，这是朴实的。潘梦禅把这些经典的传统文化具化为滋润人们审美快感的画面，呈现在绘画作品中的意象与形象，张扬着禅的觉悟之心，展示出人的精神世界。

文以载道。中国绘画就是这样承载着国人的文化传统观念和民族精神世界，把对自然那种缠绵悱恻的情思实化为一种朴拙随趣的线条闪跃在画面上，把对人生那种清澈纯净的领悟转化为一种虚蒙柔美的色彩闪动在画意中，把对民族那种蕴藉深厚的精神世界幻化为一种气韵律动的节奏闪现在画境里，描绘着怀抱生活的热爱，阐释着道德观念的心境，写照出内心优美如画的风景：春赏百花，夏看流水，秋踏落叶，冬嬉飞雪。充满质感的人生阳光灿烂，惬意温暖。眼前世界的一切都那么明丽，万物水洗而洁，万物沐阳而艳，万物静寂则清，人间万事皆在陶冶。潘梦禅韩国绘画展以一幅意味幽深的《韵入荷塘》作别。荷塘不仅是种植的池塘，同时更是一种文化。荷塘的诗情画意本就让人沉醉，夜雨初过，晓风拂来，满塘荷叶圆润如拭，一朵含苞初放的新荷在风中微微颤动，显得雍容娇羞，有宋代画家米友仁的"新荷初出水，花房半弄微红"的意韵，有杨万里"接天莲叶无穷碧"的画面，有唐代白居易"荷花深处小舟通"的情景，有王昌龄"闻歌始觉有人来"的律动，有司空图"景物皆宜入画图"的大美，有李白"天然去雕饰"的脱尘。画中行云流水般的节奏和韵律，洋溢着一种生活态度和一种文化气质，表达出中国当代艺术家坚守精神生活与人文价值的内心世界。这就是潘梦禅韩国绘画展作品所表达的主题，也是留给韩国艺术家们的深刻记忆。

（2016年人民网）

意境高古禅风画
——潘梦禅日本画展作品赏析

一幅《清风好伴》，拉开了潘梦禅日本画展的帷幕，扑面而来的是潘梦禅幽深清丽的禅意画风。一个娓娓道来的故事，一幅缱绻缱舒的景象，具化在笔墨色彩里，犹如慧根编织出早已萌生在心中的画卷，处处充满了艺术的魅力，传达着如晨露般清凉与灵秀的感受，生发出一种深远旷达的意境，艺术的共振与享受就这样在启迪心智、开阔胸襟中获得。

这次画展作为日本仙台育英学园创立 105 周年时与中国大连市建设学校缔结姊妹学校典礼的一部分，还为前往参加建立友好学校签约仪式的中国禅风画家编辑出版了画册，收录潘梦禅展出的作品 31 幅。仙台育英学园理事长加藤雄彦激情赞誉潘梦禅的画展不仅让这里的学生和教职员工得到了一次接触书法技艺的机会，还获得了一次与来自中国"禅风画家"的艺术交流机会。

加藤雄彦先生以"禅风画家"来定位潘梦禅的绘画风格，不仅源自对禅文化的热爱与敬畏，还出自对中国文人画的真知灼见。驻足潘梦禅的画展作品前，似有一缕轻风徐徐吹来，一阵茶香袅袅飘来，一声鸟鸣啾啾传来，心灵如同返璞归真的大自然，摆脱世俗纷扰的这一刻，如朵朵白云飘逸的情致，幻化为如诗如歌的意境，蕴藉在画作中，浸染在艺术里。《清风好伴》就让人们感受到这样一种闲情适意。画面上，花枝染墨，蕾苞泛红，一位雍容富态的贵妇倦意惺忪，依身在飘然而出的花枝间，享受着春风惬意的时光。微风拂过，带来树木的清香，捎来泥土的味道，吹来花草的芬芳。好风清如流，清风有知音。贵妇俯势侧卧的自然，托腮凝神的自在，心灵和畅的舒展，让你强烈地感受到画家借着她对生活的感悟，对禅意的觉悟，时而淡笔轻勾，时而浓墨重抹，描绘出意趣盎然的画面，分明在表达着心灵的意象，一种悠闲的观察，一种亲切的意境，一种温柔的情调。这显然是摆脱了世俗纷扰、荣辱纠缠的闲情逸致。

在潘梦禅日本画展的作品中，以山水、佛道、仕女题材为主，冲和淡泊的画意，委婉有致的表达，把一个个生活中的老话题，传说中的老主题，赋予了情趣盎然的新意，还是那些题材，还是那些笔墨，却是不一样的立意，不一样的表达，不一样的境界，或清旷传神，或淡意明快，或沉雄凝练，或绚丽灿烂，对禅意画厚实文化底蕴的把握与张扬，于随意无形中展示出画家的睿智，轻快的笔墨格调，令人浮想联翩。《云漫青山》《青山雄风》《雄关漫道》是展出作品中山水画系列的代表作，山势气韵虽然雄奇，虽然峻峭，虽然高远，虽然壮阔，虽然浑厚，虽然苍茫，但画面却没有分毫杀气，不见点滴惊恐，难觉些许晦涩。《云漫青山》云气蒸腾，灵动缥缈。山谷云涌，漫过层峦叠嶂的山峰；河流云动，扬起欢歌笑语的水声；雾洗青山，刷新亦梦亦幻的景象：几簇绛红，似野桃山杏闹春；一片鹅黄，像油菜花开正浓；些许绿意，草木回春一派新景。《青山雄风》隽永壮丽，风骨挺拔。都是青山，却美不相同，一个是云漫，一个是雄风；都是青山的美，却意境不同，一个是色彩艳丽，一个是生机萌动；都是青山的景致，却情趣不同，一个是激越飞扬的旋律，一个是浅唱低吟的清幽。雄风的印迹刻在青山的容颜上，具化为沧桑、傲然、坚毅、深沉的性格，蕴含着蓄意待发的勃勃生机。《雄关漫道》巍峨磅礴，雄关峻险。逶迤蜿蜒的崎岖路，奔涌翻腾的崖河水，几曲山湾，几道河谷，几多漩流，几分水色，几阵风啸，虽然"雄关漫道真如铁"，但雄风吹不去青山绿，雄关挡不住前行路。这既是一幅故土的自然景象，也是学养的艺术表达；既是天地的神奇造化，也是唯美的精神境界。古典诗词的意象，现代意识的理念，实化为独具特色的绘画语言，融会在笔墨里，凝聚在画面上。山水画的山和水总有说不完的话，流水告别青山，一路欢歌而去，都会成为故事。那河宽河窄，水急水缓，艄公行船，渔翁戏水，已是故事里的故事。一个云雾渐渐浓厚的时日，适才晨霞微露的光景越来越模糊，山峦层叠的色彩，树木繁茂的生机，林鸟欢唱的快乐，都在悄无声息中蒙上了面纱，变得神秘梦幻。一幅多么好的秀丽景象，春时听林鸟低唱，夏日看霞光纷呈，秋来踏风中落叶，冬夜观星河浩渺，原生态的自然清纯质朴。转眼，它又像一团解不开的云，一阵不可琢磨的风，或者一个抓不住的影子。这就是潘梦禅在日本画展作品中的山水画，这就是潘梦禅的禅意画风。题材上弥漫着淡淡的温馨，笔法上蕴含着深深的情理，感觉上流淌着浓浓的艺术。委婉深沉处，令人遐思悠悠；淋漓酣畅处，叫人激情澎湃；行云流水处，使人缠绵悱恻。富有意境的山水画创作，不仅是绘画技巧，还必须有较高的文化修养、艺术修养和生活修养。艺术要反映广阔的生活，还必须要知识广阔、胸襟开阔。清代唐岱说："画学高深广大，变化幽微，天时、人事、地理、物态，无不备焉……胸中具有上下千古之思，腕下具有纵横万里之势，立身画外，存心画中，泼墨挥毫，皆成天趣。"潘梦禅的绘画语言匠心独运，像春雨潜夜似的缠绵，如春风拂面般的温和，似春蚕吐丝样的精细，把感化、教化于人和启迪激励于人的寓意，融会在一笔一墨、一色一景、一静一动、一图一物中，犹如山涧小溪涓涓而出，看似平凡，却发之于心；貌似平淡，却诱之于情。

凡有造诣追求的画家，无不在绘画艺术渗透古法、继承传统的蹊径上穷尽智慧，从而使他们的作品洋溢着中华民族艺术浑然一体的充盈与丰沛，闪耀着中国传统文化蕴藉深沉的博大与光辉。潘梦禅的绘画语言总是在不遗余力地诠释中国文人画的艺术内涵。中国文人画传统是最大的传统，是最厚重的文化。文人画不仅需要技法铺垫，需要诗、书、画综合艺术才能等学养的积累，需要哲学、美学、文化、社会知识等素养的学习，还需要行为方式的限定，也就是文人的人品限定，因此形成了中国画的品类、审美形态以及绘画中透出的精神意绪，包括高古、苍润、沉雄、冲和、气韵、陈妙、冲淡、朴拙、淡意、清旷、空灵（二十四画品，清代文艺评论家黄钺）等。画家的个人学养决定了绘画创作的艺术水准，画家的人品限定了绘画作品的艺术品质，绘画作品的艺术品质决定了传播范围与层次。所以，真正的书画艺术作品，没有艳俗的、丑恶的、肮脏的、扭曲的东西。这也是禅意画特有的艺术品质。书画艺术作为一种心灵的创造，潘梦禅认为，其伟大与崇高在于：艺术家创造了世间本无、心中常有的一种美丽与优雅、高尚与纯净，这种心与物的融会，在笔墨间流动，在画纸上奔腾，幻化为一种滋润审美情趣的意境，慰藉、愉悦、陶冶、提升人们的精神世界。品读潘梦禅的日本画展作品，会发现她对创作题材、内容选择、意境形式、笔墨气韵的精心营造，不仅是智慧描绘的心中景象，而且是自然诠释的心灵和畅，反映出她强烈的审美对象、审美情趣和主动把握笔墨的多变能力。她的画犹如她行事做人的品行，笔墨里有一种"仰头做人、低头做事"的风骨，既有气势雄浑的磅礴大气，又有笔法古朴的品魅蕴博。哪怕是对苦难的表达，对生活的参悟，对善恶的冥思，笔墨都那样深情，格调也如此纯真，如同一部散文，如同一卷诗经，如同一首长歌，如同一曲交响，伫立在画前，一种朦胧美妙、空灵纯净的余音缭绕。用潘梦禅的话说：尘世充满纷扰，你无力改变，却可以把握自己；无法驻足风景，却可以享受寂静。只需要一处清净可以栖居灵魂，一间不需要豪华的斗室，一张墨香浓烈的画案，容得下一幅弥漫着生命气脉的画面，一段意蕴深远的景致。禅宗达摩是潘梦禅笔下喜爱的题材，从参悟明智慧，到赤脚苦筋骨；从养性教化，到普度众生，每一个画面都在随心随缘，随境随意。一个达摩幻化出万千人格教化的楷模，悟化出千万诲人不倦的道理。《知忘是非心》是达摩系列的新作，心无旁鹜的打坐，栩栩如生的忏悔，洗心革面的挣扎，心无牵挂的了然，摆脱世俗的修炼，入神地表现和抒发了理想人格精神。作品是思想的眼睛。绘画创作的关注点不仅反映了画家的意识观念，也反映出责任使命。作品只是在印证画家的艺术理念和艺术追求。在日本画展艺术交流活动中，潘梦禅应邀特意为仙台育英学园创作了一幅题为《无我》的达摩参悟图：古崖苍松下，达摩闭目修行省思，忘我入境的禅意景象如佛光浴目，沁肺入心。而后在镰仓大佛殿堂与日本茶道家会谈时，日本艺术家们还念念不忘禅意画风的浸染，虔诚道："达摩禅师的生动意象，总让我们心生默愿，保佑中日友好，世界太平。"

艺术无国界。绘画风格的不同，是因为有不同的审美情趣、不同的文化认同、不同的民族特性。不同的人好恶不同，不同的民族习性也不同，当然对绘画艺术风格的选择自然也不尽相同。清丽是潘梦禅艺术视角的一大特点，无论是取材于自然生态还是意识形态，无论是画山水还是画人物，无论是画景致还是画佛道，笔墨总是那么清雅，没有极尽心机的铺陈夸饰，淡雅空灵的绘画语言，有如琴弦慢板的舒缓节奏，写照出画家心境如禅、意境如心的智慧生活，让读者在充满诗意和流曳着似有似无感悟的情绪中，体味她的创作个性和艺术风格，清淡而不枯涩的画面，自然而又凝练的画意，清丽而不浓艳的画风，为绘画欣赏平添了艺术情趣。她画观音，莲台观音的清心静坐，或是慈母见子的微笑，或是怡然自在的神情，或是德风惠露的普度，或是光晕炫目的容颜；她画莲花，悠远的意境，犹如《佛经》说莲：纯净、细腻、柔软、坚韧、芳香，让我们每个人都在内心深处种植一棵莲，使这些美丽在内心开放，唯有心灵的自在、清明、仁善、纯净、智慧，才是世间最真实的美丽；她画仕女，在纯净的光韵里，一份飘雪般的思念，一抹拈花般的微笑，一种泉水般的情致，似乎聆听天籁的余音，感受微风的轻灵，体味自然的优雅，轻柔地摇起手中的锦扇，撩起季节的衣襟，等候纷飞的细雨，洗涤内心的繁芜。说潘梦禅的绘画艺术独具一格，是因为她和她的画既不入"世"，也不入俗，无论是绘画题材，还是画意情境，看不到那些恣意世俗的功利色彩，看不到善恶与新旧的搏杀与争斗，却能使人超脱于名利的腐蚀缠扰，摆脱于庸俗的生活束缚，在充满人生哲理的思辨与闲适自娱的智慧情趣中，感受到恬静安详氛围里的情调意趣，体验到真善美的人生快乐。琴棋诗书，是古典女子闺阁修养的贤德智慧，这样的题材融会在潘梦禅的绘画创作中，具化为一幅幅反映古典仕女生活情趣的图景。展出作品中的《信意闲弹画》《琴中古典图》等，就一张古琴，两个仕女，几缕垂枝，构成禅意幽深的画面。构图虽然简洁，用笔极致精到；画题看似平淡，寓意引经据典；取材不拘一格，配诗直抒胸臆。《信意闲弹》是多么随心所欲,又是多么悠然任意。宋代陈起《湖上即事》诗说:"波光山色两盈盈,短策青鞋信意行"。不仅如此,"信意"也是诚意。《资治通鉴·魏元帝咸熙元年》记载:"我要自当以信意待人,但人不当负我耳,我岂可先人生心哉!"潘梦禅的配诗寄情于画:"信意闲弹和思晴,调清声直韵流迟;近来渐喜无人听,琴格高低心自知。"中国古典文化的底蕴深厚,典中有境,境中有画,画中有诗,《琴中古典图》就是诗情画意的写照:"琴中古典是幽兰,为我殷勤更弄看;欲解身心俱静好,自弹不及听人弹。""琴中古典"赋予的丰富想象,既有文化传统的记忆,也有心性修为的素养,或《高山流水》,或《汉宫秋月》,或《渔樵问答》,或《平沙落雁》,或《梅花三弄》,如此等等,无一不是绘画表达的心境。就是笔墨疏淡,但也蕴藉丰厚,虽然景致清新,但却意境高古,生动地传达了中国传统文化和中国人的精神世界。

这也是对文化的崇拜。文化让人聪慧,让人明智,让人丰富,让人文明。音乐是文明,是滋润生命的文明,升华生命的文明,优美生命的文明。音乐述说着生命的美,也歌唱着生命的美。生命的声音听起来优美,所以,我们总专注于听的享受,独奏单调了听协奏,协奏优柔了听交响,独唱乏味了听对唱,对唱缠绵了听合唱。悦耳的优美让我们陶醉。潘梦禅的仕女琴棋画传神地表达了《在乐莫如琴》的快乐感受。《听虫》是一幅颇得古典情境诗句真髓的画作。一位仕女托腮仰目,凝视一枝垂柳叶间的候虫。那般专注,那份优雅,那种谐趣,意随笔走,情随墨变,境随物生,寥寥几笔,描绘出一个蝉歌柳月的季节,写照了一个"蝉噪林愈静"的境界。在候虫时鸣中,蝉鸣是最可取信的季节信使。春天才刚过去,一场时雨初霁,一枝垂柳眉叶间,忽然传来短促的蝉鸣,你会情不由衷地想到初夏的讯息。夏天来了,万物繁茂,可也烈日炎蒸,蝉声不再是初夏的短促,而是悠永曼长的歌吟。于是,就有了人喜蝉吟,也有人憎蝉噪。南朝王籍的诗《入若耶溪》中有"蝉噪林愈静,鸟鸣山更幽",成为千古传诵的名句,被誉为"文外独绝";唐代王维的诗中有"倚杖柴门外,临风听暮蝉";南宋辛弃疾的《西江月·夜行黄沙道中》有"明月别枝惊鹊,清风半夜鸣蝉"。明人许元倩把蝉声当作"附炎鼓噪",挥笔大作"憎蝉"之赋。明代张大复的《梅花草堂笔谈》中说，昔人咏蝉之作，独喜虞恭公的诗："垂緌饮清露，流响出疏桐。居高声自远，非是藉秋风"。这分明是赞蝉的气概品质。其实，蝉的艺术形象在新石器时期早已出现。《诗经·七月》中有"四月秀葽，五月鸣蜩"。蜩、蝝、蜺等都是蝉的古称。它的形貌、习性常以喻人的"文、清、廉、俭、信"美德，被誉为"至德之虫"，既是谦谦君子的化身，又是儒家理想人格的代表。不知道潘梦禅的《听虫》是不是用心取了这些寓意，但画面却弥漫着这样的意境。尽管没有密林，只有一枝垂柳，一只孤虫；尽管没有亭阁，只有一个妙龄女子，一方自然天地，亦真亦幻的情境，动中见静，动静相映，置身其中，仿佛悠长轻曼的蝉声在为你疏解心怀，助你凝神催眠。动与静在生活中是相对立的，但在艺术作品中有时却相辅相成。借古人诗意写照心境情趣，营造幽永恬适的意境，这不就是潘梦禅日本画展作品的禅意画风吗？

（2016年《今日头条》）

秀美尽在灵动中
——读刘一民的《群峰竞秀》图

我入门书画的始初，本是去张望一门技能。可一旦迈进书画艺术的殿堂，就有一种心灵的感动，一种领悟的渴望。不管是书写、绘画，还是阅读、欣赏，都会越看越有趣，越读越有味，越品越生情。只要是艺术真品，哪怕是一幅字、一幅画，也总能读到字画以外的感悟，领略到书画艺术对人的精神世界的丰富。

兴许是机缘巧合，偶然看到刘一民的一幅山水画《群峰竞秀》，就让我抑制不住在国画艺术海洋中驰骋想象的情绪。于是，作为读者，我与画家的心灵似乎在猛然间发生了碰撞，画的意境与意境中的画相映成趣，画中那磅礴的山势，缥缈的云雾，渐去的群峰，律动的生命，似乎都在表达着一种只可意会、难以言说的美——《群峰竞秀》不仅是一幅画，而且是一处景；不仅是自然的描绘，而且是心灵的抒发；不仅是艺术的创造，而且是情感的歌唱。

绘画艺术的歌唱是生活与自然灵动的旋律。一旦融入作品，跳跃在笔墨间的就是一种灵性的美，这种美在变幻莫测中折射出画家的某种精神世界。阅读《群峰竞秀》，我就仿佛看到刘一民游历的祖国名山大川，那些磅礴的自然景观构成了他胸中万里山川的万般风情，从而创作出这样豪情激荡的画作。画面上，尽管没有层林尽染的闹意，却有群峰竞秀的潮动；没有"万径人踪灭"的空寂，却有"不见人烟空见花"的奇妙。群峰竞秀，秀不在奇。没有奇山，没有奇峰，没有奇物，没有奇景，可无奇却争秀。秀在山色。苍山挺拔，时季染春，一抹嫩绿，半山云烟；山径无人，但水上有船，船头只有形似摇橹的"蓑笠翁"；山涧无鸟，但山上有色，镶嵌在峰岭的几片桃红，几处新绿。这就是刘一民的山水画，刘一民的真艺术。

书画艺术的美，不仅是愉悦目光，更在对话心绪，在于艺术家学识修养、人品节操、心境情绪在画中的表达。那么，在《群峰竞秀》中刘一民想说什么，他要说什么，他在说什么？要读懂一件杰作，必须要了解作者的趣味与才能，要了解他为什么在绘画中进行这样的选择，为什么喜爱某种形象某种色调，表达某种感情某个意愿。而我压根儿就不认识刘一民，也没见过刘一民，自然不了解他的这些情趣爱好。只能读画见人，透过艺术作品去阅读艺术家。

那是一幅尽情渲染自然真美的大作。映入眼帘的那山、那树、那水、那景、那云、那意，渲染着群峰蕴含的美，山野深处的美，自然迸发的美。虽然山间有迂回曲折的景致，有轻雾绕缭的河流，却读不出这是一幅幽胜的风景画，只是感受到在层峦叠嶂的山峰，有一种力的挺拔，一种意的坚韧，一种蓄力待发的精气神。遒劲的笔力，洋溢着热情与活力。笔下的"群峰"，意境高远，神形俱美；意新理惬，画中有诗。那峰的影像，那云的浮动，那水的色彩，那树的形态，无一不是本能的迸发，生命的律动，用高超的书画艺术语言表达出群峰活力四射的壮美、秀美、真美。

再放眼望去，"山因云晦明，云共山高下"（元·张养浩《双调雁儿落兼得胜令》六首之二）。以云衬山，以山托云，你会从画中领略到山的高峻，云的自由。峰谷的云雾，挟裹着春的讯息，似乎拂面而来。那一抹春绿，犹如群峰的灵气，点缀着苍山涌动的生机。涌动在眼前的，是坚毅群山在展示力的挺拔，又像是自然的生机在季节跃动的旋律，国画艺术的魅力就这样栩栩如生地跳跃在山水之中。

山下看山，山上有云天；山上看山，山脚有江帆。"孤舟蓑笠翁，独钓寒江雪"（唐·柳宗元）。隐隐蓑笠翁有，独钓寒江雪无。也许在刘一民的意象中，群峰间有江水，但却不露寒意，有的只是山与水的灵性，人与自然的谐趣，摇橹的船夫心中仿佛正升腾着阵阵热流，那是他们劳动产生的喜悦，憧憬带来的希望，犹如春意闹枝，江中船上的蓑笠翁们，分明已经感到春来的心境。善于创造新奇的意境，不失为刘一民的独到。

"水流心不竞，云在意俱迟"（唐·杜甫《江亭》）。心如流水，不与物竞，意似滞云，迟迟不动。有这样的立意创作，有这样的心境如画，山水不再是画中的山水，也不再是自然的山水，而是融入了画家人格的景物，隐含着思想情理的艺术。读《群峰竞秀》不在群峰表象，而在"竞秀"内涵。在当下社会，只有思想的超脱与心境的清新，才能催生绘画艺术的意蕴。也许这是《群峰竞秀》见山、见水、见景难见人的缘由所在。

那么，刘一民眼中的人到哪里去了呢？刘一民画中的人、山水中的人到哪里去了呢？"只在此山中，云深不知处"（唐·贾岛《寻隐者不遇》）。莫非画家意识中的人都在"春山半是云"中？在"春山"半是云中的人是些什么样的人？他们在哪里干什么？画家给人们留下了无限的想象空间。真正的艺术家总会在疏密相间的笔墨中，把无穷的遐想留给艺术欣赏，让作品在艺术欣赏中进一步丰富内涵，进一步深化艺术，进一步张扬个性，进一步拓展审美。

就绘画而言，艺术家不是孤立的人。绘画艺术总是与文化认知和时代精神相关。"艺术家的个人特色是由社会生活决定的"。经济社会的繁荣盛世，再没有比绘画艺术表达得更加充分的了。艺术家们的创作激情总是受世道兴衰的影响，创作风格总是受社会氛围的浸染，艺术表达总是受社会生活的左右。生活、眼界、修养、格调决定着画家的艺术尺度。刘一民的《群峰竞秀》作于改革开放的攻坚年代，实现中华民族伟大复兴的坚定信念和决心，凝聚成一股推动国家加快发展进步的强大动力，涌动在人们的心里。这种产生于心底的民族激情，理所当然地转化为艺术家创造的灵感，拓展着他们艺术幻想的天地，激发了他们艺术创造的才能，提升了他们艺术表达的水平，丰富了艺术风格。

《群峰竞秀》展示出刘一民的"健笔"功力。那陡峭山峰，磅礴巍然，没有昂扬气势，哪有如此的开阔意境？这让我情不自禁地想起杜甫《戏为六绝句》中论诗的"凌云健笔意纵横"。虽然杜甫论的是诗，可刘一民的《群峰竞秀》却与诗有同工异曲之妙，无论是构图还是笔法，无论是线条还是着墨，都可见诗化的努力。不见葱茏草木，但几树桃红尽显春意；不见翠柏苍松，但几簇杏花泛出春光。巍然苍山藏不住桃杏争艳的早春风光，叠嶂峰峦掩不住山川明丽的妙境秀姿。许是一缕春光照来，仿佛群峰在春风吹拂中苏醒。苏醒的群峰要与明媚的春光竞秀，要与自然的律动媲美。明丽是早春群峰的内在美。从《群峰竞秀》中不仅能领悟到画家与自然山水的对话，还能看到画家人格品行的表达；不仅有画家艺术情怀的抒写，还有峰峦春潮涌动的憧憬。如果能在一幅画中感受神秘而灵动的气韵，就不难领会画家对美丽的发现、感悟、彰显。《群峰竞秀》的神秘蕴含在山水写实中，灵动流淌在山色变幻中，画中的云雾、山水、花木，无一不在跳动着生命勃发的神韵。没有艺术的积累，没有创作的激情，没有丰富的想象，没有生活的境界，就难有崇高之气，形下之气。正是这种气韵的灵动，才使水、墨、彩在画家的笔下浑然自如、脱俗超凡，创造出一幅气势磅礴、宁静幽美、富有诗意的群峰图。

从审美视角看，山水画一直存在两大争议，抑或两大阵营：一是写实，一是写意。换句话说，就是传统与现实。无论是什么样的审美观，都是艺术的赏识，艺术的见解，艺术的追求，艺术的存在。刘一民的《群峰竞秀》，笔墨跌宕起伏，变化多端的线条，把传统与现实尽情地融合着，呈现出画作的力度、质地和美感，神、性、心、意在线条的笔墨中比较生动地表达了出来，意在实中，实中有意。这种矛盾的统一，艺术的融合，显现出画家的内涵、才思、功力。

艺术酷似一条河，支撑它流淌的源泉，就是人民，是生活，是环境。艺术家没有对人民的挚爱，对生活的热爱，对故土的真爱，就谈不上艺术表达的本真，艺术创作的活力，艺术成果的品质。《群峰竞秀》的深刻内涵正是刘一民对祖国山河真爱的表达，而这种真爱来自于他对养育他的那块土地、那些人民、那种生活的深厚感情。爱的艺术更具感染力。从《群峰竞秀》蕴含的爱中不难看出，刘一民先生以山水画见长、见功、见真、见美。画中山水，相互映衬，山中有水，山高水长;水中有山，水在山中。有山则灵，有水则鸣。山水一体，画魂灵动。群峰的秀美，让我们在艺术享受中切身感受到祖国的爱，感受到故土的爱，感受到艺术魅力的爱。这就是那个改革年代的精神状况，那个年代的艺术感染，那个年代刘一民的艺术表达。

（2007 年 5 月）

写真情至性　书意韵气象

——青年书法家顾翔印象

偶读顾翔的书法作品，真切地让我感受到是书家修性的写照，阅历的诠释，精神的流露，境界的表达。这位 1977 年出生的书法硕士，河南省青年书法家协会副主席，一路走来，总在留给业内外的热切关注与思考——

其实，想了解顾翔在书法艺术上的造诣，只需要在全国书法大展获奖作品中浏览一下：第二届中国书法"兰亭奖"艺术奖，全国第四届正书大展最高奖，河南省五四文艺奖金奖……数十个省市以上的专业奖项，个个掷地有声！

不过，去研究顾翔书法作品的艺术风格，会形成这样的强烈印象：优秀书法作品总是在印证书家的艺术理念与追求，诠释名家风范气象！还会感受到慧心独运的书法语言所表达的真情至性。

当然，如果听听顾翔对书法的经验之谈，就会深刻领悟到"书如其人"的真言。他有句肺腑之言：以学问滋养书法，不为时俗所惑！有个切身体会：在"尚古"与出新关系上，要"融得进去，跳得出来"！有条学习路径：把临摹当作日课，持之以恒，坚守不息！

青年翘楚：心境淡定　面向叩壁

中原大地文化繁荣。书法艺术如同一片繁茂的荆树林，在竞相成长中，顾翔脱颖而出，赢得书法界广泛认同。首都师范大学书法博士赵琳的一篇专著中评论：在众多豫籍书法家中，顾翔是一位在国展中成长起来的青年翘楚。

这不是溢美之词。在十多年的全国书法大展参赛中，顾翔能够经得住考验，能够得到业界的认同，本身就是一件了不起的事情。他的书法成就，以一次次参加全国大展和一个个优秀作品为支撑：全国第四届篆刻艺术展，全国第八、九届书法篆刻作品展，全国第四、五届楹联书法大展，全国第二届扇面书法艺术展，全国首届青年书法篆刻作品展，全国中青年篆刻家作品展；"许慎杯"全国书法家作品展金奖，全国第二届"商鼎杯"书法大奖赛银奖，河南省第二届篆刻展一等奖，河南省"五四文艺奖"金奖，河南省高校系统美术书法教师作品展一等奖……几十个含金量的奖项最有话语权。

当顾翔荣获中国书法"兰亭序"艺术奖，《书法导报》载文称：这标志着顾翔成为中原书法星座之一。

在一年又一年的进步之中，在一项又一项的荣誉面前，在一个又一个的光环之下，顾翔没有半分怠慢，每次大展被认可，每次获奖被关注，都在顾翔的眉宇间扬开了收获的喜悦，但那只是瞬间的慰藉，是又一个起点的开始。他仍然那样心境淡定，沉浸在书法的天地里，陶醉在艺术的追求中，出手的作品没有杂念，书写的意境交织着生命的节奏。

顾翔的书法收获，以一项项智慧成果和艺德荣誉为佐证：作为高校书法教师，他在理论研究方面卓有建树，并多次参与编写书法教材和一些书法著作，主编《大燕严希庄墓志》，参与编写河南省中小学地方教材《书法艺术》《源汇印谱》《临颍县志》。传承书法的自觉担当，受到广泛尊重：多次评为学院优秀教师、文明教职工、科研工作先进个人，荣获河南省优秀教师，学院首届"十佳教师"，成长为学院美术系副主任。走出了一条以学养滋润书法的艺术道路，成为中国书法协会会员，河南省教育界书画家协会理事兼学术委员会副秘书长，河南省第十届、十一届青年联合会委员；被评为河南省青年科技领军人物，漯河市五一劳动奖章获得者，漯河市首届十大杰出人才等。

这些并不是顾翔艺术成长历程中繁花满树的景象。根植在他心里的，是探讨书法艺术的享受和表现意蕴气象的书写。傅雷先生在《世界美术名作二十讲》中说：艺术的最高目标并不是艺术本身，而是表现或心灵的意境，或伟大的思想，或人类的热情的革命。艺术是相通的。歌德有句名言：创作优秀作品的唯一条件，就是"不论你们的头脑和心灵多么广阔，都应当装满你们的时代的思想感情"。丹纳的《艺术哲学》在论述艺术品的产生中说："作品的产生取决于时代精神和周围的风俗。"中国书法艺术的产生如此，中国书法艺术的发展亦如此，优秀书法家的成就也是如此。书法作品本来就受特定时代的书风和审美风尚的影响，使之折射出多元的文化气息。古来大家，或先以扎实的传统打基础，继而面向叩壁，自成面目。顾翔亦不例外。他并不着意把自己的书写风格局限在一个相对自足的体系，而是广泛涉猎所学各家的书写精髓，丰富自己笔下的艺术语言。碑帖是书法艺术的经典，临帖能使古人的气息永远活跃在心中，使时代气息与古典艺术精神在对话中激荡，在滋润中产生共鸣。因此，顾翔把临帖当作学习经典、领悟经典、吸收经典、弘扬经典的终身日课，认为"临帖是学习书法的捷径"。他以王铎为楷模，苦习临帖，坚持不懈。王铎是当代书坛鼎革和书风创变方向的代表，他长期浸淫帖学体系。对王羲之、王献之书风十分熟悉而又具有深刻创新意识和成功实践的书家。清后期碑学书风深受王铎思想的影响。直到晚年，王铎仍然有计划地一天临帖，一天创作，从不放松临习古帖，虽然这时他对传统的精神和审美观念的理解已"由技进乎道"，临帖已进入一个新的境界。顾翔学王铎习帖精神，更学书风创变，学广泛吸纳众家之长，学《书谱》翰逸神飞，学颜真卿的内敛郁勃，米芾的跳掷摇曳，傅山的酣畅恣肆，张瑞图的顿挫峻折，在深钻苦研中，不断融会，积聚学识的高楼大厦，修炼吸纳广博的艺术精神，丰富书写的挥洒空间。

对于一切艺术，个人的观照必须扩张到理性的境界内。顾翔有自己的书法艺术理念。他苦研临帖，但认为临帖不是创作，创作是把临帖过程中所掌握和形成的技巧与书家自己固有个性中的优美特质进行有机融合，让情感、笔法、墨色、个性尽情宣泄纸上。"要呕心沥血，要花百倍的气力去充实，花千般的血汗去完善"。顾翔这样归结学习书法的过程:正如酿酒,五谷杂粮只有在自然状态下经过足够的时间发酵,才能酿造出真正的美酒! 顾翔出生在周口项城,读书在漯河,这里是沙河与澧河文化的集汇。沙河故道旁的贾湖遗址发现的甲骨契刻符号,是中国文明史上最早的文字符号,也是中国书法篆刻史上最早的作品;而中国文化中第一部真正意义的字典《说文解字》,就是被誉为"文宗字祖"的许慎在沙澧河畔老屋中完成的。从甲骨契刻符号到"文宗字祖",从贾湖七音笛的悠远回声到彼岸寺经幢的梵音袅袅,几千年深厚历史文化的积淀,在潜移中默化,在默化中延伸,在延伸中散发着熠熠光彩,使一代又一代人沐浴着文明的光辉,孕育出一批又一批文化名人。顾翔就出生在这样一个文化底蕴丰厚的环境,生长在一个书法世家,书法的美丽伴随他成长愉快,他把书法当作人生,把人生看作节日,总是在人生的快乐中耕耘,享受着收获的审美学养的果实。

顾翔的学养气质浸染在书法创作中,具化为真情至性的书写。他的优秀作品,字体能看到出处,布局能感受到意境,墨意能体会到韵味,书写能流露出气象。任何一件书法作品都是某种文化、历史的积淀,是特定历史文化背景下的产物。在孜孜不倦地学习中,在潜心专致地苦练中,顾翔越发感悟到:一个成功的书法家,必然把自己的思想情感贯穿在创作中,渗入自己的世界观、人生观、审美观、价值观取向,通过作品展现他的思想,诠释他的心灵,使作品让你获得美的感受,艺术的陶醉。

精神生活的价值与艺术作品的价值同等,艺术品的生命与精神的寿命一样长久。从这个意义上讲,中国书法无疑是反映生命的艺术,它能把人的喜怒哀乐这些内心情感表现出来。顾翔在十几年的全国书法艺术大展中所表现的,正是对中国书法艺术追求的淡定自信和始终保持着的那份对传统坚持和深入挖掘的兴趣。傅雷先生在译丹纳《艺术哲学》的序言中指出:"伟大的艺术家不是孤立的,而只是一个艺术家家族的杰出的代表,有如百花盛开的园林中的一朵更美艳的花,一株茂盛的植物的'一根最高的枝条'。"无论业界把顾翔定位在"中原星座",还是豫籍书法家中的"青年翘楚",他或者只是这个时代中原书法艺术家族中的一个代表，或者只是我国书法百花园中一束正在绽开的花朵。

积学不辍：慧心独具 韵在尽美

书法作为一种艺术门类有别于日常写字的重要标志，就是章法、笔法、结体一起构成了书法艺术的核心要素。看看顾翔书法作品的章法：字与字、行与行之间既和谐统一，又富于变化，使整幅字显现出整体美的法则。品读他的书法佳作，有的如同阅读一篇寓意深长的哲文，有的如同聆听一曲委婉曲致的乐章，有的如同置身一幅神采飞扬的画卷，有的如同观赏一场古朴典雅的舞蹈，有的如同融入一处清新自然的美景。作品的字里行间、笔墨之中，律动的意味和气韵，有物景，有情境；有阅识，有意蕴；有具象，有修为。他以书法在摹物写景，在传承文化，在阐释经典，在感悟艺术。驻目他的一幅楷书《爱莲说》，紧扣"出淤泥而不染，濯清涟而不妖"的内容主题，运笔老到，结体精致，布局高贵，墨色净洁，书法语言超凡脱俗。写莲之语，爱莲之心，喻莲之志，有形态的描摹，有物象的诠释，有气韵的铺排，有情境的写照，有氛围的濡染，有意象的勾画，字与笔、笔与章、章与墨、不蔓不枝，浑然一体。清雅脱俗的外在形象美，意境气质的内在韵味美，演绎了书法作品托物言志的艺术内涵。

一个时期，顾翔的书写总在追求一种和谐，致力于用笔、用墨、结体和章法的丰富变化。在字法上，点画之间的对比和谐；在笔法上，因体而变的道法和谐；在章法上，布白结构的空间和谐；在墨法上，浓淡之间的韵味和谐。和谐是一种优美，是一种境界。他把内容与形式附属于思想，把结体与章法附属于形态，把书写与笔墨附属于韵味，把情绪与风格附属于气象，让作品的生活气息浓厚，人情趣味深厚，亲和力丰厚，使外在的形式美与作品的内涵美相互映衬，达到书的气韵生动，法的意味深厚，墨的神采飞扬，美的意境浓郁。显现出真情至性的书写特点，正大气象的艺术风貌。

中国书法是中国汉字特有的一种传统艺术。"特"在哪里？就是书家是根据自己理解的文字特点及其含义，按照书体笔法、结构和章法书写，使之成为富有美感的艺术作品。而书法美的基础，是笔法和字法。用笔是技法，也是艺术，是喜好，还是素养。康有为说："书法之妙，全在用笔。"晋代卫夫人在《笔阵图》中，开篇就论用笔："善于笔力者多骨，不善笔力者多肉。"可见，善于用笔表现点画线条力感的，字会显得骨力坚挺，骨气充溢；不善于用笔的，写出的字很容易使线条流于疲软、乏力，萎靡不振。王羲之对用笔感悟更深："一点失所若美人之病一目，一画失节若壮士折一肱。"一个字中有一个点写得不好，就像是一个美人坏了一只眼睛；一横没有写好，就像是一位壮士断了一只胳膊。书法是通过用笔这种物化形态的手段达到创造意境、表达感情的作用。顾翔回顾道：过去，自己一直喜欢用狼毫笔，书写的线条凌厉，但却少了一种绵柔。后尝试用羊毫去临习、创作篆书、草书作品，线条比狼毫多了许多含蓄与韵味。实践让他认识到：不同的书体要选择合适的书写工具。什么是合适？这就是个人的书写艺术素养和审美观念所决定的。启功先生在《论书绝句》中说："用笔何如结字难，纵横聚散最相关。"写字的时候，如何掌握字的结构是最难的。再优美的笔画，只有附着在合理的"骨架"上才能"锦上添花"。每位书画家都会因为各自的思想观念不同、性格修养不同、师承关系和审美趣味不同，以及书写功力与运用笔墨习惯的不同，反映在作品上也就形成了自己的风格。风格特征反映在书法作品本身，又是书家用笔用墨的艺术水准、结体构图的技巧和布局的审美观念。

顾翔的书法语言，是建立在继承传统、积学不辍的基础上的。他把临帖当作日课，钻研唐楷，涉猎魏晋，铭文刻石，经典名帖，持之以恒，坚守不息。在临帖中增长见识、丰富学问、修养心性、精练技法，虽年纪轻轻，却篆、隶、楷、行、草五体皆能，并以篆书、行草书、篆刻驰誉业界，作品的名家风范气象甚浓。不同的字体有不同的美。孙过庭《书谱》中说：篆书崇尚婉转圆通，隶书须要精巧严密，今草贵在流畅奔放，章草务求简约便捷。不同书体有不同的形质与情性。

书法艺术的精髓之一是"形"与"神"的统一。顾翔学经典，师名家，但不学像而学韵，不拘于形，而重于神，把个人修为阅识融入经典，把性情审美化为意境。他的篆书以《散氏盘》为宗。这是乾隆年间出土的周厉王（公元前857—前842年）时期，盘上铭文357字。铭文结构奇古，线条古朴随意，逆入荡笔，形神萧散，变化极其丰富。篆书对字的造型更为讲究，顾翔通过结体与笔致的变化，展露出慧心独具的形式构造能力；隶书以汉碑《石门颂》与《张迁碑》为根底，肃穆敦厚，奇趣逸宕，兼有汉简之自然飘逸。这派汉碑在图式上尚保持着早期汉隶朴拙博大的气象和自然意味，是最能体现汉碑雄强一路的作品，它们没有同期大多汉碑所表现出的精丽典雅、八分披拂的装饰意味，笔法方拙简真，尤见刀意。《张迁碑》笔法在隶变趋于终结的东汉晚期出现，已具有楷隶之变的超前意义，其用笔开魏晋风气，是楷化的滥觞。康有为认为："《张迁表颂》其笔画直可置今真楷中。"可见，以《张迁碑》为代表的方笔派汉碑在书史上不仅具有风格类型价值，同时，也具有深刻的书体变革意义；草书脱化于孙过庭《书谱》，一去《书谱》之流丽，奇郁顿挫，沉着自然，金石气充盈其间，颇有风致韵味，下笔果断，切笔准确，翻折自如，富于感染力。

作为一门艺术，书法可以临摹学习；而作为一种道，靠的是个人心性的修养；作为一种心境，是情感理念的呈现与表达。顾翔的书法造诣，是一个由量变到质变的漫长过程。这与学书者的艺术天资和勤学苦练有关，也与个人成长历程和发展轨迹有关，还与时代风尚和精神有关。不同时代的书法具有不同的风格，晋尚韵味，唐尚法度，宋尚意境。进入今天这个多元化时代，书风的正大气象不是书家都能感觉得到、体会得到的。顾翔从一次次展览前后的躁动中，敏锐地意识到多元时代的书风问题。他把书风与人的精神向往联系在一起，与精神需求联系在一起，与书家的气质情操联系在一起，与阅识修为联系在一起，在对古典的继承与挖掘中，追求清新、雅适，却不随时俗。"有个性不一定有风格，有风格不一定就是品位。有些人把自己的书写习惯误以为风格个性"。风格是个人学识、修养、才智、阅历的积累表达。

书写风格也是一个时代政治、经济、文化和风俗等在书法创作中所留下的特征及痕迹——它包括每个时代的风土人情、穿着打扮、建筑样式、生活情趣和审美趋向。在同一时代中，各个特殊形式的书体，都有它的来源和基础，即通过师承渊源与彼此间的影响等所产生的某些相通之处。看当下众多书法作品，多元文化气息尽收眼底。一些文人的字，虽性情天真，却缺乏匠人功夫；一些书法家的字，虽匠气拘谨，却少文人生气。顾翔的书法，隐隐约约中有种独特的感受：匠气与真气的恣意发挥弥漫在作品里，有技法的展示，也是诗意的流露；有率真坦荡的真气，也是精神家园的呈现；有超然淡泊的性情，也是静谧多彩的生活。顾翔在书法世界天地的尽情表达，形成一道独有的文化风景。

对话心灵：融得进去，跳得出来

中国书法是在久远历史发展过程中形成的民族艺术，具有鲜明的特色和深厚的传统。古人有"书乃心画"之言。心画是真情至性的自然流露，是书家审美意识、气质阅识的外在表现。书家的性格不同，审美存在差异；书家的阅历不同，表现就有距离；作品的风格不同，所表现的美也各具特色。雄强是美，婉转是美，古朴是美，奔放是美，飘逸是美，端庄是美，潇洒是美，文静是美，险绝是美，老辣是美，雍容是美，精巧是美，清秀是美，简约是美，严整是美，舒展是美。顾翔的书法作品涵盖面大，容括力强，写得鞚鞚鞢鞢，风风火火，蕴蓄一种蓬勃的力量，向前的热情。很多作品，看似厚直素朴，但充盈着一种诗情、一种真意、一种纯美。书写的洁度、书家的志趣，都蕴含在字里行间。

毋庸置疑，一幅书法佳作，是书家胸中波涛的流泻，是他把长期的生活积累、精微的观察感受和丰富的情感体验作了高度概括和抽象，凝聚在短短的一挥之中，是精神的再创造，是心灵的表露和言志抒情的手段。是无声的音乐，纸上的舞蹈，诗歌的线条化，它表现形象的美，也表现抽象的美，反映客观世界，也抒发主观情感。顾翔的书写，犹如马的奔跑，鸟的飞翔，水的流淌，物的生长，完全出于自然，那个时刻，笔下的书体、完成的作品都是精神的天然语言，书写出一种精神，表达的一种精神，展示了一种精神，有的韵味生动，有的意境深长，有的遒劲丰健，有的神采飞扬，有的真情至性，有的正大气象。这些富有韵律的书法，交织着生命节奏的意境。他的作品大都有某个时候有思有感有悟的痕迹。也许是闲读的启示，也许是静思的偶得，也许是厚积的抒发，也许是情绪的流露，也许是心灵的对话，也许是阅历的写照。无论书古贤名篇，还是诗赋歌辞，无论是即兴联句，还是命题作品，都赋予某种独特感受，开拓出新意来，蕴含其中的或真挚情感，或生活哲理，或艺术韵味，或审美理念，常常会引起品赏共鸣。

而这样的作品是怎样诞生的？顾翔在学书札记中写道：往往在寂静的深夜，一杯清茶，数本闲书，和着悠悠的音乐，任思绪徜徉。偶有可心三两句，便捉笔抄录，以备他日找个合适形式书写。由此看来，书写成为作品，并不完全是会不会写的技法问题，而是心性修养的表露与学识情感的抒发。不同的气质禀赋，不同的教育学识，在艺术创作上有不同的结果。顾翔受文宗字祖故里文化的熏染，积蓄了深厚的学养背景，因为对各种书体的深切认识，书写时心中已有出处，就是极尽铺张，也自然而然能从尚古中跳出来，用尽书写材料以表现书写能力的最大限度。他在临魏碑《桃花源记》时写下了这样的心得：临帖过程是在学习，是在精艺，也是在重温，在回忆。重温书写历史，回忆文化经典。虔诚的回忆，有时能让苦涩变得甘甜，能让飘扬的记忆与现实交谈，能让尘封的过去绽放光彩！回忆就是不忘本。不忘华夏民族文化的承载，不忘书法传统的根本。书法是反映生命的艺术，书家喜怒哀乐的内心情感都会浸染其中。涉乐方笑，言哀已叹。情事不同，书法亦随而异。《兰亭序》是东晋王羲之和一些文人欢聚时即兴所写的一篇诗集序文。正是天朗气清，惠风和畅，才有书写的气韵流畅，神采飞扬；正是流觞饮酒，赋诗唱和，才有章法的形态潇洒，笔意顾盼；正是挚友欢聚，志趣相向，才有作品的陶性写情，意境幽深。书法就是这样能和书者达到心灵的沟通。顾翔多次参加《兰亭序》全国书法大展，读他书写的《兰亭序》，你会沉浸在一种愉悦的场景中，许是同僚好友相聚，许是文友墨客畅怀，投机的话语，旷达的心境，使书写达到了"智巧兼优，心手和畅"的化境。

书贵入神。"入他神者，我化为古也。入我神者，古化为我也。"清代刘熙载的这番话，既揭示了书法继承与出新的关系，又阐明了书道美学的深刻内涵。"入他神者"为继承古法，"入我神者"是在经典继承上的出新，为善用古能化古者。中国书法在几千年的发展过程中，形成了自己的"尚古"的艺术秉性，并融入国人的基因，具化为审美理念，贯穿在学习路径、艺术修为、作品赏析、风格特征等过程。顾翔认为："尚古"与出新在书法中的体现，实际是"融进去、跳出来"的关系。意境、理念、风范、气质，要与传统融得进去，但又要能跳得出来。融进去汲取传统精华，这是继承；跳出来形成风格，这是出新。明末赵宦光曾说：与诗文忌老忌旧相比，文字唯老唯旧。书法的"旧"既能避免标新立异，又能远离流俗而产生审美距离。他坚持古典传统，不为时俗所惑，在"我神"路上，由篆书入手，后旁及楷、隶、草，并在这些领域取得可观成绩。让顾翔记忆深刻的是，每次参加全国书法大展前后，不少人都在热衷于讨论书坛的流行趋势，沉溺于揣摩时风对参展评奖的影响，让展览牵着鼻子走，完全忽视了书法学习的核心是对古典的继承与挖掘。在"尚古与出新"上，顾翔有自己的见解：如果我们能读出传统经典中的现代审美元素，并运用于自己的创作之中，就能大大提高作品的艺术感染力。书法的载体"汉字"决定了它蕴含着无限丰富的表现力，中国汉字的构造本身也包含着用思想以美化天物的因素，把造化与心灵结合，变具象为抽象，化物态为情思。犹如音乐是旋律的艺术，书法是线条的艺术。一幅书法作品是由单个字组成的，单字是由多种笔画构成，每种笔画又有不同形状，不同形状的线条构成异彩纷呈的画面。外形上有长短、粗细、方圆、曲直等，构成上有横竖、正斜、纵横、转折等，硬直而刚，软曲而柔，丰厚而腴，纤细而秀，圆润而温文，粗细而狂放。技法和书家情感的相互作用，使书法成为一种具有气韵、神采、意境的艺术。顾翔的作品大有随心出入之意。无论偏爱写实，还是偏爱写意，无论是推崇传统，还是推崇出新，只是修养和情趣的差异；无论是篆书、隶书等静态书体，还是行书、草书等动态书体，他总是在孜孜以求地追求神采，抒写性灵。从大处着眼，可以看到整体的布局气势；从小处琢磨，可以看到点画笔法的功夫；从间架结构，可以看到字形体态的美观；从字里行间，可以看到通幅的意境效果。顾翔不限于学一门一体，而是穷通各家，"兼众家之长，集诸体之美"的基础上，创造出自己独特的风格。他的篆刻亦颇为业界称道，以金文入印，书写意味自然，刀法浑厚老辣，兼有古玺自高古灵动，汉印之雄浑质朴，方寸之间疏密有致，活而不散，密而不塞，奇异生动，自然空灵，生动地演绎了以书法艺术畅寄幽情的实践。

艺术不可能回避现实。只有了解现实，才会喜爱现实，感觉到现实的愉快。但艺术不等于改变现实，而在于表达现实，并用发掘的力量使现实变得美丽。书法艺术也不例外。一切书写都在用艺术的力量，去吸引、感召、影响人们对现实的感受。顾翔的书法艺术既是在时代翻天覆地的变化现实中成长起来的，也是在阐释经典的与时俱进中不断形成风格。如同天下没有两个同质的人、也没有两条同样的河一样，同一个字，同一种字体，同样的笔画配合，不同的人写出来就有不同的面貌。好比五官躯体都有一定的形状和一定的部位，并不妨碍人各有其独特的容貌和体态一样，顾翔的书法作品是他阅识的书写，是他性情的表达，是他精神气质的一种抽象体现。"书如也，如其学，如其才，如其志。总之曰，如其人而已"（刘载熙语）。

（2016 年 6 月）

气韵灵动 意象万千
——刀画新秀王鹤霏和她的作品

都说文如其人，我以为画也如人。吉林省敦化市刀画协会理事王鹤霏的刀画，就是她人生写照的一个缩影；她的刀画作品，浸润着她生活感悟和艺术追求的灵性与魅力。

我初识刀画，就是从王鹤霏的作品《桦树林》开始的。那是在敦化市参加好友张洪杰发起的一次拥军活动，有书画家给部队官兵现场作画，洪杰见我对书画有些兴趣，偶尔还说出些独到的见解，活动中就与我聊起了发源于吉林敦化的刀画。

"刀画是绘画艺术的新门类。"洪杰热情地向我介绍说，实际上就是以钢刀为主要作画工具，采用油彩原料，在布或纸上涂添或刮减完成画作。听了洪杰的这番介绍，我就算有了刀画的概念。他的三言两语，也让我长了见识，知道了绘画艺术领域又增添了这么个新门类。

但是，我还没有怎么在意刀画的存在和认可它的艺术性。从内心讲，顶多只把刀画当作一种工艺美术，刀画作品也只是个工艺品。

然而，当洪杰把一幅刀画作品展开在大家面前的时候，平常习惯了自以为是的我们，不约而同地都把目光聚集在了画面上：

那是一幅描述长白山骄子白桦树的刀画。白雪覆盖的山林间，一条小河逶迤蜿蜒，净如镜面的河水泛着天光，远处是密林荆棘丛，近在眼前的几簇白桦树被河道分离两边，但一片桦树林的视角意象悠然而生，想象的翅膀瞬间展开：在长白山的沃土上，在白雪皑皑的山水间，白桦树是那么挺拔，又是那样高傲，白桦林是那么俊美，又是那样震撼，它们无愧于山林的风景，大自然的厚爱。如此生趣意象的构图，这样牵魂夺魄的气势，寄托了王鹤霏对家乡独特风景的眷恋，饱含了对白桦林精神品格的敬仰，唱出了对大自然恩惠的赞歌。

这时，我才意识到，王鹤霏的刀画艺术已经很有造诣了。她的刀画作品不仅发表在书画界专业报刊，还获得不少奖项，包括《长白雪韵》在龙年全国美术书法名人名家作品展中，荣获"中国书法美术百杰"称号；《瑞雪迎春》荣获第四届中国长春华夏文化艺术暨2011中国东北亚文化产业博览会"中艺杯"银奖；《溪山幽居》荣获中国刀画之乡"迎春杯"画展优秀奖；《长白圣境》荣获敦化市首届迎新春工艺美术作品展一等奖。

刀画是由敦化市宋万青老先生始创于20世纪70年代末期。这让王鹤霏与刀画艺术有着天生的不解之缘，犹如她土生土长在敦化一样，刀画也是敦化土生土长起来的一种绘画艺术创作。敦化的风土人情，敦化的自然生态，敦化的山川景色，敦化的文化品质，都融入了王鹤霏的成长经历，敦化是滋润她生命的乳汁，是哺育她成长的甘泉，是教给她知识的课本，是激发她创作的灵感，是赋予她题材的宝库。所以，王鹤霏的刀画作品，主要也是以山川情景特色为主题，逐渐形成了融油画色彩与国画气质于一体的民间画风格。读她的刀画作品，山川雄伟绚丽，大气磅礴，豪迈刚健；秀水自然灵动，情景交融，意境深远；田园五彩缤纷，繁华盛景，熠熠生辉。作品画面气韵生动，赏来意象万千。

如果说艺术欣赏是神交，是顿悟，是思考，那么，艺术创作就是精神意境的表达，审美情趣的展现，现实生活的歌唱。具体在创作个体，无论是什么题材内容，作品的意蕴都打上了深深的人格、人性印记，融入了创作者的学识修养、艺术才能、成长经历、生活感悟、价值取向等因素。作为刀画艺术新秀，王鹤霏是怎样走上刀画创作道路的？是怎样在刀画创作道路上探索的？是怎样在刀画创作中丰富提升的？可以透过她的刀画作品来了解她在刀画艺术追求中的足迹，也可以通过她对刀画艺术的实践体会来丰富和深化刀画理论的认知。

"心中有刀画，眼中无旁物。"熟知王鹤霏的人，没有一个不这样评说她。看她作画，是一种艺术享受，也是一种心性修炼。画桌上，整齐地摆放着作画的自制刀具和油彩原料，只见她凝视着展开在木板上的画布（画纸），小心翼翼地拈起刀具，轻轻蘸上油彩，巧手龙飞凤舞般游走在画布上，刮、拉、挫等刀法的运用灵巧到令人窒息，刀刀有章，刀刀见法。"刀的运用并不是刀画的全部"，王鹤霏说，一幅作品的完成，需要刀画结合，刀笔结合，交互运用，通过画笔和刀具在画布（纸）上涂添和刮减色料来完成创作。此外，还需要灵性，需要激情，需要想象。没有激情与想象，作品就没有韵味，就没有意境，就是一幅美术图画。一个题材内容的艺术表达，不仅是作者与艺术的神交体现，还有作者的感悟与灵性。谈到技艺的精湛，王鹤霏道出了"业精于勤"的四字真言。自打她迷恋上绘画艺术，刀画就成为她生命的一部分，"有人评论我的刀画作品中跳动着一种生命的旋律，其实，那是一种气韵，一种艺术情感表达的意象。"在王鹤霏的心里，刀画艺术的表达饱含着生命的脉动，激情的跃动。

是金子总要发光，有追求总有回报。王鹤霏的刀画不仅被国内收藏大家看好，在国家重要场地展示，还受到海外收藏爱好者的喜爱，作为出访礼品赠送外国政要和国际友人。此后许久，我适时留意起她的刀画作品，在中央国家一些重要会议堂（馆）常看到王鹤霏的刀画，陈列在那里的大都是刀画山水，长白山是她艺术创作的灵感，也是她取之不尽的题材。我渐渐明白，她的艺术源泉在白山黑水的土地上，在伴随她成长的生活感悟中。

随着对刀画艺术实践的积累，王鹤霏对刀画艺术的理性认识也越来越深透。"没有思考的实践是盲目的实践。"王鹤霏说："理性认识的深度决定着实践发展的高度。人们的实践就是这样，对事物的理性认知程度越深，实践水平就越高。"她不想做一个刀画技师，不想让刀画作品成为别人眼中的一个工艺品。她在实践中不断学习油画和国画原理，不断探索把油画和国画的有益经验融入刀画实践，不断研究总结刀画实践规律，研究探索丰富刀画艺术理性认知。通过刻苦学习研究，大胆吸收借鉴，不断总结提炼，王鹤霏形成了自己的刀画思维：

关于刀画的认知：刀画是在写实性技艺与个性化创作的融合中发

展起来的一种作画艺术。始初的刀画更像是临摹，只是成画工具的变化，手艺技法的不同，虽然也兼容汲取了油画和国画的不少有益经验，显现出独具一格的画类雏形；渐次转向以技艺取胜、以刀法求变、以气韵达意、以灵动为美的创新一族；继而形成既有国画的深远意境，又有油画反映景物的质感艺术效果。正从绘画艺术的一个新兴门类，向在油画和国画之间的一个新兴艺术领域发展。

关于刀画的方法：以钢刀代笔作画，采用油彩原料，采取刮、拉、挫等刀法为主，画笔、布和泡沫等工具为辅，刀笔结合，在画面充分体现了刀法的精湛和章法。

关于刀画的特点：刀画集国画、油画之长，补两者之短，集立体感、空间感、真实感与色彩极强的突出特点及结合表现于一体。写实效果极强，贴近自然真，是中西画法的碰撞。

关于刀画的价值：刀画的发展历史决定了它具有鲜明的民间性、地域性、时代性。改革开放既为刀画这门民间艺术提供了广阔市场，也使刀画艺术打下了深深的敦化印记，成为敦化一张文化艺术名片。主要体现在欣赏价值、装饰价值和收藏价值，更有广阔的市场经济价值。

价值是事物存在的意义所在。如今，刀画以一种新颖别致的文化产业不断发展壮大，走上了文化商品市场销售之路。敦化刀画诞生近50年来，在敦化市委、市政府的大力扶持下，经过自身不断创新发展，初步形成了"产供销一条龙"的文化产业链条，产品畅销俄罗斯、韩国等十多个国家和地区。刀画是绘画艺术领域的创新一族，刀画艺术的独特性和创作风格的多样性，诠释了创作者在精神文化产品创造上的思维空间、胸怀维度、视野境界、审美观念，作为刀画队伍中的一枝新秀，祝愿王鹤霏在刀画艺术追求中不断迈上新台阶，不断跨上新境界，不断创造新价值，为刀画艺术的发展繁荣作出新贡献。

（2015 年 2 月）

书于心 形与道
——李小荣和他的书写

　　当今的书法，是一门无限深奥又难免浅显的学问。形成这样的陋识，缘于对书法作品读得多了，对书法作者了解多了，对书法界认识多了。这"三多"又衍生于"家"多：无处不在的书法家，让我不得不去"冷眼"看书法。

　　"冷眼"看书法反倒能看出些许意思。在五花八门的书写中，在良莠不分的书家中，在参差不齐的书展中，去省悟书法艺术，修炼审美情趣，培养赏识能力，分享文化魅力。在这样的心境下，我与李小荣和他的书法有了不解之缘。

　　那是一个暖意洋洋的三月天，我到江西公务差干，有幸与李小荣一路同行。始初也没认为他有什么特别，感觉就是文化人中的那种性情中人，只不过他更为儒雅些，说起话来不争不斗，聊起天来和颜悦色，讲起理来黑白分明，谈起事来深浅有度。一路上的话题总是离不开公干职责，离不开身份角色，从民生冷暖到公权公平，从民情民意到政策政见，从改革创新到科学发展，从社会和谐到道德构建，从诚信价值到文化繁荣，公务人员的关注与领导干部的思考不仅增强了我们交流的亲切感，而且让我们的话题贴心顺意，言说无拘无束。

　　有修为的人也长于淡定。李小荣就是这样，尽管我们话说投机，脾性相对，但他除去早晚我俩散步时谈及书法艺术，几天过去，从不见在考察走访中显山露水半分，凑热闹的事情他躲避，抢风头的场合他回避。有一天，我们在考察途中，巧遇一个书法文化活动，不少知名书法家现场挥毫泼墨。当地陪同的领导看看书法家们的表演，又把目光落在李小荣身上，像发现新大陆一样，边搜李小荣边说：这个场面你不去露一手，有失我们的体面。李小荣推辞躲闪中，被现场几个文化圈里的人看见，欣喜地跑上前来连拉带拽，李小荣被请到了书写桌前。

"逼得献丑了。"李小荣自我解嘲道。他一边提笔蘸墨，一边凝目沉思，一抬胳膊，一挥手腕，落笔生花，"机遇巧缘书为媒"七个大字跃然纸上，博得一片喝彩掌声。

如果先前看到的是一个官场上的李小荣，现在看到了一个书写文化圈里的李小荣。他应景书写时显现的敏捷思维，遣词造句中蕴含的文化涵养，公众场景表现的谦恭品行，不得不让人赞许有加。

其实，李小荣的书写早已名声在外了。只是由于对书法艺术的尊崇，对书写文化的敬畏，他没有那些功名利欲的张扬，没有那些自以为是的表现。"书法艺术的实质是文化光大。"李小荣直率地说，有些书法爱好者、有些书写追梦人，甚或一些书法业界的"家"们，把利欲驱逐作为追求目标，成天把心思用在争名夺利上，造成了一个时期的畸形书法价值观，为社会深恶痛绝，严重地影响了书法艺术的文化品位。"这是书家缺乏文化修为的恶果。"在李小荣看来，没有文学功底的书写，没有文化内涵的书法，只是一种技法，不能成为艺术。就是"被"艺术，也是自我欣赏的一种玩术。

这样的见解是需要境界的。现实社会中，有些人为比赛、为出名、为树碑、为功利而煞费苦心，既谈不上什么书道，也谈不上什么艺德，在功利面前只有患得患失。扭曲的价值观也玷污了心境，裸露在书法艺术界，熏染着书法艺术的纯粹。这与李小荣的书法价值观格格不入。在利欲与情操面前，李小荣尊崇大家的书德艺道，潜心在书法的艺海里，为书写中华文化、书写民族精神、书写时代文明而刻苦研读。

在他书室的案头，书法典籍、书写文集、书法报刊始终占据着重要位置。"既研读书写历史，也探究书法理论；既品味优秀作品，也学习书写经验；既苦练基本技法，也眼观艺术动态。"李小荣的切身体会是："只有勤勉苦学才能丰富艺术修养，只有持之以恒才能练就书写功夫，只有博览群书才能提高艺术境界。"

谈起境界，李小荣有独到的理解。"书法艺术的境界，是人文精神的光大与弘扬。"他说，人文精神是由生命的感性与文化的理性熔炼铸成，具象在艺术创作，是美学境界；具体到书法家，是精神境界。书家创作与一般书写的区别就在于艺术境界的营造，在于文化认同的响应，在于作品气息的凝聚，这也是书法家与工艺匠的差异。

现代书家的艺术成就都有过这样的积累：临古代名帖，写古人诗词，学古时经典，发思古幽情。毋庸置疑，这样的积累可以增强自身历史文化的厚重感，李小荣很赞同"书法是古典性格凸现的文化类型"的观点。我以为，没有思想的书写至多是一种技法。李小荣的书法观点是在博览群书的修为中丰富形成的。每一个思想的形成，都有文化的积累，李小荣的书法见解当然如此。从书写对象看，多为古典诗歌、辞赋、题跋、匾联、格言，称谓、款式、章法，也多以古制。没有古典文化的修养，没有相关的知识背景，当然会有失文化艺术追求的体面。同时，书法涉及的文化领域宽泛，语言文字、哲学史地、诗词歌赋，是关联性、边缘性很强的艺术。所以说，书法艺术追求又是边缘性文化苦旅。

但在这个苦旅中，矛盾四起。近年来，书法喜与忧的矛盾越来越有趣，一方面，文艺工作者与书法渐行渐远的现状突出；另一方面，统计表明，现今全国高等院校的书法本科专业已达一百多家，国家、省市设有的专职画院中，集中了一大批书家，还有书法硕士、博士点。实际上，渐行渐远的是与书法的实用性告别，书法学习的繁华是一种热情的景观。李小荣搬出史料佐证。据记载，早在唐代就将书法列入了教育体系，并且设有书法教官。近些年的书写教育，无论是内容还是方式，无论是宗旨还是技法，都与古时的书法教育和书写在教育体系中的运用大不相同了。沧海桑田，情随事迁。书法艺术不读"死书"，不照搬前人。"不能脱离具体的历史情境，也不能套用今天的美学标准。"他认为，任何艺术家都是过往文化现象中的一时一处的一个景观。正如王羲之说的"后之视今，亦犹今之视昔"。

作为一种充满人文气息的艺术，无论书写中还是作品中，都要给人一种亲近感和想象感。古人扬雄说："书，心画也。"书写的灵动出于心。用笔的劲道，泼墨的浓淡，意境的表达，字体的形态，线条的走势，无不源自于心，发自于心，成自于心。李小荣的书写，都是自己的原创，自己所想、所感、所悟、所思、所谈的真内容，是心智、内涵的表现、表达。看他的书写，读他的书法，就会情不自禁地想起刘熙载的一句话："书如其人"。李小荣是个什么样的人？有比较就有鉴别：一度书法业内有人追求稀奇古怪，把极端当艺术，把搞怪当现代，把求奇当潮流。这时，李小荣信奉的是道法自然。书法之道绝不是稀奇古怪，不是刻意，而是发自内心的文化感悟。他到军营去以义务书写进行文化拥军。在那个特殊环境，李小荣会自然而然地调整自己的书写境界。军营、军人、军威，凝聚成非同一般的高度：生命的高度，尊严的高度，形象的高度，使命的高度。他总是自觉地把这些高度幻化成内心的力量，实化为书写的境界去"道法自然"，使作品蕴含一种与此情此景相生相宜的刚毅感、和谐美。

书法既有心性的修养，头脑的智慧，还有手上的功夫。手上的功夫不是一天两天成就的，而是日积月累练出来的。一位书家在欣赏李小荣的楷书时，作过这样一番评论：他自然安稳的书写气息，落笔在纸上，没有一笔一画中有"秀"的痕迹，疏朗宽绰中不乏深厚凝重。书法讲究"法"，讲笔法、技法，运笔方法、用笔方法；还有谋篇布局，字体的运用，格式的安排，笔墨的浓淡，以及内容的取舍，审美的引导等等。书写的美学境界建立在书家的价值观上。以丑为美也是法，也是术。丑到极致是美，可丑到极致的美是阳春白雪还是和者盖寡？一个丑妇不会是养眼的美，什么样的美养眼大家都心知肚明。书法的审美不会是悖离中华优秀文化的异想天开。这就需要坚守，需要发扬，需要光大。李小荣坚守书写的功德修炼，发扬书法的人文情怀，光大书家的艺术境界。

渐入书写佳境的李小荣，总是一步一个脚印地往前赶。"书写无止境"，他说，"每前进一步，都是另一个梯坎的开始"。李小荣的追求也体现在他不同时期的书法作品中。无论是在 2004 年农运会期间举办的个人书法展，还是为文天祥纪念馆和郑成功纪念馆书写的对联，一幅幅游行自在的笔墨，饱蘸着书家修为的人格魅力，宣泄着书写间或的情绪冲动，表达着书法释放的艺术境界。戏剧界有句行话叫"台上一分钟，台下十年功"。一幅优秀书法作品，看似只在挥毫泼墨瞬间，实际却是春秋苦练的功力。每次书写，都是情感气息的张扬，修炼技艺的展示。情感和气息的唯一性和不可重复性决定了书写过程的状态差异，成就了书法表现的丰富性，书法作品的不同韵致。只有感受到书法中人的气息浓郁，领悟到书法中人的情感禀赋，就会自然而然地把自己的心境融入其中，同时，作品与书家的文化修为、内在情感、审美品性也才能相应相合。

　　"书写如登山，如果一步更比一步高，才是应有的书法境界。"李小荣如是说。

（原载《北方文学》2015 年第 11 期）

蕉荫竹雀图

宁波的孟夏，天勤雨酬。泊靠在港湾的军舰，尽情享受着纷纷扬扬的雨水洗涤。这是丙申年 5 月 26 日，登上郑州舰的荣宝斋书画院院士贾玉平，第一次在军舰上感受到夏雨的气韵。

雨中的军舰，舰上的军人，沐浴着夏雨坚守在岗位上。无论雨有多大，也无论什么时候什么样的雨，军舰与军人从不会因为雨的情势而改变固有的信念，也不会因为雨的天性而动摇铁铸的意志！贾玉平登舰沐雨的心得，是他诗意般艺术心境的写照。

这并不是全部，对贾玉平来说，生平第一次登上军舰，感受海防卫士的威武，体验战舰官兵的生活，心中翻腾着抑制不住的创作冲动。回到驻地歇息的晚上，他拿着自己的画笔，在会议桌拼成的书画台上，即兴挥笔，创作了一幅《蕉荫朱雀图》。

虽然是一幅即兴小品，可创作的灵感与环境、意境与心境却非同一般。"这是我拥军情怀的诠释。"贾玉平虔诚地笑道。画面上，几片蕉叶，一只朱雀，蕴含着画家此时此刻想表达的深厚情感：一片蕉叶如同一把绿伞，片片蕉叶撑起一片蓝天，荫泽一片绿地。从一片蕉叶想起一片绿林，从一片绿林想起一派绿色。绿是勃勃生机的象征。广袤大地没有遨游在蓝色大海的军舰护卫，哪有生机勃发的绿荫？

芭蕉本是南国植物。史载是汉武帝打下南越古国后所得的奇草异木中的一种。芭蕉叶片翠色喜人，平阔如纸，舒展飘逸，自古为文人喜爱，历来是墨客笔下抒情表意的题材。晴时看墙边碧叶，雨时听蕉窗夜雨。明末清初文学家、美学家李渔在《闲时偶记》中写道："蕉能韵人而免于俗，与竹同功，竹可镌诗，蕉可作字，皆文士近身之简牍。"画家常以芭蕉入画。朱宣咸的《芭蕉梅月》《红樱桃映绿芭蕉》《夏日雨后》和《梅花芭蕉》等堪称代表。画为心语，诗为情言。古代名家的诗歌辞赋对芭蕉情有独钟。杜牧的诗中有："芭蕉为雨移，故向窗前种。怜渠点滴声，留得归乡梦。梦远莫归乡，觉来一翻动。"南宋杨万里咏芭蕉："骨相玲珑透八窗，花头倒插紫荷香。绕身无数青罗扇，风不来时也自凉。"明代文学家、戏曲家、艺术家徐渭题青藤书屋书舍："雨醒诗梦来蕉叶，风载书声出藕花"。

历史赋予了芭蕉深厚的文化内涵。它常常与离情别绪相联系。南方有丝竹乐《雨打芭蕉》；李清照曾写过："窗前谁种芭蕉树，阴满中庭。阴满中庭，叶叶心心舒卷有舍情"；吴文英《唐多令》："何处合成愁？离人心上秋。纵芭蕉，不雨也飕飕"；葛胜冲《点绛唇》："闲愁几许，梦逐芭蕉雨。"作为一种多年生的草本植物，芭蕉直立高大，体态粗犷潇洒，但蕉叶却碧翠似绢，玲珑入画，兼有北人的粗豪和南人的精细，《红楼梦》中的贾探春说"我最喜芭蕉"，并自称"蕉下客"，芭蕉成为她的性格符号。芭蕉果实长在同一根圆茎上，一挂一挂地紧挨在一起，因此，也有团结、友谊的象征。

也许是对芭蕉文化的理解情怀，也许是对芭蕉寓意的格外喜爱，贾玉平把体验军舰生活的心境，把歌唱海疆卫士的激情，转化为艺术的想象：一扇蕉叶一片绿，一阵风来一丝凉。蕉叶上一只朱雀，好似才刚飞来，落下还没有站稳，又好像惬意满满，停留在蕉叶上分享绿色与清凉。尽管它只是大自然中的一个小生灵，但它站在蕉叶上却那么自信，那么悠然，钟爱绿色与享受绿色的寓意，图中的朱雀，不再是一种物象，而更是一个象征，一种思考，在恬静环境中舒适与幸福的享受。从而生动地揭示了生命的哲理，表达了军舰军人的伟大。

一物一景总关情。贾玉平的绘画创作就是这样，哪怕是一枝一叶，一鸟一语，也满含情意，或借物表志，赋予催人内省的道德力量；或借古抒怀，传承文化的伟大精神。朱雀是传统文化中的四象之一，《三辅黄图》中所谓的"天之四灵"之一。春秋战国时期，由于五行学说盛行，四象也被配色成为青龙、白虎、朱雀、玄武。在汉民俗文化中，四象有驱邪、避灾、祈福的作用。两汉时期，四象演化成为道教所信奉的神灵，故而四象也随即被称为四灵。《楚辞·惜哲》中有"飞朱鸟使先驱兮，驾太一之象舆"。王逸注："朱雀神鸟，为我先导。"《千金翼方》卷第十三"身形之中，非汝所处，行中五部各有所主，肝为青龙，肺为白虎，心为朱雀，肾为玄武，脾为中府"。朱雀主心，可见其重。无论从出处还是文献记载，朱雀都具有丰富的文化内涵与象征意义。它是代表火与南方的神兽，代表的颜色是红色，代表的季节是夏季。在南方的这个季节，在火热的东海练兵场上，贾玉平激情创作的这幅《蕉荫朱雀图》，是他登上军舰体验海军官兵生活的心灵感悟，又何尝不是他爱我祖国爱我军的真情寄语！

（2016 年 6 月）

当代《百虎图》
——华占英、张广杰《百虎图》赏析

如果你习惯于山中虎威、林中虎啸、崖上虎跃的画面，那么，没有山林背景的一百只虎，将构成怎样的一幅长卷？

如果你不能想象没有山水背景的百虎众生相，那么，一百只虎的形态、神态、姿态、状态，将是怎样的异彩纷呈？

华占英、张广杰创作的巨幅长卷《百虎图》，会让你眼睛一亮：一幅百兽之王的生活情趣图，以行云流水般的节奏与气韵，徐徐展开，从容而自然。

这是由一百只栩栩如生的老虎与王君先生的题诗构成的巨幅画卷，长达 50 米，高达 1.2 米。

展开画卷，王君先生的题诗入心入画，入情入景："望山更不须平地，入林何须畏棘枝，画出虎情兼虎志，戌年拯月写寅时。"诗言志，诗也说事；诗感怀，诗也表意。王君先生的题画诗，既是赏析《百虎图》的真感情，也是品味《百虎图》的画外音。一句"望山更不须平地，入林何须畏棘枝"，豪气凛然，道出了《百虎图》的宏阔空间。虽然画面并无山景山影，却让人看到了山；以天地为山，这是何等的画境气概！虽然画中并无一草一木，却看到了虎踞深山、腾跃棘枝的无畏；以意蕴为林，大千世界无"虎"不容！

与存世的《百虎图》相比，这幅兼工带写的《百虎图》画面上没有任何背景，只有一百只目光炯炯的老虎，神情百种，形态百样，神采兼具。在没有尘世纷扰的空间，在拥有悠然自得的环境，虎的生活世界有多奇妙？华占英、张广杰蹊径别出，饱含对生活的美好向往和追求，精练其纯情，以细腻的工笔和温馨的画意，赋予百兽之王以人文的神韵，画其闲情，如百虎嬉戏图；画其逸致，如惬意占南山；画其谐趣，如顽童般让人动容怜爱。虽然威风凛凛却不拒人之外；虽然霸气独尊却又从容温和。一幅百虎闲情逸致图，为百家虎画辟开了一道新景观。

满怀友善的期许去看虎、画虎，虎虎有情，动静有心。在画家的心里，笔下不是威猛的老虎，而是一个个灵性的"山君"，正如题跋所道："兽长虽非议，山君只异名。只缘威武格，不被世人欺。"心中虎有情，笔下虎生威。人说虎毒不食子。岂止不食子，画面上虎妈妈们护子、爱子、溺子、疼子的种种景象，让我们感叹不已：原来虎的生态世界也有那么动心的温情，那么伟大的真爱！那些虎，有多少人性的慰藉、精神的幻化？一脸王道，一脸霸气，一脸悠然，一脸独尊，一脸溺爱，一脸彷徨，写在面容上的沧桑，隐隐约约；留在双眼里的忧伤，恍恍惚惚，不是岁月的消逝，而是躲在心底改变着容貌。

艺术创作一定是把个人经历、个人思想、个人命运和社会发展进步联系在一起的，从而表现具有深刻思想内容的题材，形成具有个性特色的艺术风格。如果我说张广杰、华占英创作《百虎图》是出自于平民化的视角，那么，关注现实的这种当代意识却是难能可贵的。着眼当代现实，善于借助当代人、当代事、当代物、当代景来表现表达现实中的新景观、新趋向、新标志、新气象、新生活、新影响、新寄托、新期盼、新愿望，无疑是值得称道的。

中国传统文化理所当然地赋予书画艺术作品一种特定含义。无论是物或数，还是形或意，无论是墨或工，还是气或韵，不仅凝聚着书画家的心血、智慧和才能，还蕴含着中国文化的精神境界。虎是代表吉祥和平安的瑞兽，是威武和权力的象征，力量和荣耀的尊崇，是镇宅、辟邪、避灾、通运、纳财的吉祥物。虎在十二生肖中排行第三，数字中有"一生二、二生三、三生万物"的哲学意涵，而《百虎图》中的"百"，又含有大或无穷的意思，数字的哲学意涵化作书画家的情感表达，把祝福、恭贺的良好愿望发挥到了一种极致的状态。"虎"与福谐音，取其福的寓意，在赏析画作时百只老虎迎面而来，又何尝不是一幅迎"福"图呢！

无论文学还是绘画，瞬间的精彩都是艺术表达的美丽。把美的瞬间通过画笔展现出来，瞬间的美成为永恒。画面上，虎的构图、造型、色彩都是那样理所当然，或结对，或成群，或扎堆，或抱团，或行走，或懒睡，或嬉戏，或打斗，或窥视，或怒啸，每只虎有每只虎的动态。绘画语言承载精神，也传达精神。在华占英、张广杰笔下，虎的阳刚威烈，神武英姿，呼之欲出；所向无敌的气概，雄风豪气的禀赋，给人以奋发向上、斗志昂扬的精神鼓舞。

"不被世人欺"的百兽之王是一种什么样的生活状态？超脱于尘世纷扰的丛林之王又是一个什么样的生活世界？画家竭尽笔墨功力，苦尽艺术智慧，融进自己生活世界观察、理解、感悟、体会、期望的真情实感，描绘出一幅寓意深刻的百虎闲情逸致图，既蕴含着对当下社会伦理道德的教化，也是画家心灵情绪的宣泄。活跃在长卷上的那些虎，或长或幼，或静或动，或猛或憨，或怒或嬉，或趣或威，只只光彩夺目，个个谐趣不尽。虎的王者风范，虎的威猛雄姿，虎的霸气祥瑞，虎的憨态趣样，栩栩如生，写照出百虎成群的瞬间生活世界，展示了艺术想象中的一道美丽风景。

人说画虎画皮难画骨。老虎的形态好画，老虎的神韵却难，难在虎的一举一动、一怒一威、一啸一跃、一憨一视、一卧一戏中，彰显出虎威，体现出虎气，展现出虎貌，表现出虎魂，传达出一种精神。张广杰、华占英以精熟的绘画语言，通过《百虎图》表现出超越绘画作品的情志、意趣、心灵的挥洒。在立意布局、风格技法、主题内容、笔墨情趣乃至题跋书写等等，都是精致的精品之作。精品无一不是画家的用心之作，真切地体现出画家的艺术风格和创作水平。这幅 1994 年初在北京落笔的《百虎图》，整整画了半年多时间。整幅画卷中，百虎争彩，神韵生动，每只虎有每只虎的不同形态。在这不同中，创新蕴含着深厚的哲学理念。绘画艺术的创新内涵，正是在不经意的平凡事物中贯穿着深意的思想。不同的虎形虎态、虎情虎景，述说着虎的精神气质。

画虎不难，难的是百虎集一卷；画百虎不难，难的是百虎无背景。没有峰峦叠石，没有林原松月，画面上只有一只又一只的虎，怎么摆脱堆砌的困扰，怎么消除拼凑的感觉，怎样画出百虎百态，怎样化解审美疲劳？画家抓住一个"动"字贯穿全画，让百虎在"动"中成画，画中百虎无一不"动"。一个"动"让百虎的画面神采飞扬，气韵灵动，营造出百虎"秀美"的鲜活情趣，描绘出百虎纳福的温馨吉祥！

　　没有什么比超脱于尘世的艺术境界更高。华占英、张广杰先生是实力派画家，凭着深厚的绘画功底，精妙的艺术构思，娴熟的笔墨技法，独特的谋篇布局，在《百虎图》中描绘出自由想象的空间。胸中成虎，才有笔下"动"虎。无论从哪个角度看，无论看哪个角度的虎，只只都有自己的行为乐趣：有的母子相拥，有的玩伴相戏，有的警觉异常，有的腾跃尽欢，有的恃强争霸，有的怒目咆哮，有的怯意而去，有的凶猛而来，笔下的虎意蕴深厚，不仅是吉祥、威武和荣耀的象征，更有民族伟大腾飞、自强不息的时代精神内涵。

　　绘画精品都会留下时代的烙印。就画家而言，不同时代也有着不同的代表，而不同时代的画作也有不同的审美取向，无论是立意布局，还是风格气韵，无论是构图技法，还是墨色用笔，都在彰显画家的艺术素养、人格性情和所处时代的特殊性。华占英、张广杰笔下创作的《百虎图》，虎与虎的空间处理、神态写照、形象造型，极具张力和悠远的意境，给人以无限的遐想空间，可谓翰逸神飞，达到智巧兼优、心手双畅的化境。

　　虎历来为文人墨客喜爱尊崇的题材，为历代画家泼墨研究的课题。但以单一题材为主体的宏大巨卷，却容易造成拼凑、堆砌的审美疲劳，无论是谋篇还是构图，无论是气势营造还是意境表达，都蕴含着画家的艺术功力、人格修为、审美情趣、创作心境。华占英、张广杰笔下的《百虎图》没有让人们失望，构图跌宕起伏，首尾遥相呼应，画面节奏舒展。画家以意运笔，于无画处求意境，在神似中求形似。心中无虎，哪有如此神来之笔？意中无威，何有如此虎虎生气！都在说艺术是人格修养的再现。在书画界逐名追利的浮躁风盛中，有一种贼喊捉贼的感觉。贼无所谓，痛的是苦了那些纯粹真诚的艺术家，不仅艺术的品格受到了亵渎，而且真品的艺术追求受到了侮辱。像《百虎图》这样的创作，没有执着的抱负，没有纯粹的心境，没有艺术的才智，哪能做到整幅画卷的笔法都如此细腻而炉火纯青，哪能这样淋漓尽致地展现出虎的王者霸气与力量！

（2016 年 11 月）

《碧霄万里》品自高

——当代书画大师笔墨联袂的绝唱

1998年，我国四位书画大家的一次情谊合作，留下了当代书画界一段德艺双馨的美谈：一幅题为《碧霄万里》的笔墨绝唱，成为诠释他们心灵和畅的佳作。

这幅由王琦先生题名的《碧霄万里》，是著名书画家陈大章、韦江凡、王挥春联袂创作的山水画。它既是四位书画家艺术造诣的缩影，也是他们人格品行的再现。

读题：便引诗情到碧霄

题为文眼。对绘画作品来说，画作的命题可谓灵魂。《碧霄万里》就是这样，一个"碧"字，点睛入神；"碧霄"一语，道出这幅巨作的主旨意境。题意贯穿画中，画意尽达主题，万里尽在壮丽博大中。

画面上，山势雄伟，物象悠远，情景生动，意境空灵。远景峰峦叠嶂，逶迤绵延，群峰巍峨，广阔苍茫，一道金色长城如巨龙缠山，腾跃凌空。崇山峻岭那种横空出世的凌然，那种朦胧缥缈的意象，是奇峰灵动的影像，还是山峦沧桑的写照？是气韵纵横的仪态，还是天地造化的注释？是生命家园的使然，还是绘画语言的自信？近景，笔墨厚重，质感苍劲。奇峰屹立，陡峭雄奇，崖畔苍松挺立，山花簇红，有些古朴，有些厚重，有些嶙峋，有些沧桑。如同凌空飞越而来的山峰，那是我们似曾相识的一景，画家成熟于心的一绝，犹如万里河山的一处名胜，好像在黄山见过的雄奇，又似在泰山见过的壮美，仿佛在华山见过的险峻，也如在峨眉见过的隽秀。中景韵律飞扬，激情酣畅。在危峰陡壑的山间，一条碧水穿越而出，宽阔的水面湛蓝碧澈，好像是与天空的蔚蓝融为一体，幻化为丘壑与大漠的蓝色飘带，闪动在山涧河滩，滋润着万千生灵，漫步在碧流中的一只只马匹，膘肥体壮，那等悠闲，那等惬意，大自然给予了它们多么殷实的养料，让它们生活得那样自在！

自然界的山水虽然多姿多彩，但让人们记住的，却总是一个部分，一个景象，一种特征，一份震撼，或秀，或美，或幽，或奇，或高，或险，或雄，或峻，这些物象特征的现实表达，无一不是艺术家天赋智慧的运用，无一不是艺术家学识才情的体现，无一不是艺术家性格品行的流露。陈大章先生的山水，王挥春先生的群峰，韦江凡先生的骏马，王琦先生的书写，足以堪称当代书画领域的一面面旗帜。然而，他们独誉书画界的艺术风格，却以一个《碧霄万里》的画题表达得彰明较著。

"碧霄"一词的语意源自于道教。道教中天有神、青、碧霄、丹、景、玉霄、琅、紫、大霄。"碧霄"作为道教文化中九天之一，在历代文人墨客的诗词中尽显风采。唐代大家刘禹锡的《秋词》中，就有"晴空一鹤排云上，便引诗情到碧霄"的名句；杨巨源《春日奉献圣寿无疆词》之六中有："碧霄传凤吹，红旭在龙旗"；林杰《乞巧》中有："七夕今宵看碧霄，牵牛织女渡河桥"。宋朝苏轼《虚飘飘》诗之一中有："露凝残点见红日，星曳余光横碧霄"。清时孔尚任《桃花扇·入道》中有"列仙曹，叩请烈皇下碧霄"。"碧霄"所蕴含的文化，既诠释天地造化，又演绎宇宙秘籍，既承载精神气质，又表达文人自信。王琦先生把这幅山水巨作赋题为《碧霄万里》，不仅传神地表露出他们这次艺术合作的情怀，也是他们艺术造诣的真实写照。

王琦先生既是我国当代杰出版画家、水墨画家和美术理论家，也是世界上卓越的版画家和美术理论家。1918年出生在重庆。1937年毕业于上海美专。1938年在延安鲁迅艺术学院学习，曾在郭沫若领导的武汉"政治部第三厅"和重庆"文化工作委员会"工作，又在陶行知支持的育才学校任教，是"中华全国木刻协会"主要负责人。新中国成立后历任中央美术学院教授，《美术》杂志和《版画》杂志主编，中国版画家协会主席，中国美术家协会常务副主席、党组书记。作品多次参加国内外重要美展获大奖并举办个人画展 32 次，被中国美术馆、伦敦大英博物馆、莫斯科东方艺术博物馆、法国两次大战博物馆、日本东京博物馆等收藏。1991 年获中国美术家协会与中国版画家协会颁发的"中国新兴版画杰出贡献奖"；1992 年获日本创价学会颁发的"富士美术馆荣誉奖"；1995 年获法国敬业与成就协会颁发的金质十字勋章。1998 年，王琦先生与陈大章、韦江凡、王挥春联袂创作《碧霄万里》时，已是八十高龄。而这正是他把创作方向转移到水墨画上的黄金时期。他的水墨画把中国的国画、油画、版画同西洋画有机地结合起来，透视性强，气势宏伟、博大、坚强、有力量，形成了一种新兴的画风，在国画、油画、版画的基础上把中国的绘画艺术向前推进了一步。

"先做一个好人，然后才是一位好画家。"这是王琦先生艺术生涯格言。他认为：画家的修养很重要，有时远远超过了作品的内涵。看到书画界一些人趋于市场的诱惑，王琦先生说：画家不能为市场而创作。历史上没有一个铜臭味强的画家能成为艺术大师，这样的人充其量只能算个画工。真正的艺术是不能用金钱来衡量的，内在价值是由历史来判定的。

书画如其人。《碧霄万里》向我们展示出这样一幅神话般的图景：也许河谷中没有那样古朴峻奇的山，也许峰峦中没有那样清澈透明的水，也许山水间没有那样广袤无际的大漠，但画家把那些自然造化的美丽、博大、宽广，具化为一种意象。具化的山峰，雄奇；具化的水流，湛蓝；具化的马群，骏骁；具化的大漠，灵动。我们正是透过这一道道景致，可以看到陈大章"中国画坛巨匠"的艺术功力，韦江凡"当代画马领军人物"的"师真马"，王挥春"新中国珐琅彩壁画奠基人"的"碧"墨光辉，王琦"中国美术金彩终身成就奖"的书写风采。

看山："大章皴法"阳刚浑融

大多书画合作，都有即兴创作的瑕疵。但《碧霄万里》却是书画大家的得意之作，他们把各自的造诣和风格真真实实地展示在作品里。

所以，当我们站在《碧霄万里》前，品味的不仅是著名书画家、美术评论家、教育活动家的艺术创作，还是在绘画艺术的学习与研究中对自己学养水平的一次滋润与提升。他们每一个人的挥笔着墨，都在表达一生中的艺术造诣与境界，从容坦荡的心境融进笔墨，追求真趣的性情随意奔放，敦厚崇德的人格跃然画中。这也是陈大章留在《碧霄万里》的笔墨真趣。

在当今画界，陈大章是一位修养相当全面的老艺术家，他取得的艺术成就，得到了社会的广泛认可；他待人亲善宽容、胸怀豁达的人品和人格魅力无不给人留下极深印象。2015年3月30日，享年85岁的陈大章在京逝世，中国美协主席刘大为向治丧委员会发去的唁电称：陈大章先生是一位德艺双馨、成就斐然的画坛大家。他无愧于"画坛大家"的荣耀。1930年陈大章出生于北京书画世家，幼从叔父陈林斋学画，15岁就在北京荣宝斋挂笔单，也就是现今的个人作品展销，这是荣宝斋给予艺术大家的特殊待遇。为一个15岁的孩子挂笔单，在荣宝斋属于破天荒的事情。少年的成就让陈大章更加发愤精艺，他利用京城丹青国手云集的优势，孜孜不倦地在大家之间行走、求教，先后得到齐白石、陈半丁、吴光宇、胡佩衡、陈少梅的指教，耳濡目染。新中国成立后，组建"中国画研究会"，齐白石任会长，陈大章是年龄最小的一位常委，那时才21岁。毛泽东主席六十大寿时，全国遴选105位知名书画家挥毫贺寿，22岁的陈大章是最年轻的，他创作的工笔人物《少先队员知春亭跳舞图》，被选挂在毛泽东主席的书房。1952年，陈大章在中央工艺美院参加"建国瓷"设计和绘画。他经沈从文和郑振铎推荐，调进中国历史博物馆美术部，负责展览设计、古画临摹和绘画创作。他描绘的战国漆器纹样曾经轰动博物馆界，他临摹的六朝古墓壁画是当世仅存描摹版本，复制的一批历史人物画像如汉武帝、武则天、努尔哈赤，包括宋徽宗的花鸟等，为中国历史留下重要见证。王冶秋赞誉陈大章是临摹古画的专家。

中国画的笔墨形式具有"我"的人性特征因素。画家各自绘画成长的轨迹，包括接受教育形成的思想倾向、性格特质、文化修养、生活阅历以及师承关系、表现手段等方面存在的差异，是他们艺术技巧和个人独特风格的主要表现。陈大章早年以工笔人物见长，后专攻山水，无论是青绿山水，还是水墨山水，都取材广泛，笔墨酣畅，意境高远，独树一帜。他的水墨山水大势磅礴，气韵生动，泼墨大胆，有大千之致。他的画既有传统观念，又有创新风貌，追求气韵、味道，把握笔墨的奥妙变化与传统艺术精神，能在人物、山水、花鸟三个领域中均有造诣，并使三者高度统一，以此独树一格、自成一家的并不多见。他把青山绿水融入工笔技法，勾以金线轮廓，画面气韵生动，色彩艳而不俗，评论界称之为"金碧青山绿水""大章皴法"。这在《碧霄万里》中予以了充分展示。黧黑的墨色带着霸气渲染皴擦，矗立在眼前的山势雄奇峻峭，那是黄山的化身，抑或华山的倩影，有奇松挺拔，有山花簇拥，有峭壁顽蛮，有灌木乖张。自然雄健的山水笔力，阳刚浑融之势笼罩画面，个性面貌、传统意趣和时代情感明晰统一。在笔法、墨法、皴法上既有传统的光彩，更有创新的意境，在点、面，黑、白或形、光、色上，既与传统结合，又有独自特色。笔墨当随时代。把这一艺术理念贯穿到具体的创作实践中，核心是创新，包括有画家独具的创造思维，独到的审美情趣，独特的风格样式，独有的语言境界，独自的表现技法。在《碧霄万里》的创作中，陈大章的笔下山峰雄踞，挺拔凝重，气势迫人。粗阔的笔势，酣畅的水墨，把大山苍劲、清幽、豪放、深沉集于一身，嶙峋峥嵘的容颜，沧桑壮丽的风貌，巍然傲立的姿态，早已矗立在画家心中的大山光彩，在笔墨挥洒中肆意绽放。深红的花蕾缀在枝头，如串串浅唱低吟的音符，如束束明艳欢悦的笑声，如阵阵漫山飞扬的旋律，如簇簇轻歌曼舞的火焰。就这样几处点缀山意的花蕊，就这样几簇星星点点的花苞，让人看山则情满于山。这是画家把身心都融入了大自然的怀抱，流淌在画笔下的山，磅礴、坚毅、雄伟、豪迈，丰厚、壮美，在笔墨挥洒中意象成景，在激情飞扬中画面入神。看那山势，有华山的险峻，有黄山的优美，有泰山的巍峨；看那山影，峭崖间色彩斑斓，陡壁上树木苍劲。画家就这样把触角伸向人的心灵深处，这样的艺术表达一定蕴含着一种精神，承载着一种追求，寄托着一种情感，诠释了对自己土地、民族的感悟。陈大章在《碧霄万里》中的笔墨境象，集中体现了这位画坛大家的艺术风格。

观马：其骏 其秀 其韵

绘画创作是带有强烈感情色彩的思想活动过程。画家创作的笔墨性情，一方面笔墨是工具也是技巧，成为鉴赏中国画的标准；另一方面性情是画家的思想情感、修养境界的体现。笔墨表现"写"，性情体现"意"。《碧霄万里》的笔墨豪放而谨严，变化融合，只取壮丽河山美景的一点，表现出画家善于通过概括、提炼和剪裁，多角度把握自然美的必然取向，突出艺术形象的典型性。画中放马碧水就是一景。

这一景，是国画大师韦江凡艺术造诣的一个缩影，也是他以丹青妙笔报效祖国的情怀抒发。

在画家的作品里，物象是精神的天然语言。比如一棵树，在他的意识里，是一个完整生动的景象，油亮和摇曳的叶子形成一个树冠，黝黑的枝条托举着蔚蓝的天空，皲痕累累的树身隆起一条条粗大的筋络，树根深深地扎在泥土里抵御狂风暴雨。又如一道流水，在他的心怀是一片光明纯净的蓝天，照耀生机勃发的世界，滋润着万物秀美灵动，幻化为一条湛蓝碧绿的河流，或是沙湖水塘，清澈透明，映出大漠的倩影，映出山川沟壑，映出无边荒漠。这一切历历如在目前，他的思想绝不把事物简化为一个符号或数字，而是一种景象。《碧霄万里》里的马，就是一个寓意深长的景象。画面上，韦江凡挥笔描绘了一群游走在碧水中的马匹，个个膘肥硕壮，漫步在清流中的逍遥，无拘无束的自在，放任不羁的野性，从容面对的无畏，无论体魄与姿态，还是骨骼与秉性，其神态与形态的生动，传神逼真，豪迈奔放、勇猛顽强的气势扑面而来。与陈大章、王挥春、王琦联袂创作《碧霄万里》这一年，韦江凡已76岁。这是他在艺术探索中，"七十知不足"时段留下的一处珍贵笔墨。

韦江凡1922年出生在陕西澄城县，7岁时父母双亡，和哥哥成为孤儿，在为生计四处奔波的日子里，断断续续念过几年书。报纸上一则徐悲鸿就任国立北平艺专校长的消息，拨动了韦江凡从小就喜欢画画的心弦，他经过四十余天的跋涉来到北平求学，但已经错过了考季，钱也用光了，没有饭吃、没有住处。是他憨厚执着的秉性打动了一代巨匠徐悲鸿先生，徐悲鸿先生安排他跟着文印科的老师刻蜡版，每月的酬劳正好够伙食费。就这样，韦江凡晚上在食堂的灯下刻蜡版，白天去艺专当旁听生。徐悲鸿先生对他器重有加，关怀备至。刚进校时，他住在一个昔日闲置的教员宿舍，正值隆冬室内无灯无火，夜里寒冷难熬，只好钻进柜橱里避寒。恩师知道后，立即将他安排在条件较好的学生宿舍内住宿。徐悲鸿了解到他无钱买画纸颜料，就常常送一些纸笔和颜料，帮助韦江凡解决学习上的困难。他考取了艺专的正式生，徐悲鸿先生马上帮他申请了助学金，使他全身心地投入学业。韦江凡不负师恩，以优异的成绩完成了学业，遵从徐悲鸿先生的安排留下来任教。新中国成立后，国立北平艺专改名为中央美术学院，徐悲鸿任首届院长，韦江凡也继续留校任教。几十年过去了，他始终没有忘记徐悲鸿先生的恩情，以恩师为楷模，虚心求艺，所绘题材广泛，山水、人物、动物均有涉猎。从 20 世纪 70 年代下半期开始，创作主要以马为题材。他牢记恩师要"师造化、师真马"的教诲，走遍祖国大江南北，哪里有马哪里就有他的身影，曾先后赴内蒙古、新疆、甘肃等地的草原马场，生活在那里，为万马写照。自然状态下的马很是难画，骨骼的结构，肌肉的效果，它奔跑的形态，要表现出一种内外浑然契合的气势。韦江凡用"笔不周而意周"的中国画大写意手法，将草书的笔法融入画马的线条，用墨色的浓淡，以虚实对比来表现马的肌肉张力，用浓墨渲染出奔马狂放飘逸的鬃尾，画出的马生动而有气势，韦氏奔马自成一格。中国艺术研究院副院长、著名红学家冯其庸先生盛赞："韦老画马，其骏在骨，其秀在神，其韵在墨。"

山势、碧水，大漠、长城，构成了《碧霄万里》的壮阔画面。在峻岭崇山间，广袤大漠气象新，碧水清澈生机浓，艺术家们将传统笔墨与现代技法融合为一，营造出和气升腾的景致。他们倾注了内心的热爱，把无数胜景大川变幻出自我胸臆的山峰，把北方辽阔丰饶的地域景观幻化为或烘托自己理想意境、或歌唱心中向往美好的物象，创作出富有时代语境的不朽画卷。在《碧霄万里》画面上，尽管只有16匹马，它们在大漠中悠闲自在的生活景象，诠释的是一种时代精神，抒发的是一种时代情感，承载的是一种时代文化。看那无忧无虑的马群，匹匹姿态横生，那种无所畏惧，那种力量非凡，那种坚毅豪迈，那种蓄势待发，那种笃定前行，那种行空气势，分明是一个以景言志、借景抒情的画境。

真正的艺术家，总在艺无止境的探索中前行。尽管韦江凡成为当代画马的领军人物，被誉为"当代画马第一人"。但他还"总觉得自己的马还没有画好，骑马难下，老想到生活中去"。仍然每天早起笔耕不停，持之以恒。他的两方印章"六十始悟艺""七十知不足"，渗透着老人在古稀之年对艺术真谛的深刻见地。红学大师冯其庸诗赠韦江凡云："白发相看已上头，古稀虚实争一秋。愿公健笔如天马，倏忽骏蹄踏九州。"韦江凡从艺60多年，却从没有办过一次画展。了解韦江凡的人都知道他的多才多艺，除了画马，他的中国画山水、人物无一不精，作品多得完全可以办一个丰富多彩的画展。"祖国的书画艺术博大精深，只要有一种为艺术付出一切的精神，就可以取得成就的，就可以为中国民族文化增添色彩。"从韦江凡的话语里，我们感受到了徐悲鸿精神的再现。活到老，学无涯。他就像一匹不知疲倦的马，满怀创作激情，在艺术探索的道路上不懈求索，作品受到业内外的赞赏与喜爱，在中国现代绘画史上留下了自己的位置。2000年，北京市政府为韦江凡颁发了从艺50年老艺术家奖。

画境："碧"墨光辉写大美

《碧霄万里》如同一首激情昂扬的诗歌。画面传达的信息让人浮想联翩：季节和岁月使山水有了不同的容颜，原来许多凝眉注目的景致变得开朗悠然起来。一阵雨飘过，一阵风吹来，天空密聚的云层渐渐散开，云隙间露出明亮的晴空，在盎然春季，这样的阳光让人开怀；

在金色秋季，这样的阳光让人温和；在火热夏季，这样的阳光让人焦躁。他们想告诉云隙间光亮的美丽与诱惑，还有季节与阳光的不同秉性。然而，《碧霄万里》的画面上却没有天空与太阳，只有山峦峭立，只有长城腾跃，只有绿溪漫过，只有白鹭惬意，只有碧水泼彩，只有淡墨挥洒，具化的物象与渐行渐远的视觉相映成趣，这就是20世纪六七十年代已在我国画界享有盛誉的王挥春的笔墨。

王挥春生于1929年，是当代艺术大师刘海粟的关门弟子。早年拜著名画家汪慎生、谢艺飞，中央美术院教授陆鸿年学习国画。他不仅在重彩花鸟画、泼彩画、大小写意花鸟画方面有突出的成就，而且在人物画、陶瓷画、珐琅彩壁画和书法、诗词、绘画理论等诸多方面均有建树。曾创作了大型珐琅彩壁画《鹤乡春晓》等艺术精品。他在花鸟画传统创作中，引入现代手法，用色大胆，浓墨重彩，使作品画面在浑厚持重中更现清新。作品曾获国家轻工业部优秀创作奖银奖、黑龙江美术创作百花奖、北京画院社会贡献奖、联合国授"和谐中国"年度荣誉奖、第29届奥林匹克世界美术大会荣誉金牌奖。20世纪70年代末以来，先后在美国、芬兰、新加坡及我国北京、天津、广东、香港、澳门等近20个国家和地区举办了个人画展。

画家成长的环境，生活的环境，心仪的环境，是形成他独特艺术语言的语境。这种语境往往是区别于传统而是他所烂熟于心的，是对生命家园的理解、认知和感恩。因为对生命家园的感怀，对成长环境的感恩，所形成的语境在画意中显现出一种经典，这种经典既是艺术个性的张扬，又是艺术风格的展示。兴许，那是奇山的一个峰；或许，那是大漠的一座山；也许，那是大山的一道景；但让我们铭心刻骨的是画中的山成为一个经典，会想起高山仰止的豪迈，群峰缥缈的美丽，一种爱国亲乡的思绪绵延流长。王挥春在《碧霄万里》的联袂创作中，以精到的笔墨，描绘出峰峦叠嶂的江山万里；以珐琅彩壁画的泼彩，传神地绘出一条流向大漠的碧水。王挥春是新中国成立以来珐琅彩壁画的奠基人和首创人之一，难能可贵的是，这次绘画创作中，他毫无保留地拿出最精湛的艺术，用珐琅彩墨技法绘出山间绿水和金色长城，耀眼夺目，突出了《碧霄万里》的意境。中国美院冯远教授说：艺术作品要展示极具个性化的艺术旨趣与审美追求，展示那种坦荡深沉、大气磅礴的艺术品位与艺术特色。《碧霄万里》就是这样的作品。无论笔墨和画意，还是景象和画面，或者品质和艺术，都是佐证。这幅巨作虽然出自几位书画大家的手笔，但整个画境却高度默契，陈大章的青山绿水，韦江凡的写意骏马，王挥春的浓墨重彩，王琦的命题点睛，各自的艺术风格巧妙地融会在画面，凝聚在弘扬意气风发的笔墨旋律中，描绘了山川的博大秀美，大地的丰饶辽阔，时代的祥和明丽。

中国画家的山水情结，大多源自于对自然界的敬畏与崇拜，通过表现山水奇观的自然景象，实现抒发自我抱负的愿望。看似一山一水，一花一草，一石一树，一物一景，诠释的是天地造化，演绎的是宇宙秘籍，承载的是精神气质，表达的是文人情怀。这种情怀也是时代的禀赋。对于艺术家来说，时代趋向是发展才干的路标。艺术家发展的路径，"必须有某种精神气候，某种才干才能发展"（丹纳《艺术哲学》）。才干的发展需要适合的精神气候，精神气候选择适宜的才干。某种才干的发展必须有某种精神气候，精神气候在各种才干的选择中，排斥是不可避免的，只允许某几类才干发展，这就是一个时代一个地域的艺术派别，时而发展理想的精神，时而发展写实的精神，有时以素描为主，有时以色彩为主，忽而崇尚文人情怀，忽而正视笔墨技法。《碧霄万里》从创作题材，到内容选择，再到意境、形式与笔墨的精心营造，画家们不仅用智慧在描绘心中的景象，还用自然在诠释心灵的和畅。为锦绣山河写照，不仅是放眼万里写真，而且是呕心沥血写神。眼界有多远，画面就有多广；境界有多高，画意就有多深。画中那山势，那峰峦，那大漠，那碧水，那骏马，那景象，不仅给人一种步步入境的奇妙艺术效果，还给人一种美不胜收的遐想空间。山川的博大壮丽美，碧水的流长奇妙美，牧场的广袤丰饶美，大自然赋予我们如此富有神韵的生活美。心中有美，笔墨皆美，山水唯美，世界大美。哪怕沧海裂变的记忆，哪怕地动山摇的劫历，哪怕惊心动魄的炼狱，哪怕大千世界的沉浮，在艺术家的笔墨下都是意境使然。

毋庸否认，中国山水画并没有、也不是把描物写景的真实真切作为自己的责任。画家也从不拘泥于对山水的形、质、色等自然属相的描绘，而是取雄奇之意，表壮美之情；或取苍劲之意，表博大之情；或取叠嶂之意，表广袤之情；或取缥缈之意，表幽深之情。使不同风格不同景象的山水画有了异曲同工之妙。从这个意义上讲，《碧霄万里》的艺术品质同人格魅力一样光彩照人。可以说，时至今日，在陈大章、韦江凡、王挥春和王琦创作生涯的墨宝中，这样的联袂绝无仅有，这样的作品也绝无仅有。

（刊于 2016 年 3 月 12 日《中国书画报》）